I0641881

ROSE DE MAI

8º2 L Senne 3180

Paris. — Typographie Morris et Comp., rue Amelot, 64.

LÉGENDES PARISIENNES

ROSE DE MAI

PAR

LOUIS LAZARE

GEOFFROY L'ASNIER

ET

ENTRE DEUX CANONS

PAR

P. CRETON

BIBLIOTHÈQUE NATIONALE
FONDS
LE SENNE
N° 182
IMPRIMÉS

EN VENTE AU BUREAU

DE

LA REVUE MUNICIPALE

40. Boulevard du Temple.

—

1862

ROSE DE MAI

Légende parisienne.

I

On dit que le Parisien est insouciant des beautés de Paris, et que sa nature, inconstante et mobile, se plaît partout et ne se fixe nulle part. — Ce sont les provinciaux qui disent cela.

Le Parisien, le véritable enfant de Paris, au contraire, aime et exalte sa ville natale, bien plus poétiquement que les provinciaux n'affectionnent leur pays. — Cela se comprend.

La ville de Paris est une belle maîtresse à laquelle on découvre à chaque instant un charme nouveau, un attrait toujours plus piquant, tandis que nos cités provinciales et secondaires, n'offrant aucun des contrastes heureux qui perpétuent l'admiration dans Paris, livrent en un seul baiser leurs beautés froides et vulgaires ; ce qui fait qu'en les possédant si vite et si complétement, il ne reste plus rien à apprendre, rien à désirer.

Je n'étais qu'un tout petit enfant que j'aimais déjà Paris ; je me plaisais dans nos grands édifices, dans nos églises surtout, où je passais tous les saints du Paradis pour sourire plus tôt à la vierge Marie. Quand je grandis, mon affection pour Paris grandit également. Un jour, je me le rappelle, j'avais treize à quatorze ans, ma pensée incertaine et mobile ne s'était jusqu'alors fixée sur aucune profession. J'avais bien dans le cœur de ces aspirations généreuses vers le grand, le juste et le beau, mais ces aspirations ressemblaient à ces flots capricieux ici maintenant, là bientôt, fuyant toujours.

Or, par une belle matinée du printemps, je traversais la cour du Louvre. Le soleil, qui s'était levé radieux, semblait jouer dans les interstices des pierres et des entre-colonnements.

Mon âme tout entière caressait une à une les beautés d'un édifice que mon imagination repeuplait de tous les hôtes illustres qui l'avaient habité ou embelli.

Tout à coup, je sentis dans tout mon être comme une révélation soudaine du sublime ,

comme la solution instantanée d'un problème, jusqu'alors obscur pour mon esprit rebelle et sans
fixité.

Plein d'extase, du pied je frappai le sol, et
m'écriai : *Je comprends le génie, je suis homme
maintenant !*...

Les passants, composés en grande partie d'ouvriers, qui se rendaient à leurs travaux, et de
bonnes, qui allaient chercher des provisions, se
retournèrent à cette exclamation olympienne d'un
collégien, sourirent en haussant les épaules et
dirent : Ce pauvre enfant est fou ! Oui, cela était
vrai, j'étais fou d'orgueil, de nationalité et d'a-
mour pour Paris, qui venait d'être, pour ma
pauvre et chétive intelligence, le principe d'un
premier rayonnement.

Dès ce jour, je me mis à aimer, à adorer Paris; je l'étudiai, je le savourai, dans les livres, sur
place, dans la rue, partout; je fouillai nos ar-
chives parisiennes, certain de trouver des par-
celles d'or dans la poussière des siècles éteints. Je
visitai nos musées, nos théâtres, nos hôpitaux,
j'allai partout où l'on s'instruit, où l'on s'amuse,
où l'on rit, où l'on pleure.

Cette noble ville se montra reconnaissante

comme la femme sait récompenser un véritable
amour; elle me donna, non la fortune, j'ai peur
des tracas qu'elle cause, mais l'indépendance,
la liberté, l'aisance conquise par le travail, tout
ce qui assure enfin la dignité de l'homme, annonce la perspective du bonheur, et donne la conscience de le mériter.

II

Dans le courant de 1843, j'étais alors employé à l'Hôtel de Ville, où je grignotais, sur le budget municipal, une quinzaine de cents francs. Mais j'avais des rêves dorés ; mon ciel était parsemé d'étoiles brillantes, et je sentais que la Ville de Paris serait un jour pour moi la Dame blanche de Georges d'Avenel. Or, une après-midi, je m'esquivai d'un pas léger de mon bureau, espèce d'étuve où l'on respirait une atmosphère épaisse qui engourdissait l'intelligence.

J'avais et j'ai toujours eu une préférence pour les vieux quartiers peuplés de souvenirs historiques. J'entrai dans le labyrinthe des ruelles qui enserraient alors les anciennes Halles de Paris.

On était en train d'achever la démolition d'une trentaine de maisons étroites, serrées et si élevées, qu'il fallait allumer les quinquets en plein midi pour voir clair dans les boutiques. Je m'arrêtai devant le passage des Chartreux. Les ouvriers avaient déjà jeté par terre la toiture et deux étages d'une masure dont les pierres noircies accusaient l'ancienneté. La pioche des démolisseurs avait atteint une petite chambre dont le papier bleu, encore frais et gracieux, contrastait avec les autres pièces délabrées et mises à jour par les ouvriers. Ils allaient continuer, lorsque l'horloge de Saint-Eustache sonna deux heures. Les ouvriers quittèrent leurs outils pour aller prendre leur repas, et la petite chambre eut un sursis d'une heure. Je m'assis sur une pile de bois et restai quelques instants à réfléchir sur les transformations et les vicissitudes de la grande cité.

Une plainte, un véritable sanglot que j'entendis près de moi me tira tout à coup de ma rêverie.

Je levai la tête et j'aperçus un vieillard qui considérait avec une poignante douleur la petite chambre bleue à laquelle je venais de sourire.

La figure de cet homme témoignait d'une beauté que l'âge, loin de flétrir, avait pour ainsi dire sanctifiée; bonté, droiture, pureté de cœur, tout cela se lisait sur ce front couronné de cheveux blancs. Sa douleur résignée, religieuse, semblait regretter ce sanglot.

Mais des larmes glissèrent rapidement sur les joues du vieillard, puis se réunirent et s'arrêtèrent un instant pour former sur sa barbe blanche une perle qui bientôt disparut.

Je me levai, et par un de ces élans du cœur qui ne se traduisent pas, je m'approchai du vieillard et lui serrai la main. Il comprit que mon action n'était pas de la curiosité, mais de l'intérêt, et que mon âme, qui souffrait de sa douleur, était sœur de la sienne.

— Vous avez le cœur sympathique à la souffrance, me dit-il, Dieu vous en tiendra compte.

Ces larmes que vous m'avez vu répandre seront les dernières sans doute, car cette petite chambre qui m'a fait pleurer va disparaître, et le vieillard n'a plus que peu de jours à vivre.

— Je puis, Monsieur, faire durer encore quelques heures ce souvenir d'une grande affection. J'avisai l'architecte qui me promit de retenir inactif et jusqu'au soir le marteau chargé de démolir la petite chambre bleue.

J'annonçai ce répit au vieillard qui, pour me récompenser, vint s'asseoir près de moi, et me raconta l'histoire que voici :

Cette triste maison, à moitié démolie, d'un aspect si misérable aujourd'hui était, il y a soixante ans, coquette et pimpante. Cette boutique, maintenant tachée de boue, on la voyait alors proprette, reluisante et garnie de fleurs. — Elle avait pour enseigne :

A LA REINE

DES BOUQUETIÈRES

Ce magasin était on ne peut mieux achalandé, à en juger par le nombre des pratiques entrant et sortant avec des bouquets composés des fleurs les plus rares, aux plus suaves parfums.

Cinq jeunes filles portant le costume traditionnel des dames de la Halle étaient occupées, du matin au soir, à composer des bouquets aussitôt achetés que confectionnés.

Ce n'étaient pas seulement les gens du voisi-

1.

nage qui venaient s'approvisionner dans cette maison, mais bien aussi les plus riches gentils-hommes et les plus belles dames de la cour ; bon nombre d'équipages stationnaient, l'après-midi surtout, dans la rue des Prouvaires ou devant Saint-Eustache.

Les cinq jeunes filles, qui babillaient à plaisir en composant leurs jolis bouquets, semblaient obéir à une brave femme dont l'embonpoint, con-fit dans un demi-siècle, n'avait compromis ni la fraîcheur ni la vivacité. Elle commandait, mar-chait, servait avec un entrain qui n'admettait ni observation de la part de ses subordonnées ni im-patience du public, d'ailleurs satisfait aussitôt qu'il avait parlé. — On n'eût pas trouvé sa pa-reille depuis l'Apport-Paris jusqu'à la rue de la Grande-Truanderie.

Dame Nicole était le nom de cette brave mar-chande, surnommée *Mère-Jésus* dans le quartier des Halles. C'était un hommage à la bienfaisance, à l'inépuisable charité de dame Nicole qui avait une layette toute prête à offrir aux pauvres ac-couchées, de la charpie pour les blessés et des pièces de monnaie pour les malheureux qu'un chômage privait de travail et de pain.

Elle avait eu de son mari dix enfants, six garçons et quatre filles, qu'elle avait tous allaités. Au moment où commence ce récit, les garçons étaient soldats, un seul excepté, et les filles aidaient leur mère.

Il y avait près de deux années que dame Nicole avait perdu son mari, et la chère femme, qui n'avait pas été heureuse, le pleurait cependant, mais ne songeait guère à le remplacer.

J'étais le dernier des enfants, le Benjamin de dame Nicole. Ma santé longtemps chancelante, la crainte de me perdre avait encore augmenté la tendre sollicitude de ma mère, qui s'effrayait en songeant qu'un jour ou l'autre je pourrais aller rejoindre mes frères. Aussi, chaque fois que la musique d'un régiment se faisait entendre, et que je suivais les soldats avec tous les enfants de mon âge, je ne rentrais jamais au logis sans trouver dame Nicole les yeux rouges de larmes. — Toi aussi, François, me disait-elle, tu m'abandonneras. — Non, mère, répliquai-je, en me jetant à son cou, je resterai avec toi et toujours.

Ma tendresse filiale n'était pas sans alliage, et ma mère ne résumait pas en elle toute l'affection qui me retenait au logis.

Je crois vous avoir dit que le magasin de fleurs
renfermait cinq jeunes filles, et que je n'avais
que quatre sœurs. Quelle était l'autre? Pour
vous donner cette explication, il me faut rétro-
grader à l'année 1770.

IV

Un matin, dans les derniers jours du mois de mai, ma mère, toujours levée la première, descendit à la boutique pour assortir ses fleurs. Ne voyant pas mes sœurs qui dormaient comme la jeunesse dort, dame Nicole impatientée monta pour les gourmander ou mieux pour les embrasser, car Mère-Jésus n'avait pas une boutade sans accompagnement de caresses. Quelques minutes après avoir administré sa correction, ma mère redescendit; comme elle furetait dans le magasin, elle entendit tout à coup des vagissements. Mère-Jésus se retourna précipitamment, et vit dans un panier qu'elle venait de vider une toute petite fille. On avait profité de l'absence de ma mère et de la solitude du magasin pour abandonner l'enfant.

Aux cris de dame Nicole, l'essaim joyeux des jeunes bouquetières envahit le magasin et entoura le panier qui servait de berceau à la petite délaissée.

— Voyez donc comme elle est mignonne, fraîche et rose, disait Mère-Jésus ; abandonner une si jolie petite fille !... Non, la mère ne l'a pas abandonnée. on lui a volé son enfant, on lui a arraché son cœur. Comme les langes sont de toile fine et sentent le parfum adouci de mes fleurs !

Et dame Nicole tournait et retournait la petite fille avec cette tendresse pleine de précautions moelleuses que donne l'expérience de la maternité saintement remplie.

— Elle ne me quittera pas, poursuivait dame Nicole : Dieu me l'a donnée, je la garde. Nous l'élèverons au milieu des fleurs. Marie, va chercher une couverture bien douce et bien chaude, la plus belle, que je la mette au fond du panier pour que la petite n'ait pas froid. Ses langes la serrent trop et retiennent captifs ses petits pieds. De la liberté, de l'air aux petits enfants pour les voir sourire comme des anges. Ma voisine, la mère Dufour, vient d'accoucher et nourrit son enfant, elle aura du lait pour deux aujourd'hui. Demain, je veux une nourrice, je l'aurai bien fraîche, bien portante, bien douce, je la surveillerai avec les yeux du cœur, — et Mère-Jésus de déshabiller complétement la petite fille.

Tout à coup les regards de ma mère se portent sur un objet qui brille ; c'est un médaillon que soutient un ruban bleu clair et velouté passé au cou de l'enfant. Dame Nicole regarde, retourne en tous sens le médaillon qui renferme des cheveux soyeux, d'un blond cendré. Le bijou est cerclé de petites perles et de diamants.

Par hasard, ma mère presse avec l'ongle un de ces diamants ; tout à coup les cheveux sont remplacés par une miniature reproduisant les traits d'une jeune et belle dame mise avec une simplicité pleine de bon goût et de noblesse.

Mère-Jésus regarde tour à tour le portrait et l'enfant ; plus de doute, dit-elle, cette femme aux regards si doux est la mère de la pauvre petite délaissée. La grande dame n'est pas coupable de cet abandon, elle en est victime.

Tout l'enclos des Halles sut bientôt l'événement, et pendant huit jours, hommes et femmes vinrent à l'envi visiter dame Nicole et sa petite fille adoptive.

L'enfant fut porté au curé de Saint-Eustache,

vénérable et digne pasteur que tout le quartier aimait et respectait. La petite fut baptisée et reçut un nom que le peuple des halles oublia bientôt. Comme elle avait un minois frais et doux, comme elle était venue au monde un des premiers jours du cinquième mois de l'année, on l'appela

ROSE DE MAI!...

V

J'avais alors douze ans ; je me constituai gravement le protecteur de Rose de Mai. J'étais heureux de la porter dans mes bras, de la promener dans tout le voisinage, où chacun la caressait, la mijotait à qui mieux mieux. L'enfant grandit, et mon protectorat commença de diminuer, à mon grand regret.

Mère-Jésus raffolait aussi de cette petite : dès qu'elle fut en âge d'étudier, ma mère lui donna des maîtres, et l'éleva non en vue de notre simple profession, mais pour la mettre à même de rentrer un jour dans un monde d'où l'infortune l'avait exclue pendant son enfance. L'intelligence de Rose de Maï était bien supérieure à celle des

jeunes filles de son âge ; elle apprenait vite et retenait sûrement. Cela provenait sans doute de ce
que la pauvre petite, qui ne partageait pas les
jeux de ses compagnes, concentrait toutes ses
pensées sur un seul objet. Aussi, lorsque j'allais
au pensionnat savoir de ses nouvelles, je la trouvais toujours, au fond du jardin, occupée à lire
ou à penser, dans un bosquet qui la dérobait aux
regards des autres enfants, et lui faisait une solitude qu'elle recherchait constamment.

Lorsqu'elle revenait le soir à la maison, Rose
de Mai était pleine de douceur, de tendresse pour
ma mère et mes sœurs. Elle me souriait aussi,
en signe de reconnaissance. Mais après ces épanchements du cœur, la jeune fille redevenait silen-
cieuse et pensive. Quand ma mère, alarmée de
cette mélancolie, interrogeait sa fille adoptive avec
une tendre sollicitude, Rose de Mai se jetait au
cou de dame Nicole en lui disant : « Bonne Mère-
Jésus, ne me grondez pas, je serai toujours gaie,
souriante pour vous plaire ; je n'aurai plus peur
de l'avenir, et ne penserai qu'à vous aimer. »

Rose de Mai était de ces natures qui ont le pressentiment de leur martyre en ce monde, et se
préparent à le subir avec cette sainte résignation

que donne l'espérance, cette goutte de rosée dans le calice d'une fleur.

Rose de Mai allait atteindre sa quinzième année ; elle ne ressemblait pas aux jeunes personnes de son âge. Ainsi, mes sœurs étaient citées comme les plus belles filles des Halles. Pleines de santé, joyeuses, brunes, grandes et bien faites, mes sœurs possédaient cette espèce de beauté, de séve luxuriante qui plaît toujours et à tous.

Rose de Mai, au contraire, n'avait rien de cet éclat ; son visage pâle était encadré de cheveux blonds cendrés. Ses yeux bleus et doux semblaient refléter la méditation, le recueillement et la souffrance. Sa taille, plus mince que celle de mes sœurs, était plus flexible, et donnait à ses mouvements, à tout son être, quelque chose de séraphique que j'ai retrouvé plus tard en Italie lorsque, pauvre soldat, je contemplais ces madones aux pieds desquelles se prosternent les pèlerins.

La beauté de Rose de Mai me paraissait d'une essence plus exquise, plus pure, plus religieuse que celle de ses compagnes. Tout était harmonie, suavité en elle, et si supérieur aux autres jeunes filles que la gaieté, le costume, la beauté de mes

sœurs, tout me paraissait vulgaire à côté de Rose
de Mai.

J'étais alors un modeste ouvrier, et par, cela
même, dans l'impossibilité de peindre avec de
telles couleurs cette jeune fille ; mais ce que mon
défaut d'instruction me privait d'apprécier par la
parole, mon cœur le sentait.

J'avais compris instinctivement que ces classes
aristocratiques auxquelles appartenait sans doute
Rose de Mai possédaient le privilége d'un genre
de beauté perfectionné, dont les plus beaux types
populaires ne sauraient approcher ; que ces créa-
tures, baignées d'âge en âge dans le luxe, le repos,
l'éducation et l'esprit se transmettaient une distinction, une supériorité qui les faisaient Reines
partout. Je suis encore de cet avis à quatre-vingt-
trois ans, et cela est vrai, parce que l'art accorde
à la nature ce que le lapidaire donne au diamant :
les facettes qui l'amoindrissent sans doute, mais
le font étinceler.

Mon affection pour Rose de Mai s'était singulièrement modifiée en suivant la transformation
de l'enfant en jeune fille, ou mieux sa transfigu-
ration. Ce n'était plus cette protection calme,
raisonnée, dont les forts entourent les faibles.

Mon affection devenait un culte, une adoration, un acquiescement à une supériorité qui me faisait esclave heureux de ma sujétion, et me rendait fier d'être aux genoux d'une enfant.

Je ne m'étais jamais rendu compte de ce sentiment, j'en voyais la surface sans vouloir en sonder la profondeur ; seulement, je ne me sentais exister de la vie intelligente qu'avec elle et pour elle. Je passais des heures entières à la regarder, joyeux d'un sourire, torturé par une seule de ses larmes. Je retenais ses paroles que mon cœur se redisait à chaque instant.

Mais quand j'étais seul, la réalité commençait. Je comparais mon ignorance à son savoir, sa distinction à mes allures plébéiennes, et je frissonnais en mesurant la distance qui me séparait d'elle.

Alors je passais les nuits à étudier dans les livres qu'elle avait lus, et que ma passion seule me faisait comprendre. Je condamnais ma nature énergique et forte à la réclusion. Mais plus mon intelligence se développait, plus j'avais la conscience d'une double infériorité.

En effet, quand je sentais que je me rapprochais quelque peu de Rose de Mai par un travail opiniâtre, je jetais un coup d'œil dans une glace, et je m'affligeais d'un contraste physique impossible à effacer, je sentais que j'étais rivé, pour ainsi dire, à une condition vulgaire.

Cependant je faisais des dépenses pour remplacer la veste par l'habit, des efforts pour substituer la distinction à la force lourde et brutale; mais plus je voulais copier les belles manières du grand monde, plus je me sentais emprunté et ridicule; plus mon vêtement était riche, plus l'homme restait peuple.

VI

Un jour pourtant, par l'effet d'un de ces mirages qu'improvise la passion, je crus un instant que Rose de Mai allait descendre jusqu'au pauvre artisan.

Depuis un mois, la tristesse de la jeune fille avait pris un caractère plus grave. On devinait, en la regardant, une de ces luttes intérieures d'autant plus cruelles qu'elles évitent avec soin et qu'elles étouffent l'expansion.

Souvent Rose de Mai allait s'enfermer dans sa chambre durant des heures entières, puis elle tirait de son sein le petit médaillon que ma mère lui avait remis, et que dame Nicole avait trouvé suspendu à un ruban qui entourait le cou de l'enfant le jour de son abandon. La jeune fille regardait le bijou, y posait ses lèvres en pleurant, et se remettait à un travail de couture auquel jusqu'alors elle ne s'était jamais livrée.

Quand nous entrions dans sa chambre, elle semblait vouloir nous dérober son travail. Comme nous la savions une bonne et douce créature du bon Dieu, nous respections son secret, et nous attendions.

Je vous ai dit que dame Nicole avait regardé comme un devoir d'élever Rose de Mai en vue de la condition à laquelle ma mère supposait que l'enfant devait appartenir.

Aussi Mère-Jésus, par un sentiment de générosité digne de son bon cœur, avait consacré une partie de ses économies de vingt années à l'instruction de la jeune fille, dont les goûts, les habitudes et la mise rappelaient la classse la plus élevée de la société.

Mais il y avait toujours entre la bonne mère et cette douce jeune fille de ces petites discussions d'intérieur qui révélaient la belle âme de chacune d'elles. Rose de Mai trouvait toujours que dame Nicole lui donnait trop, qu'il y avait prodigalité, et Mère-Jésus se repentait de ne jamais assez faire pour celle qu'elle aimait par-dessus tout.

Un matin, selon mon habitude, je descendis au magasin avec dame Nicole pour l'aider à disposer ses fleurs, assemblées ensuite en délicieux bouquets par mes sœurs, lorsque tout à coup la porte s'ouvrit, et donna passage à une jeune fille qui se jeta dans les bras de ma mère — c'était Rose de Mai habillée en bouquetière des halles de Paris...

« Bonne Mère-Jésus, disait Rose de Mai en sanglotant, je ne veux pas être d'un monde qui m'a exclu ; vous aurez une cinquième fille, une bouquetière de plus. J'ai à cœur, sinon de m'acquitter envers vous, ce qui me serait impossible, mais de vous témoigner par mon travail que j'étais digne des soins que vous avez pris de mon enfance. Pour toi, François, ajouta-t-elle en m'embrassant, je ne suis plus une demoiselle, mais une sœur, une amie.

Nous restâmes quelques minutes dans les bras l'un de l'autre ; l'émotion calmée, Rose de Mai se mit à l'ouvrage. Bientôt elle commanda par l'intelligence comme elle était Reine par la beauté. On eût dit qu'elle avait été élevée en vue de l'humble profession de ma mère. Sous ses doigts délicats, les fleurs se groupaient si gracieusement que ses bouquets étaient de petits chefs-d'œuvre d'élégance et de bon goût.

Bientôt la maison obtint une renommée sans rivale. Il n'y avait pas de mariage, pas de fête à Paris ou à Versailles, sans que l'on s'adressât à notre magasin pour le choix des fleurs. Les grands seigneurs se faisaient un plaisir de venir commander eux-mêmes des bouquets, autant pour rendre hommage à la réputation de notre maison que pour admirer la beauté et l'élégance de Rose de Mai.

Aussi dame Nicole remontait chaque soir dans sa chambre avec son tablier rempli de pièces de monnaie; bientôt Mère-Jésus fut en état d'acheter la maison où se trouvait notre magasin, et de payer son acquisition en beaux écus de six livres.

Ma mère ne savait comment récompenser Rose de Mai. Au premier janvier, dame Nicole avait fait cadeau à la jeune fille, pour ses étrennes, d'un costume comme en portaient à cette époque les dames de la Halle, mais si beau, si élégant et si riche, que les duchesses et les marquises l'adoptèrent lors des bals masqués que la Cour donna pendant l'hiver de 1786.

Ce costume, tel que le portait Rose de Mai,

consistait en un spencer de velours noir entr'ouvert par devant et laissant apercevoir une magnifique chemise de batiste brodée que fermait une
rangée de boutons grenat ; la jupe, d'une laine
cachemire ponceau, descendait jusqu'à la moitié
de la jambe recouverte de bas de soie blancs avec
coins brodés. Ses pieds mignons étaient empri-
sonnés dans de délicieux petits sabots à talons
rouges. Un bonnet de dentelles à barbes et en
point d'Angleterre couvrait sa tête, mais laissait
le cou libre en se rabattant jusqu'à la naissance
des épaules. Cette coiffure se mariait délicieuse-
ment avec ce doux et candide visage encadré de
cheveux d'un blond cendré. De magnifiques pen-
dants d'oreilles d'or massif et en poires se balançaient dans l'espace laissé libre entre le bonnet
et le cou, entouré d'une chaîne fermée par une
agrafe figurant un petit Saint-Esprit en diamants.

Pardonnez-moi, Monsieur, ces détails dans lesquels se complaît un vieillard qui redevient enfant
pour égrener une à une les perles d'un écrin qu'il
ne peut plus recomposer.

VII

Je reprends mon récit. — Chaque année, le jour de la *Mi-Carême*, il y avait grande fête aux Halles de Paris.

Un mois avant cette époque, les pères de famille, les anciens se réunissaient en comité, à l'effet de procéder à l'élection d'une Reine qui présidait à la fête, ordinairement terminée par un bal. Cet usage remontait au règne de François Ier, de galante mémoire.

Le choix ne pouvait se fixer que sur une jeune fille dont le cœur était resté pur, et que de belles actions recommandaient encore aux suffrages des pères conscrits, tous établis dans les différents marchés composant l'enclos des Halles.

Les électeurs devaient avoir dépassé la cin-

quantaine ; cette condition d'âge avait été insi-
dieusement imposée par les dames de la Halle,
à cette fin que la beauté n'exerçât pas une influence par trop magnétique sur les décisions de
ce concile exclusivement masculin.

Cette année, le comité, composé de soixante-
trois membres, était présidé par Maître Rabourdin, le Nestor des Halles Centrales, et de plus
marchand de beurre et d'œufs à l'enseigne véné-
rée et deux fois séculaire de *la Poule aux Œufs-
d'Or*. Le Père Rabourdin était une individualité
assez plaisante parmi tant d'autres que l'œil
d'un observateur eût découverts dans l'enclos
des Halles, si fertile en types curieux et instruc-
tifs.

Ce brave homme, qui fournissait les premières
maisons de Paris et de Versailles, appartenait,
comme défunt son père, à la roture la moins
équivoque.

Néanmoins, le Père Rabourdin se donnait des
airs de gentilhomme empruntés aux domestiques
de grande maison, qui eux-mêmes singeaient
leurs maîtres.

Le Père Rabourdin se tenait dans sa boutique
droit, grave, sérieux. Il portait un habit à la fran-

2.

çaise, des manchettes, de la poudre, et l'épée au côté.

Maître Rabourdin commandait à ses garçons avec une dignité tout aristocratique, et parlait à ses pratiques avec une courtoisie, hélas! trop souvent incomprise.

Ces innocentes prétentions du digne marchand donnaient à rire, mais n'ôtaient rien à l'estime que chacun ressentait pour ce brave homme, qu'on avait surnommé, pour étiqueter sa folie, le baron Rabourdin.

Malheureusement pour le représentant officiel des différentes corporations marchandes des Halles Centrales, ses études classiques s'étaient subitement arrêtées après la connaissance approfondie de l'alphabet, et quant aux belles lettres, Rabourdin était parvenu à mouler sur le papier celles qui composaient son illustre nom.

Le brave commerçant avait naturellement cherché à suppléer à ce demi-savoir ; aussi empruntait-il la plume de Maître Phébus, écrivain public du Charnier des Innocents, chargé de la correspondance quotidienne de Rabourdin, et de la composition des discours du Nestor des Halles.

Le véritable nom de l'écrivain public était Grignolet. Comme Rabourdin, Grignolet avait le crâne légèrement étoilé ; mais la fêlure n'était pas la même. L'écrivain public, petit, fluet, sautillant, avait le nez en l'air ; il avait été clerc de procureur. En dépit de sa profession toute positive, Grignolet courtisait les Muses et mettait impitoyablement en alexandrins tous les contrats dont son patron lui confiait la rédaction. Toujours le poëte terminait un acte par deux rimes en forme de maxime ou de sentence ; une d'elles fut bien préjudiciable à Grignolet. Il s'agissait d'un vieillard qui, pour décider une jeune fille à l'épouser, à greffer sa beauté sur ses reliques, lui assurait sous forme de donation une partie de sa fortune.

Le rédacteur Grignolet, toujours obsédé par le démon de la poésie, fit rimer, à la fin du contrat, le mot mariage avec une qualification qui rendait transparente l'infortune immanquablement réservée à l'époux septuagénaire.

Le pronostic ne fut pas du goût du client, qui s'en plaignit au procureur, et Grignolet fut mis à la porte.

C'était le cas de divorcer avec la poésie ; Grignolet, au contraire, s'y cramponna; mais il fallait vivre. L'ancien clerc loua une échoppe dans le Charnier des Innocents, et s'improvisa écrivain public.

Comme il faisait nuit sous les voûtes du Charnier même en plein midi, Grignolet écrivait entre deux lampes dont la lumière faisait resplendir le bureau de l'écrivain public, qu'un académicien de Pontoise, qui logeait aux Halles, désigna bientôt sous le nom mythologique de Phébus.

Il va sans dire que pas un des commerçants des Halles ne comprenait cette dénomination poétique; néanmoins, et pour cela même peut-être, ces messieurs l'adoptèrent, et le nom de Grignolet s'éclipsa pour laisser briller celui du dieu de la lumière.

Alors notre poëte put s'en donner à cœur joie. Il rima des modèles de billets d'enterrement et de mariage, des spécimens de déclarations d'amour à l'usage des militaires, des bonnes d'enfants et des cuisinières. Tous ces chefs-d'œuvre furent étiquetés, puis classés par espèces et par genres.

Malheureusement Phébus était d'une distraction juvénile; il lui arrivait fréquemment d'envoyer à la noce ceux qui devaient assister à un enterrement, et de faire donner par une cuisinière rendez-vous à un sapeur au lieu d'adresser la lettre à un pompier, quelquefois de les faire venir l'un et l'autre et en même temps, faisant ainsi courtiser une poule par deux coqs : de là des quiproquos, des querelles à n'en plus finir.

Dans les assemblées officielles, Phébus était invariablement nommé secrétaire, par la raison qu'il était le seul en état de tenir la plume.

Huit jours avant la Mi-Carême, la réunion des électeurs s'installa au milieu d'un abri désigné dans les Halles sous le nom de *Pavillon-des-Fleurs*.

Maître Bourdichon, marchand de volailles, improvisa un discours fort peu académique, mais plein de sens et de vérité. On comptait trois concurrentes à la royauté; Bourdichon fit valoir les qualités de chacune d'elles et conclut en faveur de la fille adoptive de dame Nicole, qui, disait-il, était descendue d'un rang où sa naissance et son éducation l'avaient vraisemblablement placée pour obéir à un noble sentiment de reconnaissance et d'affection envers sa bienfaitrice.

Un tonnerre d'applaudissements accueillit les conclusions de ce rapport, flattant l'instinct égalitaire des électeurs, qui se pâmaient d'aise à la seule pensée d'avoir conquis cette jeune fille, la perle des Halles, sur les classes aristocratiques de Versailles et de Paris.

En conséquence et à l'unanimité, Rose de Mai fut proclamée

REINE DES BOUQUETIÈRES!

VIII

Le soir de l'élection, le Président du comité, Maître Rabourdin, vint complimenter la nouvelle Reine, et prendre ses ordres pour la cérémonie. Ce devoir rempli, le Nestor des Halles céda la parole à Grignolet, qui sollicita l'honneur de lire quelques stances improvisées, disait Phébus, pour la circonstance, mais extraites réellement du casier ayant pour titre : *Élections*.

Après la poésie, la musique eut son tour. Une sérénade fut donnée à la Reine des Bouquetières par les artistes du théâtre de Nicolet, qui vinrent après la représentation, et restèrent une partie de la nuit à jouer des symphonies sous les fenêtres de Rose de Mai.

Dame Nicole était aux anges des résultats si

heureux de l'élection que Mère-Jésus regardait avec raison comme un hommage rendu à sa fille adoptive, dont tout l'enclos des Halles était fier comme de son plus bel ornement.

Mes sœurs sautaient de joie, caressaient et mijotaient la nouvelle Reine, qui était toujours la même, c'est-à-dire douce et bonne, en dépit de son élévation.

Et moi, combien j'étais heureux du triomphe de Rose de Mai! Notre maison me semblait éclairée par la beauté de la jeune fille; sa couronne de petites fleurs des champs, tressée par mes sœurs, embaumait l'air que je respirais, d'un parfum que la piété de mon amour conserve encore à ma vieillesse.

Cette royauté confiée à une jeune fille comme un hommage à ses vertus, une offrande à sa beauté, n'était pas une distinction éphémère, ainsi que les fleurs printanières qui allaient former le diadème de Rose de Mai; de nombreuses et importantes prérogatives étaient attachées à l'exercice de ce pouvoir qui ne rencontrait que des sujets soumis et désireux de plaire à leur souveraine bien-aimée. Vous allez voir combien l'idée première de cette royauté était charmante et

pleine de poésie ; vous comprendrez toute l'influence de cette Reine dans cette immense ruche
des Halles de Paris.

Les détails curieux que je vais vous donner
vous diront aussi ce qu'il y a de tact, de noblesse,
de bonté, d'amour, dans ce peuple de Paris si ja-
lousé, si calomnié, parce qu'il est le premier par
l'intelligence autant que par le cœur.

En l'étudiant autrefois aux Halles de Paris, je
le prenais dans sa condition la plus humble, là
précisément où le manque absolu d'éducation, la
privation complète de lumières, font ressortir si
complètement ses défauts, ses désirs, ses appétits,
sa convoitise. Eh bien, tous ces défauts si dangereux ailleurs, étaient en quelque sorte contenus,
apaisés par un noble sentiment : la reconnaissance.

Cette étude, qui a été pour moi longue, pa-
tiente, mais pleine de charmes et d'émotions, est
digne des méditations d'un écrivain qui, toute sa
vie, s'est occupé de l'histoire et de l'administration de la Ville de Paris.

Cette étude vous offrira une de ces comparai-
sons frappantes de vérité entre la population parisienne d'il y a soixante-dix années et le mélange

3

actuel d'habitants venus de partout pour fondre sur la Capitale comme sur une proie.

Vous serez vivement impressionné en voyant combien l'ancien peuple de Paris, ce vrai peuple parisien homogène, sans croisement, contraste avec cette variété de peuplades de caractères opposés, de natures différentes ou hostiles, sang mêlé, appauvri, véritables bohémiens, abandonnant père, femme, enfants, tout ce qui fait la joie de ce monde par l'accomplissement du devoir, pour faire de la Capitale un Paris forgeron qui étouffera immanquablement un jour ou l'autre la Reine du luxe, des plaisirs et des beaux-arts.

Vous connaissez mieux que moi l'origine des Halles de Paris; aussi, je veux être sobre de réflexions historiques.

— François Nicole, comment simple ouvrier, avez-vous eu le loisir de vous occuper de recherches historiques ?

— C'est tout simple, monsieur. Grâce à la bonne direction imprimée à notre commerce par Rose de Mai, dame Nicole acquit bientôt une véritable fortune dont tous les enfants de Mère-Jésus se ressentirent.

Jaloux de me rendre utile à la Reine des Bouquetières, je résolus sinon d'être un savant, il était trop tard, mais je voulus au moins épargner à Rose de Mai des détails que je croyais au-dessous de la jeune fille.

Dans mon ambition, sinon de me faire aimer d'elle, je ne l'espérais pas, je n'en méritais pas la récompense, dans mon ambition de me faire estimer au moins de cette âme si élevée et si pure, je travaillais, j'étudiais; car je sentais que le savoir me rendrait utile, me ferait conquérir le bonheur de la voir plus souvent en lui devenant plus nécessaire, que ce serait enfin la rémunération que le bon Dieu accorderait à mon dévouement, à mon amour. — Je voulus savoir, et j'appris.

Me voyant si désireux de m'instruire, le bon curé de Saint-Eustache, dont j'esquisserai bientôt la douce et pieuse physionomie, le curé Merlin, me prêta des livres, me guida par ses conseils, me donna quelques leçons et, mon amour aidant, ou mieux, sanctifiant ma bonne volonté, j'eus l'honneur d'être nommé secrétaire suppléant de la Société des Halliers de Paris ; Grignolet conserva le privilége de la poésie, j'eus la prose en partage. Quand il fallait invoquer les dieux et complimenter le Souverain, Phébus intervenait dans toute sa

majesté, et versait des flots d'ambroisie. S'agis-
sait-il de simples mortels, c'était François Nicole
qui trempait sa plume dans l'encre de l'épicier.
Au reste, ne vous effrayez pas de ma science historique, je ne vous en donnerai que la partie in-
dispensable et qu'il vous faut subir, car la grande
Halle de Paris va servir bientôt de théâtre au drame
qui va se dérouler devant vous, scène par scène,
jusqu'à son terrible et fatal dénoûment : la
mort !

— Veuillez, François Nicole, dis-je au bon
vieillard, veuillez excuser mon interruption. Vous
me feriez plaisir si vous ne changiez rien à l'ordre
de vos idées. D'ailleurs, l'histoire de Paris est une
de mes passions, la plus irrésistible peut-être; ma
fêlure est historique comme la tocade de Grignolet était étoilée de poésie.

IX

Vous savez que le Roi Philippe-Auguste ayant fortifié Paris et enfermé sa Capitale dans de bonnes et solides murailles dont il reste encore quelques fragments, ordonna qu'il serait établi un grand marché en une place nommée *les Champeaux*, « auxquels lieux, dit le libraire Gilles Corrozet, » furent édifiez maisons, habitations, ouvroirs et » places publiques pour y vendre toutes sortes de » marchandises et les tenir et serrer en sécurité, » et fut appelé ce marché les *Halles* ou *Alles* de » Paris, parce que chacun y alloit. »

Dès la fin du treizième siècle, les Halles avaient pris un immense accroissement, et le produit qu'on tirait de la location des places s'élevait à 908 livres 10 sous 4 deniers parisis ; ce revenu

annuel était relativement plus considérable que
le produit de la perception actuelle.

Au milieu du seizième siècle, cet établissement
n'était plus en rapport avec l'accroissement de la
population parisienne, et l'industrie et le commerce y étouffaient faute d'air. « En 1551, dit
» Gilles Corrozet, le même libraire dont nous ve-
» nons de parler et qui vivait à cette époque, les
» Halles de Paris furent entièrement baillées et
» rebasties de neuf, et furent dressez, bastis et
» continuez excellents édifices, hostels et maisons
» sumptueuses par les bourjeois, preneurs des
» vieilles places et ruynes. »

En 1553, on élargit les anciennes voies publiques aux abords de cet établissement, et l'on perça
de nouvelles communications. Chaque corporation marchande ou des métiers eut pour ainsi dire
sa rue spécialement affectée à son commerce, à
son industrie. Telles furent les rues de la Linge-
rie, des Fourreurs, de la Cossonnerie, de la Heau-
merie, de la Chanvrerie, de la Tonnellerie, des
Potiers-d'Étain, etc. Cet immense marché fut
presque entièrement entouré d'une galerie couverte dont une partie subsiste encore sous le nom
de *Piliers des Halles.*

Les sages règlements des Prévôts de Paris et de leurs successeurs, les Lieutenants Généraux de Police, contribuèrent aussi à la prospérité de cet établissement. On connaît deux ordonnances, la première de 1368, la seconde de 1371, suivant lesquelles les marchands étaient tenus de venir vendre aux Halles, les mercredis, vendredis et samedis, sous peine de 40 sous d'amende. Il leur était défendu de vendre ou étaler ailleurs; la moindre infraction était punie de 10 livres parisis. Ces ordonnances furent sévèrement exécutées. En effet, nous voyons en 1410 un drapier condamné à 20 sous parisis d'amende pour avoir manqué de venir à la Halle un samedi.

Quelques années après, deux ballots de toile qui avaient été vendus hors de la Halle furent confisqués, et l'acheteur forcé de payer une amende de 40 sous parisis.

Bientôt la population parisienne augmentant avec l'importance de la Capitale, les denrées de première nécessité, dont la vente était avec raison centralisée dans les grandes Halles, exigèrent un emplacement plus considérable qu'elles se procurèrent aux dépens des articles de fabrication parisienne qui s'éparpillèrent dans le quartier des

Bourdonnais et dans le bas des rues Saint-Denis
et Saint-Martin.

Alors les Halles Centrales, formant un immense
marché d'approvisionnement, prirent une physionomie toute nouvelle et constituèrent dans Paris
une cité à part avec des usages, des mœurs, un
caractère exceptionnels et très-curieux à connaître.

A l'époque où commence le drame qui va se
dérouler devant vous, la population renfermée
dans l'enclos des Halles de Paris dépassait douze
mille âmes. Cette agglomération au centre de
Paris était pour ainsi dire uniquement parisienne.
Toutes les places, occupées depuis le règne de
Philippe - Auguste par des Parisiens, s'étaient
transmises et se transmettaient de père en fils
sans aucune interruption provinciale ou étrangère. Il y avait bien dans les Halles de Paris des
Beaucerons, des Picards, des Normands et autres,
mais pas un de ces provinciaux ne possédait le
droit de vendre en détail dans l'enclos du grand
marché; car ce droit, essentiellement héréditaire,
était un privilége absolu, exclusif et conféré aux
seuls enfants de Paris. Les provinciaux occupés
aux Halles se trouvaient en *condition*, c'est-
à-dire *servants* des Parisiens.

— Ceci, François Nicole, est complétement d'accord avec les documents que j'ai recueillis sur l'ancienne organisation administrative de la Ville de Paris. Cette organisation n'était pas simplement municipale, elle embrassait encore le commerce, l'industrie et même la politique, en tant que cette politique intéressait la stabilité du trône.

Or, la stabilité du trône exigeait que la ville habitée par le Souverain, la préférée du Roi, la Capitale de la France enfin, fût à l'abri des bouleversements. Pour maintenir la tranquillité dans Paris, il fallait à tout prix faire de Paris une ville de luxe, une Reine des beaux-arts ; il fallait que les gentilshommes, les étrangers, les fortunés, les savants et les artistes vinssent constituer dans Paris une majorité riche qui assurât le travail de la minorité pauvre.

Pour constituer cette majorité riche, la conserver, l'augmenter si faire se pouvait, il fallait construire de beaux monuments, improviser des spectacles, varier les plaisirs, émailler, en quelque sorte, de fleurs le pavé de Paris. Mais toutes ces séductions, toutes ces merveilles, exigeaient de l'or et beaucoup, il fallait le semer à profusion.

3.

Nos Magistrats, d'accord avec le Souverain, in-
ventèrent les taxes municipales. Mais ici une
question était soulevée, un obstacle se dressait :
fallait-il imposer le luxe ou bien les denrées de
première nécessité ? Imposer le luxe eût été précisément contraire à l'idée qu'on voulait féconder,
à l'idée de faire de Paris une ville artistique ;
d'ailleurs, les revenus puisés à cette source bientôt tarie eussent été peu considérables.

Il fallait donc frapper les objets de consommation les plus productifs, des impôts parce qu'ils
se perçoivent chaque jour, parce que les besoins
se perpétuent ; ensuite ces sortes de taxe avaient
l'avantage de rendre la vie plus chère à Paris que
partout ailleurs, de maintenir conséquemment les
cultivateurs à leurs champs, les ouvriers et artisans de nos provinces dans leurs villes secondaires
ou dans leurs villages, et de créer ainsi, dans l'intérêt de Paris, un barrage à des flots écumeux
qui, envahissant la Capitale, eussent renversé
immanquablement le trône de France.

Sans doute les ouvriers et artisans de Paris su-
birent une cherté inconnue ailleurs ; mais cette
cherté, loin de leur être nuisible, leur fut au contraire bien avantageuse. En effet, elle leur épar-

gna la concurrence provinciale, c'est-à-dire active, fiévreuse, désorganisatrice, parce que cette concurrence conduit fatalement aux révolutions par l'avilissement des salaires.

La cherté des vivres à Paris, par le fait des taxes frappant les objets de consommation, fut donc la vraie digue opposée victorieusement à une inondation dont la province menaçait Paris, et dont la Capitale eût été fatalement victime, si elle avait été gouvernée par d'autres magistrats que des administrateurs parisiens.

La concurrence à Paris resta toute locale, toute parisienne, c'est-à-dire limitée, organisée, chaque profession se bornant sagement et honnêtement à sa spécialité.

Les riches et les étrangers, en dépensant leur superflu, pourvoyaient largement au nécessaire d'une minorité laborieuse qui ne grossissait qu'en proportion calculée de la majorité luxueuse et payant ses plaisirs; de là, pour les artisans et ouvriers, un salaire constamment rémunérateur et, pour conséquence finale de cette belle et savante organisation parisienne, l'élévation rationnelle du prix des denrées, qui, loin d'être un malheur, devenait une garantie, un bienfait pour les enfants de Paris. Voilà, François Nicole, ce que j'ai appris en étudiant longuement, en creusant l'ancienne et belle Édilité parisienne.

— Ce que vous venez d'expliquer, Monsieur, est frappant de vérité. Dans l'humble position où je me suis trouvé, en vivant pendant quarante-cinq années dans les Halles de Paris, j'ai vu ce que vous dites, et je reconnais aujourd'hui tout ce qu'il y a de juste, de profondément vrai dans votre langage si heureux d'élévation.

— Continuez, François Nicole.

— Les marchands des Halles, tous Parisiens, acquittaient en chantant les taxes municipales que leur remboursaient à gros intérêts les nobles, les étrangers et les riches qui habitaient en grand nombre Paris et Versailles.

Or, comme les Parisiens, depuis les princes jusqu'aux derniers des menus, possédaient des priviléges comparativement avantageux, les grands comme les petits, tous avaient un immense intérêt de conservation.

Ces derniers surtout ne songeaient guère aux innovations ; car leur gros bon sens leur avait dit qu'ils eussent fait un métier de dupes en se dépouillant de leurs propres mains ; la vérité,

Monsieur, était que les marchands des Halles passaient pour plus royalistes que le roi Louis XVI, dont l'auguste et sainte physionomie apparaîtra bientôt dans ce récit.

Les marchands des Halles, connus sous le nom de *Halliers*, étaient au mieux avec le Prévôt des marchands et les Échevins de la Ville ; cela se comprend : ils avaient la même origine, tous étaient enfants de Paris. Puis les Halliers avaient trois représentants, trois des leurs dans le Corps Municipal.

Ces braves gens ne ressentaient pas la même tendresse pour le Lieutenant Général de Police, qui, d'ordinaire étranger à Paris, ne connaissait ni leurs mœurs, ni leurs qualités, ni leurs défauts, ni leurs besoins. De là des difficultés, des frottements, des discussions parfois bruyantes qui finissaient d'ordinaire par monter jusqu'au Souverain.

Sa Majesté, qui connaissait le cœur de ses fidèles sujets les Halliers de Paris, les jugeait avec une tendresse vraiment paternelle, c'est-à-dire royale, et leur donnait souvent raison.

Il y avait bien un petit grain de politique dans cette tendresse du Roi. Le Souverain savait de

longue date que les douze mille Halliers se seraient fait tuer, hacher pour leur cher Sire; aussi
Louis XVI disait au Lieutenant de Police :

« Vous tirez sur les soldats du Roi ; vous
» pouvez avoir raison administrativement, mais
» sans aucun doute, vous avez tort politique-
» ment. »

Comme vous le verrez, Monsieur, la suppression des corporations marchandes décima les
Halliers de Paris, et ce furent leurs *servants*,
tous provinciaux, qui dominèrent à leur tour,
qui annulèrent et aplatirent les Parisiens. — On
verra ce qu'il en coûta bientôt à la Royauté. Mais
ne nous écartons pas de notre récit.

Si Sa Majesté mettait un petit grain de politique dans sa bienveillance à l'égard des Halliers
de Paris, ces braves gens, de leur côté, avaient
inventé une séduction aussi charmante qu'irrésistible. Comprenant avec raison que le manque
absolu d'éducation, leurs manières lourdes et
embarrassées, leur élocution triviale et diffuse,
seraient plus nuisibles qu'utiles à la défense de
leurs intérêts, les Halliers avaient imaginé de
faire présenter leurs requêtes au Roi et à la
Reine de France par un avocat d'une nouvelle et

délicieuse espèce, bien susceptible de gagner toutes ses causes.

Cet avocat était une jeune fille, la plus estimée, la plus pure et la plus belle des Halles. Quelle gracieuse idée dans cette offrande à la Royauté, dans cette intervention de la jeunesse et de la beauté ! On va voir comment la Reine des Bouquetières exerça cette touchante prérogative, et se concilia l'affection de la Reine de France.

De ces deux couronnes, l'une brillante de diamants, de rubis et d'émeraudes, l'autre composée de petites fleurs des champs, ce fut la seconde qui survécut à la première.

Mais n'anticipons pas sur les événements ; assistons au couronnement de la Reine des Bouquetières.

X

Les syndics des différentes corporations marchandes et des métiers des Halles se réunirent vers dix heures et demie du matin devant la demeure de Rose de Mai. Le Président Rabourdin fit former le cercle, et, se mettant au milieu, complimenta ses collègues sur leur exactitude respectueuse et leur tenue irréprochable.

Après une allocution toute paternelle du Nestor des Halles, le cercle s'ouvrit puis se réduisit de moitié. Phébus tenait la droite du président, comme représentant la poésie ; j'étais à sa gauche comme secrétaire prosateur.

Tous les visages souriaient de bonheur. Le Président, dont la joie restait toujours digne et magistrale, semblait vouloir se mirer dans son costume tout chatoyant de velours et de soie. La coupe élégante de son habit à la française était une réminiscence presque heureuse de celle d'un élégant marquis, dont l'honnête marchand fournissait la maison.

Quant à Grignolet, qui se plaisait à câliner ses formes grêles dans l'espoir de les arrondir, il avait emprisonné ses cuisses dans un pantalon si rigoureusement collant, que le cher poëte, d'ordinaire sautillant, était obligé de s'abstenir d'un mouvement hasardé, sous peine de voir s'entr'ouvrir et bâiller l'étoffe à la torture.

Les épouses, presque toutes volumineuses des syndics, avaient pris prudemment les devants et attendaient avec leurs filles, dans l'église Saint-Eustache, l'arrivée du cortége.

C'était encore là une idée chrétienne et bien poétique de mettre cette royauté si fragile sous la protection de Dieu.

Un roulement de tambour, suivi d'une symphonie militaire, annonça la Reine des Bouquetières. Le président alla de suite au-devant de Rose de Mai ; après avoir salué cette douce et gracieuse majesté, maître Rabourdin donna le signal du départ.

Un détachement de gardes-françaises ouvrait la marche ; puis défilèrent les syndics suivis des notables ; au-dessus du groupe se balançaient les bannières des différentes corporations marchandes et des métiers.

Venaient ensuite vingt-cinq jeunes filles, toutes vêtues de blanc, et choisies parmi les plus belles et les mieux méritantes.

Au milieu du cortége, et seule,

LA REINE DES BOUQUETIÈRES !...

Puis le président des syndics, le Nestor des Halles, maître Rabourdin, portant un coussin de velours sur lequel était posée une couronne dont le cercle tressé de fragments de paille de riz, disparaissait sous de nombreuses et sautillantes petites fleurs des champs, dont je vous tairai l'appellation latine, ne voulant pas laisser tomber une chenille sur les clochettes bleues composant ce délicieux et léger diadème.

Ensuite venaient les conseillers de Ville, quartiniers, dizainiers, cinquantainiers, tous élus par les habitants des grandes Halles de Paris.

Enfin, un peloton de gardes-françaises fermait la marche.

A onze heures précises, les cloches de Saint-Eustache annonçaient l'entrée du cortége dans l'église.

J'ai toujours ressenti un profond respect, une tendre affection pour nos vieilles églises parisiennes, qui semblent peuplées des âmes de nos pères.

En y entrant, j'éprouve comme une révélation, un frémissement de la Divinité. Le Parisien s'ennuierait dans les temples froids, monotones et dénudés des protestants. Il lui faut la majesté des grandes basiliques ornées de tableaux, décorées de statues. Il lui faut de pieux cantiques bercés par une douce mélodie.

Le peuple de Paris et non sa populace, ramassis de l'écume de la province et de l'étranger, le vrai peuple parisien, le plus impressionable de tous les peuples, est catholique par les yeux comme par le cœur. C'est que le catholicisme est tout amour, parfum et poésie; il souffre avec le malheur et pleure avec l'indigence. Le catholicisme s'est annoncé d'abord aux pauvres et aux menus; Jésus appelle les petits, et ils viennent à lui. Le Parisien croit, espère et prie; il ne discute pas Dieu, il le sent.

Un doux murmure d'affection et de tendre sympathie accueillit la Reine des Bouquetières à son entrée dans l'église; ce murmure était, si je puis m'exprimer ainsi, un hommage du cœur qui entr'ouvrait les lèvres des Halliers, récompensant cette douce et jeune fille de son dévouement et lui tenant compte du martyre de sa jeunesse.

Je vous ai dit combien la beauté de Rose de Mai était rehaussée par le costume si pittoresque des dames de la Halle; eh bien! la parure de la Reine des Bouquetières grandissait encore, ou mieux sanctifiait cette beauté si pure, si poétique et si virginale. Elle portait une robe de satin blanc; son voile, qui descendait jusqu'à ses pieds et lui faisait un manteau de gaze, donnait quelque chose de séraphique à ce doux visage. On eût dit une apparition céleste. Il me semblait qu'une statue de la Vierge s'était détachée de la chapelle consacrée à Marie et qu'un souffle divin en avait animé le marbre.

Rose de Mai, précédée du curé de Saint-Eustache, se dirigea vers un prie-Dieu qui lui avait été préparé, et le service divin commença.

Ce qui se passait en moi ne saurait s'exprimer : ce n'était pas de la joie ordinaire, un bonheur de

tous les jours; je me sentais vivre d'une existence
qui n'est pas faite pour la terre. J'avais envie de
pleurer et j'étais comme imprégné de joie. L'encens dont je respirais le parfum, les voix pures
des enfants de chœur que caressaient les orgues
soupirant de douces et suaves mélodies, le soleil
qui glissait en jouant çà et là sur les vitraux de
l'église et les faisait briller en émeraudes, étinceler en diamants, ou sourire en perles; cette jeune
fille vers laquelle mes yeux revenaient sans cesse
attirés par le cœur; tout cela me composait une
de ces félicités qui n'ont pas de lendemain en ce
monde et que le bon Dieu doit accorder aux élus
dans l'autre. Ce dont je me souviens, la seule perception que j'eus alors distincte et qu'il me soit
possible d'analyser aujourd'hui, s'était concentrée
sur la petite couronne de la Reine des Bouquetières.

Vers la fin de la cérémonie, quand le bon curé
posa sur le front de la jeune fille ce diadème populaire, les petits boutons mûris par la chaleur s'entr'ouvrirent tout à coup et improvisèrent un nombre infini de clochettes bleues qui se balancèrent
quelques minutes sur la tête de la jeune fille,
puis se fermèrent, se flétrirent et disparurent.

Alors j'eus comme un pressentiment d'un malheur prochain, je devins triste et j'eus peur. Il
me sembla que la nuit commençait en mon âme.
Puis, il se fit un grand silence, et la voix du prêtre
arriva jusqu'à ma douleur comme pour la puri-
fier. Il dit que le peuple faisait bien de placer toutes ses affections sous le regard de Dieu ; que
récompenser la vertu, le dévouement, la reconnaissance, c'était semer de bons grains dans une
terre toujours féconde ; que cette royauté symbolique et légendaire d'une jeune fille saurait s'inspirer des vertus de la royauté réelle, de fait et de
droit ; que le peuple, en priant pour la Reine des
bouquetières, n'oublierait pas la Reine de France.

Il annonça, en terminant, que la Reine de Versailles l'avait chargé de remettre, après les avoir
bénits, un collier et une petite croix d'or et de
diamants *à sa sœur*, la Reine des Halles.

Puis le digne curé passa au cou de la jeune
fille, qui pleurait, le précieux joyau sur lequel je
pose mes lèvres en ce moment.

— La cérémonie était achevée !

XI

Le soir, il y eut un banquet bien servi, à l'issue duquel fut donné un bal très-brillant. On ne se doute guère aujourd'hui, après trois révolutions et une cinquantaine d'émeutes, combien le peuple de Paris ressentait autrefois de sympathie pour la noblesse, à quel degré la noblesse, à son tour, affectionnait le peuple parisien. Pour moi, qui suis octogénaire et qui ai beaucoup vu, je puis l'expliquer aisément. Les ouvriers de Paris, d'une vive intelligence, étaient presque tous, dans leurs professions, de véritables artistes ; or, cette intelligence, la noblesse la payait non-seulement au poids de l'or et sans marchander, mais elle la récompensait encore par l'estime, par une préférence que les gentilshommes professaient publiquement pour tous les objets d'art et de luxe de provenance parisienne.

Ainsi, un collier de diamants, une coupe d'or, un manteau de velours, n'eût pas été acheté par un noble duc ou une séduisante marquise ailleurs qu'à Paris.

Quand on voulait récompenser par une approbation le génie de l'artiste ou le talent de l'ouvrier, un gentilhomme ne disait pas : Ce collier est d'un beau travail! mais bien, ou mieux : ce collier est parisien! et il n'y avait pas d'éloge qui valût cette qualification.

Cette câlinerie des grands seigneurs était récompensée par le peuple, qui avait pour la noblesse un profond respect, qui ressentait un vif désir de plaire à ces grands noms, dont le peuple accentuait aussi amoureusement tous les titres que les vrais gentilshommes et les belles dames de la cour mettaient d'art à faire chatoyer le velours et la soie, à faire étinceler les diamants et valoir les perles qui sortaient des mains délicates et industrieuses des enfants de Paris.

Quant aux Halliers, s'ils étaient fous du roi, ils étaient insensés d'affection pour la noblesse, qui les commandait avec bonté et les entretenait avec familiarité. Aussi, le poisson le plus rare et le plus frais, la volaille la plus fine et la plus délicate, étaient toujours offerts par le Hallier en hommage, lors de la fête du grand seigneur, comme le fruit le plus savoureux, la primeur la plus appétissante, étaient adressés sous forme de présent à chaque anniversaire de la naissance de la belle et noble dame.

Ainsi, gentilhomme, ouvrier parisien, duchesse, marquise et femme de la Halle, toutes ces natures, si différentes d'origine et d'allures, se comprenaient, s'estimaient et se touchaient par le cœur.

Cette affection mutuelle était si respectueusement exprimée par les uns, si bien accueillie et récompensée par les autres, qu'un bal n'était jamais donné aux Halles de Paris sans que des invitations ne fussent adressées d'abord aux grands seigneurs; ceux-ci, pour la plupart, loin de dédaigner cette marque de déférence, regardaient comme un devoir d'aller danser avec ces braves gens et se faisaient peuple avec plaisir au moins pour une soirée.

Le grand bal des Halles de la Mi-Carême était un bal costumé; il fut cette année d'une magni-

4

ficence qui est encore dans le souvenir des quelques survivants.

La gaieté des Parisiens était alors vive, bruyante
et expansive. Les danses populaires ne ressemblaient en rien aux menuets et autres figures en
usage à la Cour. Aux Halles, les danseurs se mê-
laient, se croisaient, se groupaient, se détachaient
avec une célérité sans exemple, un ensemble mer-
veilleux, une rapidité inouïe. Les Parisiens, véritables artistes, aimaient la musique ; mais, pour
animer leurs danses, ils la voulaient sautillante,
joyeuse comme leur folle gaieté, aussi avaient-ils
deviné l'école rossinienne, et cette nuit, les cui-
vres et les tambours dominaient, dans l'orchestre,
les instruments plus doux et plus vaporeux.

Rose de Mai avait conservé pour le bal son costume du jour, sauf le voile, qui fut enlevé. Par
une de ces délicatesses de sentiment qui expliquent
la femme, Mère-Jésus avait tressé avec mes sœurs
une douzaine de petites couronnes ; aussi, dès que
les clochettes bleues semblaient s'étioler, une nouvelle couronne remplaçait le diadème, dont les
ornements allaient se flétrir.

La Reine des Bouquetières ouvrit le bal avec le
Président Rabourdin. Cette première danse ache-

vée, Rose de Mai refusa les suivantes. Toute la soirée, elle se tint auprès de ma mère, qu'elle semblait remercier du cœur et caresser du regard. Puis, on la voyait donner doucement des ordres, commencer l'exercice de cette espèce de souveraineté que la femme sait si bien s'arroger, sans avoir besoin de couronne. Rose de Mai était pleine d'attentions délicates; elle remarquait les femmes qui ne dansaient pas, et les faisait inviter en disant aux jeunes gens de ces douces paroles qui les récompensaient de leur déférence. La petite Reine regardait si les contredanses étaient complètes et forçait les rêveurs et les récalcitrants à faire partie de la bande joyeuse. On la voyait parfois traverser la salle pour ordonner qu'on servît les rafraîchissements dans les moments opportuns et les plus désirés.

Enfin, Rose de Mai, en dépit de sa souveraineté, était demeurée la bonne et douce jeune fille que je vous ai dite, aussi naturelle sous sa robe de satin que sous son jupon de laine rouge; aussi, les Halliers, hommes et femmes, se miraient dans leur Reine; ils la cherchaient avec le cœur pour la couver du regard, et elle se mettait généreusement à leur niveau, de bonne foi, sans avoir l'air de descendre et comme ayant toujours été leur égale, rien de plus.

Vers deux heures du matin, Rose de Mai donna l'ordre de faire servir le souper ; les tables furent dressées en un instant, et les convives prirent place selon leur préférence ou leur affection improvisée. Seulement, on avait avancé un fauteuil de velours broché d'or pour la Reine des Bouquetières et un second moins élevé pour le Nestor des Halles, qui remplissait les fonctions de Grand Maître des cérémonies.

Nos braves et dignes aïeux les bourgeois et menus de la bonne Ville de Paris riaient, causaient et devisaient pendant leurs repas, puis l'on chantait au dessert en faisant de fréquentes libations en l'honneur du dieu Bacchus, comme on disait alors.

Je ne vous analyserai pas tous les mets qui passèrent sous mes yeux et auxquels la société fit amplement honneur. Comme les Halliers fournissaient les meilleures tables de Paris et de Versailles, jusqu'à celle de Louis XVI, ces braves gens ce jour-là s'étaient traités en Rois. On servit une collection de primeurs et de fruits qui eussent été vendus facilement trois mille écus.

Dès qu'on apporta le café, Maître Rabourdin réclama le silence. Après avoir caressé délicatement son jabot de dentelle, le Nestor des Halles rappela qu'il était d'usage, avant de commencer les chants, d'écouter la nouvelle Reine, qui, le jour de son couronnement, avait l'habitude de prononcer un discours à ses fidèles sujets.

Au nom de la Reine des Halles, le calme s'établit, et Rose de Mai se leva, tenant dans sa main droite une coupe d'or pleine d'un vin généreux.

« Halliers de Paris, dit la jeune fille en sou-
» riant, à défaut de ministres pour composer ma
» royale allocution, j'ai interrogé mon cœur, et
» c'est lui qui remplace devant vous les hauts
» fonctionnaires qui me manquent. Je ne vous
» dirai pas que je suis fière de mon élévation,
» mais je me sens heureuse de vos suffrages.

» L'enclos des Halles renferme un peuple de
» travailleurs, c'est une immense ruche; eh bien,
» je me fais gloire d'être la Reine de ses abeilles.

» Continuons notre passé, vendons nos mar-
» chandises pour ce qu'elles sont, et que ce pro-
» verbe séculaire : *Commerce parisien, com-*
» *merce d'honnêtes gens!* se perpétue et gagne

4.

» en vieillissant, ainsi que nos gais et savoureux
» vins de France.

» Aimons et respectons nos Rois, qui sont les
» délégués de Dieu et les bienfaiteurs de Paris.

» Soyons reconnaissants envers les nobles et
» les étrangers, qui font le bien-être de nos fa-
» milles parisiennes. N'oublions pas que c'est le
» superflu du riche qui assure dans les grandes
» villes le nécessaire du pauvre.

» Si l'ouvrier sans ouvrage ou la bonne ména-
» nagère chargée de petits enfants, n'a pas d'ar-
» gent pour nous payer, faisons-lui crédit, et si
» cela ne suffit pas, prélevons sur l'or du riche
» la pièce de monnaie du pauvre. — La charité
» c'est l'encens qui plaît le plus à Dieu. »

Puis, détachant de son cou le collier où pendait
une petite croix d'or, Rose de Mai porta humble-
ment à ses lèvres le précieux joyau en signe de
reconnaissance et de respect.

— Debout, Halliers de Paris ! dit la jeune fille
en montrant sa coupe d'or :

A la santé
DE LA REINE DE FRANCE !

Un tonnerre d'applaudissements récompensa
les paroles de Rose de Mai.

Après cette allocution prononcée avec un charme, une douceur, une noblesse sans égale, Maître Rabourdin lut un travail administratif respectueusement très-court sur les améliorations à demander à messieurs les Échevins, dans l'intérêt des grandes Halles de Paris.

Puis, Grignolet obtint la parole et déclama une épître galante en l'honneur des dames de la Halle que Phébus gratifia d'un exemplaire imprimé de sa composition poétique.

Les danses ensuite recommencèrent avec un nouvel entrain.

XII

J'avais remarqué une dame qui, pendant toute la nuit , s'était attachée aux pas de Rose de Mai et suivait tous les mouvements de la jeune fille.

A en juger par son riche costume, qui rappelait celui de la duchesse de Valentinois, la belle maîtresse de François Ier, cette dame devait appartenir à la classe la plus élevée. Lorsqu'on servit le souper, je la vis passer dans une pièce voisine où je la suivis. Mais, dès qu'elle m'aperçut, l'inconnue s'empressa de se cacher le visage avec le masque de velours qu'elle n'avait pas quitté de toute la nuit. J'eus l'air de chercher quelque chose dans cette pièce, puis je me dirigeai lentement vers un salon voisin. Une glace me réfléchissait la grande dame, qui, se voyant seule, se découvrit de nouveau la figure. Elle pleurait, et ses sanglots, qu'elle cherchait à étouffer, arrivaient néanmoins jusqu'à moi.

Je n'ai jamais vu couler les larmes d'une femme sans me sentir tout prêt à me faire tuer pour la secourir ou la venger.

Je m'avançai droit vers l'inconnue :

— Ce n'est pas par curiosité, lui dis-je, mais par devoir, que je me permets de vous aborder. Voulez-vous un service, un secours, un bras, du cœur? me voici, parlez, je suis prêt.

Elle me remercia en ôtant son masque. Sa beauté, noble et pure, me sembla une réminiscence d'une beauté moins éclatante et qui s'entr'ouvrait. Je tressaillis à une comparaison qui me passa devant les yeux, rapide, brillante comme l'éclair.

— Faites, monsieur, que je puisse voir à mon aise, contempler à loisir avec toute mon âme, cette jeune fille que vous venez de couronner Reine des Bouquetières. Il faut que je reste masquée; il y va de l'existence de Rose de Mai que vous aimez, François Nicole.

— Calmez-vous, madame, prenez mon bras et venez avec moi.

Nous rentrâmes dans la salle du banquet ; le souper touchait à sa fin. Rose de Mai se leva, parcourut un instant la salle, puis alla retrouver mes sœurs. Alors je m'avançai avec l'inconnue vers ce groupe, si charmant de jeunesse, de beauté, de gaze et de fleurs. La dame se plaça derrière moi dans un enfoncement près de l'orchestre. Là, l'inconnue pouvait regarder dans la salle sans être vue. Se croyant en sûreté, elle se découvrit le visage ; je me retournai, et la vis debout, une de ses mains appuyée contre la muraille, comme pour soutenir sa faiblesse.

Elle tremblait, des larmes s'échappèrent de ses yeux et, glissant comme des petites perles qui se poursuivaient, tombèrent sur le parquet.

Puis j'entendis ces mots entrecoupés de sanglots à demi étouffés que l'inconnue prononçait en regardant la Reine des Bouquetières :

— Comme elle est belle ! quelle suavité dans le regard ! Elle aura 16 ans le 2 mai !

La grande dame semblait couver du regard Rose de Mai et savourer du cœur la pureté de la jeune fille, qui souriait heureuse aux paroles caressantes de mes sœurs.

— Le jour va paraître, ajouta l'inconnue ; encore quelques minutes de bonheur... et je pars.

Tout à coup, un homme portant un riche costume catalan s'avança brusquement vers nous. Le bruit de ses pas fit tressaillir la belle dame, qui se couvrit le visage.

— Ce masque est inutile ; je vous avais reconnue, marquise, et vous allez me suivre.

Je me retournai.

— Personne n'a le droit de donner des ordres ici que notre Reine, dis-je à l'étranger.

Le gentilhomme ne répondit pas et prit brusquement la main de la dame comme pour la faire sortir de force.

Je serrai avec tant de violence le bras de l'insolent, qu'il retomba respectueux. Il voulut ensuite tirer son épée, je la lui arrachai et la brisai en morceaux.

Ce bruit causa une certaine émotion dans la salle et amena vers nous la Reine des Bouquetières.

L'homme au costume catalan profita d'un moment de liberté pour décrocher le masque, qui tomba aux pieds de la grande dame, dont le visage resplendissant de beauté était baigné de larmes.

Rose de Mai tira un médaillon de son sein, regarda quelques instants l'inconnue, l'étreignit dans ses bras, puis jeta un cri avec ces deux mots : MA MÈRE !

Et tomba évanouie sur le parquet.

Je relevai la pauvre enfant, à laquelle on porta secours. Quand je la vis reprendre ses sens, je regardai autour de moi : l'homme que je voulais tuer, la femme que j'ambitionnais de venger, l'un et l'autre avaient disparu.

XIII

Dès le lendemain de cette fête si tristement terminée, le Président Rabourdin commença des recherches dans le but de découvrir la demeure de la belle marquise. De mon côté, je fis d'actives démarches pour retrouver l'homme qui avait insulté si indignement la grande dame que nous regardions tous comme la mère de la Reine des Bouquetières.

Nos courses furent inutiles et toutes nos démarches infructueuses ; vraisemblablement le gentilhomme au costume catalan et la dame au masque de velours avaient quitté Paris.

Rose de Mai fut très-souffrante pendant quelques jours. Puis, tout à coup, la jeune fille cessa de pleurer pour se mettre à l'œuvre; cette nature,

si frêle en apparence, était en réalité pleine d'é-
nergie.

Rose de Mai prit bientôt sa royauté au sérieux,
pour l'exercer dans toute la sincérité du devoir.
On la vit, chaque soir, étudier les statuts qui ré-
gissaient nos corporations marchandes et nos métiers parisiens, réunir fréquemment sous sa présidence les syndics, et leur proposer d'heureuses
modifications à nos anciens règlements.

La petite Reine des Bouquetières fonda une
caisse de secours destinée à venir en aide à ceux
de nos commerçants que des malheurs immérités
frappaient inopinément ; au moyen de dons vo-
lontaires et de cotisations annuelles, cette caisse
fut bientôt en état de soulager d'autres infortunes.

Les servants des Halliers, dont les salaires n'é-
taient pas suffisamment rémunérateurs, les virent
s'élever graduellement et en proportion des services rendus.

Rose de Mai faisait porter des layettes aux pauvres femmes en couches, et leur donnait de l'argent, à l'effet de leur procurer une nourriture
qui rendît leur lait plus substantiel et plus sa-
lutaire aux petits enfants.

La Reine des Bouquetières faisait tout cela naturellement , comme le petit ruisseau qui suit
simplement son cours en promenant partout la
fécondité et le bonheur.

Les femmes aimaient la jeune fille et, chose
bien rare, ne la jalousaient pas, parce que l'existence de Rose de Mai était un enchaînement de
bonnes actions toutes en vue de plaire à Dieu, et
qui se continuaient comme les perles d'un même
collier.

L'affection des hommes se traduisait d'une
façon plus expansive : tous étaient amoureux
fous de leur petite Reine. Quant à moi, je ne puis
décrire ce que je ressentais pour elle; je la voyais,
absente ou présente, toujours aussi distinctement
avec les yeux du cœur; son existence était indis-
pensable à ma vie.

Malheureusement cette passion , bien qu'elle
fût un culte, une adoration, ne pouvait être récompensée. Je sentais instinctivement que tout
devait être harmonie dans la nature, pour glorifier le Créateur; partant de cette vérité qui condamnait mon amour sans rémission, j'entrevoyais
le martyre. Je pleurais, non de ces larmes qui
adoucissent un malheur et cicatrisent une bles-

sure, je pleurais, en dedans, de ces larmes silencieuses qui brûlent et tuent les natures les plus vigoureuses.

L'idée que Rose de Mai pouvait aimer un jeune homme beau, noble, séduisant, digne d'elle enfin, me causait de ces hallucinations qui annoncent une folie dont le terme est la mort.

La jalousie qui me mordait au cœur, eut bientôt une réalité pour aliment.

Lorsque Rose de Mai avait accompli ses devoirs de Reine des Halles, la jeune fille se mettait à composer ces délicieux bouquets qui avaient mérité à notre maison une réputation sans rivale. On venait de tous côtés, autant pour admirer la jeune fille que pour acheter les fleurs que ses doigts mignons assemblaient avec tant de grâce et de bon goût. Hommes et femmes, ducs et marquises, financiers et riches commerçants, gentilshommes et parvenus, tous voulaient un bouquet de sa main, pour avoir le prétexte de causer quelques instants avec la petite Reine, comme on l'appelait à la Cour, ainsi qu'aux Halles de Paris. Mais telle était l'influence que cette nature, si élevée et si pure, exerçait sur tous ceux qui l'approchaient, que pas un de nos chalands n'eût osé

risquer devant elle un seul mot offensant ou
même effleurant cette douce et gracieuse Majesté.

Parmi les adorateurs de Rose de Mai, il en
était un qui parut à ma jalousie plus dangereux
que les autres. Il parlait peu, mais ses regards
disaient beaucoup. Il avait l'air timide, réservé,
et cependant c'était un brillant capitaine des
gardes françaises, celui qui commandait l'escorte
lors du couronnement de la Reine des Bouquetières.

Comme presque tous les officiers d'alors, ce
capitaine était gentilhomme et se nommait Bernard de Lussan. Il avait l'habitude de venir le
soir, à une heure où le magasin était à peu près
désert, et cela, je le compris de suite, pour entretenir plus à l'aise Rose de Mai.

Il lui avait dit que sa mère aimait beaucoup
les fleurs ; que, retenu par son service, il ne pouvait l'embrasser le matin, qu'alors il déposait
dans le salon des fleurs pour sourire au réveil de
sa mère.

Cet officier eût fait un excellent diplomate ;
avec ces deux mots : ma mère et ce bouquet en
signe de piété filiale, Bernard de Lussan, comme

je crus le découvrir, ne devint pas indifférent à
Rose de Mai. Il me sembla même qu'une intelligence mystérieuse existait entre ces deux natures
d'une essence semblable. Quand le capitaine laissait passer l'heure habituelle de ses visites, les
yeux de la jeune fille semblaient attirés comme
par l'aimant vers la porte de notre magasin.

J'avais beau chercher à me créer des doutes
pour bercer ma douleur, et me laisser un espoir
à l'horizon lointain, le calme ne durait pas, je
m'éveillais en sursaut avec la conscience et la certitude de mon malheur.

Je voulus en être convaincu, me le prouver à
moi-même et sans réplique, pour en finir d'un seul
coup ; car je sentais l'impossibilité de me voir
mourir lentement en détail, minute par minute.

L'occasion que je cherchais ne tarda pas à
se présenter. Un soir, Bernard vint plus tard
qu'à l'ordinaire, et les yeux de Rose de Mai
avaient parcouru bien souvent, impatientés, le
chemin de la porte. Ma mère et mes sœurs avaient
quitté depuis quelques moments notre magasin ;
j'étais seul avec la jeune fille, et je feignais de
chercher quelques factures pour motiver ma présence.

Bientôt arriva le brillant officier. Je demandai à Rose de Mai une note que je savais n'être pas dans le magasin, et sur la réponse que me fit la jeune fille que cette facture se trouvait dans la chambre de ma mère, je sortis comme pour me la procurer. Je gagnai, par un corridor qui tournait, une petite pièce contiguë au magasin et qu'on n'ouvrait que très-rarement.

Là, je pouvais entendre tout ce qui se disait et voir ce qui se passait dans le magasin. Je penchai l'oreille vers la porte et j'appuyai une de mes mains sur mon cœur, dont les battements m'étouffaient.

— Rose de Mai, dit l'officier après quelques instants de silence, qui parurent à mon supplice, une éternité, Rose de Mai, je vous aime !..

— Bernard, répondit la jeune fille en souriant, vous me le dites ce soir pour la vingt et unième fois; c'est vingt de trop, car ces trois mots : je vous aime, la femme n'a besoin de les entendre qu'une fois pour les retenir toujours.

— Et vous, Rose de Mai ?

— Oh ! quant à moi, ma confession ne sera pas longue. — Écoutez, Bernard. Vous êtes gentilhomme, riche, brave : que suis-je, moi ? une

pauvre fille sans fortune, sans nom. Vous avez
une mère, dont vous êtes l'orgueil et la joie, qui se
mire dans son fils. Moi, ma mère me fuit comme
on veut échapper au remords. Une brillante car-
rière s'ouvre devant vous; parcourez-la. Mais moi,
l'horizon de mes rêves, le voici : les quatre murs
de ce magasin. On m'appelle la petite Reine des
Bouquetières. Que ma couronne est fragile ,
éphémère!... ces petites fleurs qui la composent,
regardez , comme elles sont fraîches aujour-
d'hui ; leur parfum est une réminiscence de cette
suave odeur de nos bois et de cette douce rosée
qui baigne nos campagnes. Mais, demain, elles
seront décolorées, flétries et n'auront plus même
le mérite d'un regret ni le bonheur d'un souvenir.
Ainsi doit être et sera ma royauté, que j'estime
non pour le pouvoir qu'elle donne, mais pour le
peu de bien que je puis faire. Au delà, une pensée
de deuil, le pressentiment d'un grand malheur et
la certitude sans me l'expliquer, mais la certitude
d'une fin prochaine.

Eh bien, ces deux positions ne vont guère ensemble, nos deux destinées ne peuvent être parallèles. Si j'avais de l'amour pour vous, Bernard;
s'il m'était permis d'en avoir, ajouta la jeune fille

en se retournant pour cacher une larme, je l'ensevelirais moi-même; je dirais à mon pauvre cœur : Tais-toi, sois muet, souffre, pleure, mais je te défends d'entr'ouvrir mes lèvres ; vous voyez que je ne puis vous aimer, car Dieu ne le voudrait pas.— Votre main, Bernard ; donnez-moi votre amitié ; elle me grandira sans vous abaisser. Venez me voir souvent, tous les jours; vous me parlerez de votre mère ; cela est si bon, si suave d'avoir une mère, d'épancher sans réserve son âme dans une âme dont on émane ! Allons, il se fait tard, quittez-moi ; je prierai Dieu de vous conserver votre mère et de vous faire général.

Dame Nicole appela, je rentrai dans le magasin au moment où les lèvres de l'officier effleuraient la main que la jeune fille lui avait abandonnée. — J'allai droit à Rose de Mai ; ma pâleur fit tressaillir la jeune fille.

— Qu'avez-vous, François? me dit-elle.

— Rose de Mai, devant Dieu, répondez-moi; aimez-vous cet homme qui sort d'ici?

— Oui, répliqua la jeune fille en sanglotant.

— Votre aveu le tuera, car je vous aime aussi.

5.

XIV

Je montai dans ma chambre ; en un instant je pris une épée, que je cachai sous mon manteau, et courus après le capitaine.

Les passants, que je consultai, me dirent que l'officier avait traversé les Halles et suivi la rue à *la Comtesse d'Artois* (1).

J'atteignis Bernard près des *Petits-Carreaux* ; j'étais haletant et tout couvert de sueur.

Certain de ne pas perdre la trace de mon rival, je modérai ma course. Je vis le capitaine dépasser le boulevard pour prendre le faubourg Pois-

_____

(1) Ainsi était nommée la rue Montorgueil, dans sa partie voisine les Halles.

sonnière. Les boutiques se fermaient, les maisons devenaient de plus en plus rares, et les réverbères, placés à de grandes distances, laissaient, par économie, des intervalles d'obscurité dont ma jalousie aspirait à profiter.

Arrivé au coin de la rue de Paradis, qui alors n'était qu'un chemin bordé de clôtures en planches, j'avisai l'officier.

— Beau gentilhomme, ne courez pas si vite, dis-je en arrêtant le capitaine par une de ses épaulettes.

— Messire chevalier de la nuit, répliqua l'officier en se dégageant, l'heure n'est pas propice pour lier conversation. Nous autre militaires, grâce à nos épées, nous jouissons du privilége d'être exempts de l'impôt que vous prélevez sur l'innocence des passants attardés.

— Vous me prenez donc pour un détrousseur d'honnêtes bourgeois?

— Aurais-je par hasard effarouché ta susceptibilité, candide habitant de la cour des Miracles?

— Bernard de Lussan, je n'en veux pas à votre bourse.

— A quoi donc alors?

— Capitaine, il faut qu'un de nous deux ait cessé de vivre dans quelques minutes.

— Je n'en aperçois pas la nécessité. S'il m'est permis de me défaire d'un voleur qui me barre le chemin, il me paraît trop sévère de tuer un fou, même ennuyeux.

— Capitaine Bernard, je vous le répète, il faut qu'un de nous deux meure à l'instant; encore une fois, défendez-vous, sinon je vous tue.

— Par mon saint patron, tu l'eusses déjà fait si l'on t'avait payé pour cela. Enfin, pourquoi ce duel à mort et sans autre témoin que ce réverbère dont la pâle clarté ne fait guère honneur à nos Édiles?

— Parce que nous aimons la même femme.

— Eh bien, mon cher je ne sais qui, il n'est pas urgent de nous tuer, car nous ne sommes pas plus heureux l'un que l'autre.

— Vous vous trompez, capitaine, vous êtes aimé.

— Et qui te l'a dit?

— Rose de Mai, et je suis François Nicole.

— Rose de Mai! En es-tu bien sûr! Et moi, qui ne reconnaissais pas ta voix. Mon bon François, mon cher ami, laisse-moi t'embrasser pour cette bonne nouvelle. Je suis aimé!... Où donc est ma bourse! La niaise qui se cache alors qu'on a besoin d'elle... la voici. La malheureuse n'a que cent louis dans le ventre, ce n'est pas assez pour te remercier, mais tu me feras crédit... Je suis aimé!...

— Elle me dédaigne, moi...

— Mon pauvre François, je comprends ton chagrin et je te plains. Mais voyons, on peut s'entendre. Prends une autre jeune fille, je te les abandonne toutes. Fais ton choix; la dot de ta femme et la tienne me regardent; je serai le parrain de tous tes enfants; tâche d'en avoir beaucoup; je ne te chicanerai pas sur la quantité. Je suis aimé!... Un grand bonheur devait me réjouir le cœur aujourd'hui. En embrassant ma mère, ce matin, elle m'a dit : Bernard, j'ai fait un beau rêve cette nuit : un ange qui descendait du ciel est venu me sourire, et se penchant vers moi : « Dieu, m'a-t-il annoncé, va te donner la paix de l'âme et faire le bonheur de ton fils! » L'ange, c'est Rose de Mai. Voilà l'explication du rêve.

— Capitaine, reculez de trois pas, et tirez votre épée, car la mienne va vous trouer la gorge pour vous empêcher de répéter ces paroles qui me tuent.

— Allons, puisque tu le veux absolument, je vais ferrailler avec toi, mon pauvre garçon, ne fût-ce que pour te prouver que je n'ai rien à te refuser.

Je me jetai comme un fou sur mon rival, qui, se bornant à parer les coups que je lui portais, laissait à ma fureur le soin d'amener une lassitude qui permît la réflexion.

Mais la rage me rendait infatigable, et, rassemblant mes forces, je résolus d'en finir, lorsque, par une secousse habilement calculée, l'épée du capitaine fit sauter la mienne, qui alla briser le réverbère comme pour le punir d'éclairer une pareille scène; les éclats de vitre en tombant me blessèrent au visage.

— Mon bon François, mon cher ami, pardonne-moi ma supercherie, dit le capitaine en s'avançant vers moi aussi joyeusement que s'il eût été à la noce; ton épée avait tout l'air d'une couleuvre, ma foi, j'ai écarté le reptile. Donne-moi ta main.

Ma fureur devenue de la folie, je me jetai sur l'officier que je voulais étouffer.

Bernard recula; puis, me saisissant par le mi-

lieu du corps, l'officier me fit pencher sur un de
ses genoux, me poussa, et je tombai lourdement
sur le sol.

— Voyons, faisons la paix, François, me dit
Bernard en me prenant la main pour m'aider à
me relever.

—Jamais! répondis-je, en cherchant mon
épée.

— Ne te donne pas tant de peine; tiens, voici
la mienne, tue-moi si tu veux, mais je ne ver-
serai jamais le sang d'un brave garçon qui vient
m'annoncer une si bonne nouvelle.

Dans ma folie je saisis le glaive; j'allais...
tout à coup j'entendis dans le lointain une voix
fraîche et pure qui modulait le refrain d'une
chanson avec laquelle dame Nicole avait bercé
mon enfance. Alors il me sembla que toutes les
vertus de la sainte femme, que toutes les ten-
dresses de ma mère venaient me régénérer.

Ma folie se calma, mon sang se rafraîchit, ma
tête eut une pensée, mon âme un remords, et la
brute redevint créature du bon Dieu.

Un ruisseau de larmes s'échappa de mes yeux,
et je tombai la face contre terre en remerciant
le ciel de m'avoir épargné un crime.

Bernard avait sans doute deviné ce qui se passait en moi, et le capitaine, qui s'était conduit en vrai gentilhomme, me tendit encore la main.

— Je ne suis pas digne de cet honneur, dis-je à mon rival. Si je ne puis oublier mon infortune, je saurai me souvenir de votre générosité. Adieu, capitaine, soyez heureux, vous le méritez plus que moi.

Et je quittai l'officier.

Quelques jours après cette rencontre, la vie de Bernard, comme je vais vous le raconter, fut dans mes mains.

Un seul mot, et c'en était fait de mon rival; je pouvais encore espérer Rose de Mai. Ce mot, j'eus l'honneur de ne pas le prononcer, et le pauvre roturier s'acquitta envers le gentilhomme, on peut le dire hardiment, capital et intérêts compris.

XV

En vous racontant, il y a quelques minutes, le couronnement de la Reine des Bouquetières, je vous ai dit quelques mots du bon curé Merlin. Ce digne pasteur, malade depuis plusieurs mois, avait appelé à l'administration de sa cure un de ses neveux, bien que ce jeune homme ne fût que simple prêtre.

Les infirmités du curé Merlin augmentant chaque jour, les attributions de son neveu s'étaient successivement étendues, et de telle façon que les paroissiens avaient fini par considérer ce dernier comme le successeur naturel et légitime de son oncle.

Le curé Merlin s'éteignit donc doucement bercé par l'affection et l'estime des Halliers.

Mais une fois mort, il sembla que toutes les
vertus du saint homme, dont les fidèles s'étaient
fait une habitude, une espèce de patrimoine, s'é-
taient dégagées de son cercueil pour briller d'un
éclat plus pur. La bienfaisance dont il avait
donné tant de preuves était devenue un noble
enseignement, et sa charité une pieuse légende.

Les Halliers de Paris s'étaient cotisés pour faire
frapper une petite médaille d'argent sur laquelle
on voyait la douce figure du défunt. Cette petite
médaille, hommes, femmes, enfants, tous la portaient. Elle était considérée comme une espèce
de préservatif contre tous les maux, comme un
bouclier qui protégeait ceux qui avaient foi en sa
vertu. Les lèvres des Halliers l'effleuraient en
priant Dieu soir et matin.

Si un marchand des Halles venait à faillir,
quand une jeune fille commettait une faute, on
disait en forme de proverbe :

> Ils ont égaré la médaille
> Du bon curé Merlin.

Après avoir rendu les derniers devoirs à leur
digne pasteur, les Halliers installèrent sans façon
le neveu du défunt, qui prit possession de la
cure de Saint-Eustache.

Cette manière de procéder ne fut guère du goût de l'archevêque de Paris qui, loin de ratifier cette élection populaire empreinte de reconnaissance, mais fort peu canonique, appela un vicaire d'une des paroisses de Paris à l'honneur de remplacer le curé Merlin.

Le successeur officiel se rendit à Saint-Eustache, montra sa nomination signée de l'archevêque, et fit mine de vouloir commencer l'exercice de son pieux ministère.

Le neveu du défunt refusa tout net de lui céder la place, en disant qu'il possédait cette cure en vertu d'une *résignation* faite en sa faveur par son oncle, et ratifiée par tous les fidèles de la paroisse.

Instruits de ce débat, les Halliers de Paris prirent à l'instant fait et cause pour le curé qu'ils s'étaient donné, et signifièrent au nouveau venu qu'ils ne reconnaîtraient jamais d'autre pasteur que le neveu du digne Merlin.

Cette détermination ne fut pas approuvée par l'archevêque, encore moins par le Lieutenant Général de Police. Le Ministre, auquel le Magistrat dut en référer, donna l'ordre à deux compagnies de gardes françaises d'aller servir d'escorte au curé, qui se rendit à l'instant à Saint-Eustache. Toute cette affaire fut conduite sans en parler au Roi ; il en résulta des malheurs que Sa Majesté eût certainement épargnés.

Les portes de l'église étaient barricadées, et une masse de peuple en défendait l'entrée ; ce ne fut qu'après avoir vaincu les plus grandes difficultés, que le commandant des deux compagnies put pénétrer dans Saint-Eustache avec le Lieutenant Général de Police.

Une fois maître de l'édifice, le chef de l'escorte, qui n'était autre que le capitaine Bernard de Lussan, mit son épée dans le fourreau, et signifia, en termes polis mais sans réplique, au jeune prêtre, d'avoir à céder la place, au curé titulaire. Sur le refus du neveu de Merlin, le Lieutenant de Police fit signe à Bernard, qui plaça le jeune abbé au milieu d'un peloton de soldats. Toutefois, par une courtoisie de gentilhomme, le capitaine pria le prêtre de lui donner le bras pour le protéger et lui assurer un libre passage à travers la foule.

Mais quand les Halliers virent leur curé, leur affection, leur idole au milieu des baïonnettes, tous éclatèrent en reproches, en vociférations et en menaces. Hommes, femmes, enfants, vieillards, se précipitèrent à l'envi vers le prêtre, fendirent les rangs des soldats, et dégagèrent leur pasteur, qu'ils recondisirent triomphalement à Saint-Eustache, aux cris de : *Vive le Roi! à bas le Lieutenant de Police!*

Le tambour assembla les gardes françaises, qui vinrent se masser dans le cimetière des Saints-Innocents. Sur l'ordre du Magistrat, le capitaine fit charger les armes, se dirigea avec sa troupe vers l'église Saint-Eustache, et l'échauffourée prit tous les caractères d'une véritable émeute.

Je vous ai dit que les Halliers de Paris avaient, pour porter les denrées à leurs pratiques, des espèces de commissionnaires qu'on appelait des *servants*. Ces porteurs, tous nés en province ou à l'étranger, avaient fini par former dans Paris une classe dangereuse par le nombre et redoutable par ses vices. C'étaient pour la plupart, de ces existences tarées, pour lesquelles Paris était un refuge avec l'impunité.

On y comptait bon nombre de cultivateurs qui avaient abandonné leurs champs, parce qu'ils trouvaient que la terre est trop lourde à remuer.

Il y avait aussi de ces ambitieux de bas étage

qui se croient aptes à tout, et ne sont bons qu'à
mal faire? puis, de ces ouvriers pour lesquels la
famille est un fardeau trop pesant, et qui veulent
fuir la misère comme un remords qu'ils ont l'in-
signe lâcheté de ne pas s'épargner en travaillant.

On y trouvait enfin de ces bohêmes auxquels
le foyer domestique fait peur parce qu'il oblige,
et dont l'égoïsme abandonne mère, femme, enfants, pour aller à l'aventure tenter une fortune
qu'ils sont tout prêts à se procurer n'importe
comment, fût-ce même par le crime.

Ces gens-là finissent toujours par former le
fumier des grandes villes, et, quand il est remué
par des intrigants ou des révolutionnaires, ce fumier fermente et devient dangereux.

Le Parisien, quelle que soit sa condition, s'il
ne se mêle pas à cette corruption provinciale, a
des qualités qui conservent et des vices qui ne dé-
truisent pas. Il a le suprême bonheur d'avoir près
de lui une famille qui est en même temps un
pieux enseignement et une sainte obligation.
Puis, la femme est à Paris la Reine, ou mieux
l'ange du foyer domestique. Quand le mari va
faiblir, la femme est là qui lui montre ses enfants,
et le ramène à la vertu par la paternité. Le Pari-

sien enfin a tout à perdre à un bouleversement,
tandis que le bohème provincial a tout à gagner.

— Ce que vous dites là, François Nicole, est
plein de bon sens, de vérité et de justesse. —

Les servants des Halliers saisirent avidement
l'exclusion du neveu Merlin comme un prétexte
d'opposition, comme une heureuse occasion de
compromettre leurs patrons qu'ils jalousaient.

Ces étrangers aspiraient secrètement à détruire
ces corporations parisiennes si riches, si puissan-
tes, mais qui rejetaient avec raison de leur sein
tout élément provincial et avarié. Les servants
des Halliers sentaient que cette organisation commerciale si inflexible ne pouvait être détruite que
par un bouleversement, et ils se tenaient tout
prêts à y prendre part.

Comme je l'appris plus tard, des meneurs dis-
tribuèrent de l'argent, et les servants quittèrent
leurs travaux. On découvrit aussi que cette classe
infime et dangereuse avait une organisation oc-
culte, et que tous les membres qui la composaient
obéissaient à un chef qui lui-même recevait le
mot d'ordre d'un personnage puissant comme
il s'en trouve toujours pour profiter des révolutions.

L'homme qui commandait les servants des Halliers avait nom Malatesta ; c'était un ancien sbire natif de Venise qui, affilié aux voleurs, qu'il avait mission d'arrêter, partageait avec eux le fruit de leurs rapines. Il n'appréhendait au corps que les bandits de bas étage dont les larcins ne lui paraissaient pas assez lucratifs. Pris en flagrant délit, Malatesta avait été condamné à mort. Il parvint à corrompre un de ses geôliers, s'échappa de sa prison, et se réfugia bientôt à Paris, où il s'engagea, pour vivre, parmi les servants des Halliers.

Grâce à une force peu commune, à une audace qui ne reculait devant aucun crime, et surtout en flattant les passions de cette multitude, Malatesta ne tarda pas à devenir le chef de ces commissionnaires, dont le nombre était de plus de deux mille dans les grandes Halles de Paris.

Sur l'ordre du Lieutenant général de Police, Bernard de Lussan quitta le cimetière des Saints-Innocents, et s'engagea, avec ses deux compagnies, dans les petites rues qui entouraient l'église Saint-Eustache.

Dès que les servants virent les soldats au milieu de ce labyrinthe de ruelles, ils leur fermè-

rent toute retraite en élevant des barricades ;
puis, poussant les femmes et les enfants au milieu de la troupe dont les rangs s'entr'ouvrirent,
ils parvinrent à désarmer une partie des gardes
françaises dont ils s'approprièrent les armes.

Bernard de Lussan s'était aperçu de ce manége
assez à temps pour conserver intacte au moins
la moitié d'une compagnie, et lorsque les servants
des Halliers vinrent pour le cerner, avec sa petite troupe, le capitaine commença le feu, et s'ouvrit un passage en faisant croiser les baïonnettes.

Malheureusement, et comme cela ne manque
jamais d'arriver, les balles allèrent frapper des
curieux et quelques femmes dont les maris s'ar-
mèrent alors, et se joignirent aux émeutiers.

La petite troupe de Bernard, cernée de tous
côtés, fusillée à bout portant, allait être détruite
ou forcée de mettre bas les armes, lorsque le capitaine donna l'ordre de s'emparer d'une grande
maison qui faisait le coin du passage des Chartreux, et qu'on pouvait défendre comme une véritable citadelle.

Les gardes françaises firent une trouée dans
cette masse de peuple et pénétrèrent bravement

6

dans la maison ; le feu des soldats postés aux fenêtres plongea dans la place, qui bientôt fut nette
et dégagée.

Mais les émeutiers ne s'étaient retirés que pour
revenir plus nombreux et avec de nouveaux
moyens de destruction. Ils arrivaient portant des
torches, de la paille et des fagots pour incendier
la maison. Les soldats, conduits par Bernard,
firent une sortie, bouleversèrent tous ces apprêts
destructeurs, et firent reculer les assaillants, dont
le nombre grossissant à chaque instant, finit par
refouler les gardes dans leur forteresse improvisée.

Les flammes s'élevèrent chassées par le vent du
côté de la maison. Les soldats, aveuglés par la
fumée, étouffés par la chaleur, ne faisaient plus
usage de leurs armes qu'avec difficulté. Le feu
avait pris aux rideaux des fenêtres et gagné les
chambres dont les plafonds étaient alors formés
de grosses poutres parallèles, qui ne tardèrent
pas à s'enflammer aussi. C'en était fait du capitaine et de ses soldats ; quelques minutes encore,
et la toiture de la maison en feu s'abîmait sur
leurs têtes.

Tout à coup, à la lueur de l'incendie, j'aperçus

une porte qui autrefois servait à communiquer de notre maison à celle que le feu allait détruire. Cette communication était utilisée alors que les deux propriétés appartenaient aux religieux qui avaient donné leur nom à ce passage. Mais cette porte se trouvait murée depuis quelque temps ; je saisis une hache et frappai à coups redoublés en appelant le capitaine. J'entendis le craquement des poutres que le feu rongeait de plus en plus ; la fusillade diminuait dans l'intérieur de la maison. Je redoublai de courage; enfin, la porte céda, je m'élançai dans la maison où un spectacle affreux s'offrit à mes regards. Tous les soldats étaient morts ou asphyxiés. Un seul cherchait à se soutenir appuyé sur son épée dont la pointe était fixée dans le parquet. Je m'élançai vers lui : c'était le capitaine Bernard.

— Laissez-moi mourir, me dit-il; j'ai perdu mes soldats, mes amis.

Comme je n'avais pas le temps de lui répondre, car le feu me gagnait aussi, je saisis le capitaine que j'emportai sur mes épaules; il était temps, la toiture croulait et l'incendie dominait en maître.

Mais le chef des servants m'avait aperçu avec

mon précieux fardeau. Suivi de plusieurs bandits, Malatesta frappait à notre porte à coups redoublés.

— Capitaine, dis-je à Bernard, si vous ne consentez à fuir au plus vite, vous ferez tuer ma
mère, mes sœurs, et celle que vous aimez. Quittez
votre uniforme, prenez cette veste, vous suivrez
ensuite le corridor, il débouche sur la rue des
Prouvaires ; marchez, cette voie est libre encore.

On frappait toujours, le capitaine s'enfuit et la
porte céda.

— François Nicole, qu'avez-vous fait de votre
rival?

— Malatesta, je l'ai sauvé.

— Le niais, répliqua le bandit qui arma son
pistolet et fit feu.

J'éprouvai une violente douleur à la tête, le
sang m'aveugla et je tombai.

Quand je revins à moi, j'étais couché dans
cette petite chambre bleue qui va disparaître;
cette chambre était celle de Rose de Mai.

— Pouvez-vous me dire, François Nicole, ce
qu'était devenue la jeune fille pendant cette
émeute ?

— Le chef des servants appréciait toute l'influence que la Reine des Bouquetières exerçait sur les Halliers de Paris ; aussi, Malatesta s'était emparé de la jeune fille qu'il retenait captive. Mais après le départ du bandit, un des servants, dont Rose de Mai avait sauvé l'enfant, s'était souvenu, et la petite Reine était libre.

L'incendie avait gagné notre maison. A cette affreuse nouvelle, toute l'affection des Halliers pour la Reine des Bouquetières s'était ravivée. On entendait les cris des vieillards, des femmes et des enfants, qui appelaient Rose de Mai.

Tout à coup la grande porte de notre maison s'ouvrit, et l'on vit la jeune fille s'avancer lentement vers la place éclairée par le feu des torches et les lueurs sinistres de l'incendie.

Rose de Mai apparut aux Halliers comme au jour de son couronnement. Un voile blanc l'enveloppait, et sur sa tête était posé le petit diadème formé de fleurs des champs.

La chaleur entr'ouvrit un instant toutes les petites clochettes bleues, qui se balancèrent gracieuses et légères sur le front de la jeune fille.

Tous les Halliers se prosternèrent devant la Reine des Bouquetières, comme on voit les épis d'un champ de blé onduler sous la brise.

6.

D'un geste plein de dignité, la jeune fille réclama l'attention.

— Depuis quand, dit la Reine des Bouquetières, les Halliers de Paris se font-ils justice eux-
mêmes? En agissant ainsi, ils compromettent
leur fortune, leur honneur, la vie de leurs femmes
et de leurs enfants. Les soldats, qui sont vos
frères, vous les avez traités en ennemis; qu'on
leur rende leurs armes avec la liberté. L'incendie que vous avez allumé, je vous ordonne de
l'éteindre, et vous retournerez ensuite repentants
et soumis dans vos maisons. Demain, je me ren-
drai à Versailles pour prier notre cher Sire de
vous pardonner et de vous donner le prêtre que
vous avez choisi.

Toutes les barricades tombèrent, et les soldats
furent délivrés aux cris de :

VIVE LE ROI LOUIS XVI !

XVI

Maintenant, monsieur, j'ai à vous entretenir de hauts personnages figurant dans un monde que n'eût jamais approché le pauvre ouvrier, sans une circonstance qui lui permit d'être utile à l'un de ces grands seigneurs dont la pureté du sang valait la noblesse du cœur.

Grâce à ce personnage, auquel avait été conférée la plus haute dignité municipale, et dont la belle existence fut couronnée par une mort héroïque, je ne tardai pas à être initié à certains actes qui préludèrent à la révolution.

Je vous dois ici des détails qu'il vous importe de connaître, avant d'assister au drame qui va se dérouler devant vous.

C'était le 3 mai 1789. Dans le petit salon bleu
du palais de Versailles, trois gentilshommes se
tenaient autour d'une table recouverte d'un tapis
de même couleur et broché de fleurs de lis d'or.

Le premier était assis. Seul, il avait la tête couverte d'un chapeau de velours bordé de duvet de
cygne. Sa physionomie ouverte et franche inspi-
rait le respect autant que l'affection. Ses yeux
bleus bien fendus révélaient la douceur et la
bonté. Son front heureusement éclairé avait le
poli de l'ivoire, seulement il semblait fuir un peu
en arrière. Le nez était romain, mais les narines
molles et trop arrondies en affaiblissaient l'expression. Sa bouche, bien ornée, avait l'habitude et la
joie du sourire ; toutefois, à l'épaisseur des lèvres,
on devinait qu'elle se refusait à l'énergie du com-
mandement ; enfin, sur ce visage d'une beauté re-
marquable, quoique efféminée, se reflétaient
avec grâce les douces qualités de l'homme de
bien, sans accentuer aucune des fortes passions
qui décèlent l'homme de génie. — Ce personnage
était le Roi Louis XVI.

Le second, à droite de Sa Majesté, s'appelait
messire Jacques de Flesselles, Prévôt des Marchands de la Ville de Paris. La figure du Magistrat

annonçait à l'instant une nature solidement trem-
pée ; pas un pli sur ce rude visage, pas une concession dans ce caractère énergique. C'était la
conviction, le dévouement, l'abnégation fondus
ensemble et d'un seul jet ; comme l'acier, on
pouvait le briser ; le faire plier, jamais ! Les révolutionnaires avaient compris au premier mot
l'impossibilité de le séduire ; aussi s'étaient-ils
décidés à tuer le Magistrat. De Flesselles le savait, et s'apprêtait froidement à la lutte qu'il estimait mortelle.

Le troisième personnage, à la gauche du Roi,
avait nom Louis Thiroux de Crosne, Lieutenant
général de Police. Son caractère était la contre-
partie, ou mieux la contradiction du Prévôt des
Marchands. On le considérait comme une nature
facile et spirituelle, se moulant sur les événements et sachant leur faire, en temps utile, toutes
les concessions nécessaires. Il ne se rangeait en
aucune circonstance du côté des opinions tran-
chées ou extrêmes ; d'inclination, il était porté
vers les idées mixtes ou les mesures modérées.
Il ne s'estimait pas certain de convaincre ses supérieurs, mais il était assuré de leur plaire toujours par la facilité onduleuse de son caractère.

— Maintenant, écoutons la conversation qui va suivre.

LOUIS XVI. Vous pensez donc, monsieur de Crosne, dit Sa Majesté en se tournant vers le Lieutenant général de Police, que l'émeute qui vient d'ensanglanter les grandes Halles de Paris n'est, en réalité, qu'une échauffourée, un de ces accidents sans signification auquel il ne faut plus penser ?

M. DE CROSNE. Tel est mon sentiment, Sire. J'ai fait arrêter les principaux meneurs, dont un certain Malatesta est le chef ; on pendra ce bandit étranger, et tout sera fini.

LOUIS XVI. Et vous, monsieur le Prévôt des Marchands ?

DE FLESSELLES. Je dois dire à Votre Majesté que mon opinion est en tous points contraire à celle de M. de Crosne, et que cette émeute des Halles, qui d'ailleurs n'est pas la seule que nous ayons à déplorer en France, doit être considérée comme un symptôme des plus fâcheux, et de nature à donner à réfléchir à nos hommes d'État.

Je suis bien éloigné de vouloir appeler la sévérité de Votre Majesté sur les Halliers de Paris, qui sont au fond de braves gens et royalistes de

cœur. Mais, à côté de ces Parisiens dont l'égare-
ment peut être pardonné, fermente une agglomération provinciale que M. le Lieutenant de Police
a eu grand tort de laisser se former dans Paris,
parce que les bohêmes qui la composent serviront
un jour ou l'autre, d'auxiliaires aux ambitieux et
de soldats aux révolutionnaires.

DE CROSNE. Depuis longtemps, Sire, les Prévôts
des Marchands jalousent les Lieutenants de Police, et c'est une vieille animosité que continue
aujourd'hui, avec plus d'âpreté encore, messire
de Flesselles. De quoi se plaint le Prévôt?

DE FLESSELLES. De ce que votre administration
est la contre-partie, ou mieux l'adversaire de la
nôtre.

DE CROSNE. Comment cela?

DE FLESSELLES. Tous nos actes, dans l'intérêt de
la stabilité du trône, tendent à faire de Paris la
Capitale du luxe et la Reine des beaux-arts, à
cette fin que la majorité riche ou aisée assure
le pain de la minorité laborieuse. Votre administration, au contraire, monsieur le Lieutenant général de Police, par des mesures irréfléchies et
de fausses combinaisons, provoque l'émigration
de la province pauvre au détriment de Paris, au

préjudice surtout de l'autorité Royale, en faisant
de cette ville ce que la Capitale d'un grand empire ne doit jamais être, une Cité ouvrière, une
immense ruche d'artisans. Vous parlez de rivalité,
de jalousie, allons donc! vous oubliez que le
Prévôt des Marchands est considéré à juste titre
comme le premier Magistrat de la Ville de Paris,
et que la jalousie regarde toujours au-dessus
d'elle, jamais au-dessous.

LOUIS XVI. Nous voyons avec peine la discussion
dégénérer en personnalités blessantes que vous
eussiez dû nous épargner. Nous vous avons fait
mander pour nous inspirer de vos bons conseils
dans des circonstances qui ne sont pas, à notre
avis, sans gravité. Voyons, Magistrats de Paris,
que pensez-vous de la situation de notre Capitale,
et quelle est votre opinion sur les réformes que
nous projetons dans l'intérêt du pays tout entier?
— Vous avez la parole, M. de Crosne, nous vous
écoutons.

DE CROSNE. Sire, une grande nation comme la
France ne peut rester immobile et glacée en présence du progrès. Dans vos provinces comme à
Paris, partout l'opinion publique demande des
réformes salutaires, réclame des améliorations

indispensables dans l'organisation générale du Royaume, aussi bien que dans l'administration particulière des villes. Je crois qu'il est inutile, je pense qu'il est sage surtout de se laisser aller au courant des idées, ou mieux, de diriger le flot plutôt que de lui opposer une digue qu'il battrait aujourd'hui et briserait demain.

Vos provinces, Sire, doivent cesser d'être picardes, normandes, champenoises ou bretonnes; que tous leurs priviléges particuliers, qui se contredisent ou se heurtent, soient fondus dans un même creuset, à cette fin qu'il en sorte une France compacte et homogène.

Les finances du Royaume ont besoin d'être surveillées, par cela seul qu'elles sont le point de mire de la convoitise des grands, qui s'en font un superflu dérobé au nécessaire des petits. Que ceux qui contribuent aux charges publiques surveillent les dépenses de l'État, ou confient à des délégués le droit d'en exiger bon compte.

Mais c'est surtout l'administration parisienne qui a besoin de nombreuses et importantes modifications.

Pourquoi le corps municipal de Paris n'est-il formé que des seuls Parisiens? D'où vient cette

7

exclusion rigoureuse, implacable, des provinciaux, comme si le terroir parisien avait seul le privilége d'octroyer l'intelligence et la droiture? Que tous les habitants de la Capitale soient appelés à nommer leurs magistrats; qu'ils les choisissent comme bon leur semble, et les prennent sans distinction du lieu de leur naissance.

Les corporations marchandes ou des métiers parisiens rejettent de leur sein tout élément provincial ou étranger, de telle façon qu'ils annulent la concurrence, et tuent le génie inventif qui distingue notre nation.

Pourquoi les taxes municipales frappent-elles de préférence les objets de consommation, les denrées de première nécessité, tandis qu'elles laissent passer affranchies toutes les superfluités du luxe et de la richesse?

D'où vient qu'on nous prescrit de refuser des permissions de fonder dans Paris des usines et des manufactures qui sont si nombreuses à Londres, et qui contribuent si puissamment à la fortune de cette Capitale de l'Angleterre?

On craint une trop grande agglomération d'ouvriers dans Paris; mais, en les instruisant, en les moralisant, on évite tout péril pour l'Autorité, et l'on utilise, au profit de la Capitale, une des forces vives de la nation. Enfin, Sire, pour résumer mon opinion, je crois qu'il importe de greffer une royauté plus jeune, plus progressive, plus nationale enfin sur l'ancienne monarchie.

LOUIS XVI. Nous vous remercions, monsieur de Crosne, des bonnes intentions que vous venez d'exprimer devant nous. Il est de vos idées que nous partageons. Toutefois, nous ne sommes pas sans inquiétude sur la destruction proposée d'une organisation municipale si glorieuse et si utile à nos prédécesseurs. Aussi, devons-nous prendre à ce sujet l'avis de notre féal et très-honoré messire de Flesselles, Prévôt des Marchands de notre bonne Ville de Paris.

DE FLESSELLES. Pour la dernière fois, Sire, il me faut aujourd'hui ouvrir mon cœur à Votre Majesté. J'ai la certitude d'une mort prochaine, et je dois parler à mon Roi bien-aimé comme un homme qui va paraître devant Dieu.

Sire, en vous donnant ma vie, car je sais qu'on me tuera, parce que je suis fidèle à mon Souverain, j'acquiers le droit de vous dire toute la vérité, et j'ai l'espoir que Votre Majesté daignera l'entendre.

J'entrevois un de ces ébranlements prochains
et terribles qui ne laisseront rien debout : — noblesse, royauté, religion, tout sera profané, renversé, détruit !

Il n'est pas de circonstances, pas une, qui ne
semble concourir à cet anéantissement fatal, jusqu'aux vertus de Votre Majesté, dont le noble
cœur s'égare au récit d'abus imaginaires, et
s'attendrit à l'annonce de souffrances exagérées.

Sire, il est de ces moments solennels où le
choix d'un système implique la vie ou la mort
des gouvernants; Votre Majesté a choisi, elle s'est
livrée ; — elle sera victime.

Je comprends qu'une grande nation comme la
France ne reste pas stationnaire et indifférente
en présence du progrès. Mais le moment est-il
bien choisi pour les innovations? C'est, à mon
avis, dans les jours de calme, que les idées pro-
gressives peuvent être fécondées, et non à des
époques malheureuses où le pays, excité par des
ambitieux et des utopistes, est en pleine fermentation.

Une concession aujourd'hui, Sire, est une faiblesse, vous condamnant demain à d'autres concessions qui vous désarment et vous condui-

sent où l'on a traîné Charles Ier d'Angleterre.

Au moment où nous sommes, bien mieux vaudrait tenir dans votre main ferme et solide l'épée de la France, avec la pointe partout où se dresse une opposition, où fermente la rébellion.

Je ne pèserai pas, avec ma vieille expérience des choses humaines, toutes les innovations réclamées pour la plupart, à grands cris, par des ambitieux ou des révolutionnaires intéressés à la chute de la Royauté. Je me contenterai de broyer une de ces utopies que j'appelle une spoliation.

On vous propose la suppression des titres de noblesse. La bourgeoisie, qui dévore du regard et par jalousie ces distinctions nobiliaires, ne sait pas que le peuple pourrait retourner terriblement contre elle un jour l'argument qu'elle essaye de faire valoir aujourd'hui. Qu'aurait-elle à répondre si le peuple venait lui dire : « Un patrimoine d'honneur valait mieux qu'un patrimoine d'argent ; vous nous avez appris à voler l'un, et vous vous plaignez qu'on vous dérobe l'autre ! »

Puis, quand ces titres seront lacérés, brûlés, réduits en cendres, croyez-vous, Sire, que tout sera peuple ? Il n'y aura plus de gentilshommes sans doute, plus de noblesse d'épée, plus de noblesse de robe; mais une autre tentera de s'élever avec des oripeaux en plus et le cœur en moins. — Au lieu de saluer un Montmorency, on s'inclinera devant un enrichi, quelle que soit la source de sa fortune.

Je n'en dirai pas davantage au sujet de ces innovations, mirages trompeurs qui séduisent les moutons et égarent les niais composant toujours la grande majorité d'une nation.

Mais ce qu'il importe, c'est de ne pas laisser subsister triomphant dans l'esprit de Votre Majesté un seul des arguments formulés par M. le Lieutenant Général de Police.

Sire, en parlant de l'administration parisienne, M. de Crosne, l'apôtre des innovations, est étranger à Paris; il ignore son histoire, ses intérêts, son action sur le monde; administrativement parlant, mon adversaire est né d'hier, et il veut démolir.

Que suis-je, moi qui entends conserver? Enfant de Paris, ses monuments ont ombragé mon berceau. Son histoire, son administration, j'en ai fait la spécialité de mes études, comme elles sont devenues l'affection de mon cœur et la félicité de toute ma vie.

Quand je parle de Paris, j'ai pour mes opinions,

en faveur de mon jugement, l'expérience et la consécration de douze siècles d'une administration qui a été l'exemple de l'Europe, et qu'on applique encore, à l'étranger, au moment où l'on vous propose de la détruire en France.

Faisons dominer dans l'esprit de Votre Majesté le grand intérêt de la conservation de l'Édilité parisienne, et prouvons qu'en la détruisant on brise votre couronne pour démolir périodiquetous les gouvernements à venir.

Si vous voulez maintenir Paris comme Capitale, il n'y a pas de milieu, Sire, il faut lui conserver des priviléges qui constituent sa suprématie. Ce sont précisément ces priviléges que la province jalouse, sans se rappeler que Paris a fait la Royauté grande dame et souveraine maîtresse, *que Paris a constitué une France!*

Votre Majesté va voir d'ailleurs que si Paris a des prérogatives inhérentes à sa qualité de Capitale, sa position de première ville de France lui impose aussi des devoirs. Sa grande obligation, la plus sainte de toutes, est de sauvegarder l'Autorité souveraine, et de faire en sorte que pas un rubis, diamant ou émeraude ne se détache de la couronne de France. Eh bien, quel est le grand intérêt

de la Royauté ? Que Paris soit ville de luxe, la
Cité-Reine des beaux-arts, avec une majorité riche
et naturellement dépensière, dont le superflu, lestement dépensé, est la garantie, le nécessaire de
la minorité pauvre.

Le grand principe de toute argumentation
administrative ainsi posé, je me mets en face de
mon adversaire et je lui dis : L'intérêt de la Ville
de Paris est tout l'opposé de celui de la province ; voilà pourquoi l'on a compris, depuis des
siècles, qu'il faut à Paris des Édiles parisiens, et
non des magistrats provinciaux ; il n'est donc pas
le moindrement question de prééminence intellectuelle qui soit avantageuse aux premiers et bles-
sante pour les seconds, mais bien et uniquement
d'obéir à une nécessité de premier ordre.

Votre Majesté veut-elle savoir combien les deux
intérêts parisiens et provinciaux sont hostiles ?
Rien de plus aisé ; — mettons-les en présence.

M. de Crosne vous a dit : « Il faut abolir les
taxes frappant les objet de consommation, les
denrées de première nécessité. » En parlant ainsi,
le Lieutenant Général de Police représente évi-
demment l'intérêt provincial, qui est bien aise
de faire entrer en franchise ses blés, ses bestiaux,

ses vins, ses étoffes dans Paris; c'est-à-dire d'emporter de la Capitale le plus d'or possible, sans vouloir lui en laisser une parcelle.

Voici maintenant en quels termes réplique, par ma bouche, l'intérêt parisien : « Une capitale doit être une ville de consommation, non de production. Paris est pour la province un immense marché, une mine d'or. Nous continuerons à frapper d'un droit municipal le blé de la Beauce, comme le bétail de la Normandie, les vins de Bourgogne et du Bordelais, comme les étoffes de soie que nous envoient Amiens et Lyon, parce qu'il est juste que vous abandonniez à Paris quelque peu de cet or que nous vous donnons à pleines mains; d'ailleurs, du produit de ces taxes, nous faisons deux parts : l'une est dévolue à la Royauté, pour la couvrir de pourpre; l'autre sert à construire dans Paris de splendides monuments dont la beauté rayonne sur le monde et le conquiert à la France, — Voilà l'intérêt parisien dans toute sa sincérité. »

Maintenant la Royauté va peser ces deux arguments. Tous les Rois vos prédécesseurs ont dit : Si l'intérêt provincial l'emporte, nous portons préjudice à la splendeur de Paris, et nous

7.

faisons bientôt à l'autorité souveraine un tort immense, une blessure mortelle. Les provinciaux admis dans le Corps Municipal, les taxes parisiennes sont supprimées. Alors la vie devient à meilleur marché à Paris que partout ailleurs, par le fait seul de l'agglomération, de l'accumulation des denrées de première nécessité; ainsi Paris, où l'on gagne davantage, sera bientôt la ville où l'on vivra à meilleur compte. Que produiront ces deux injustices? Une attraction fatale sur les cultivateurs et les ouvriers de la province, qui abandonneront leurs champs et leurs villes secondaires pour fondre sur la Capitale, où ils constitueront une majorité pauvre et bientôt dangereuse.

Voilà donc la ville de Paris condamnée à perpétuité à fournir du travail et du pain à cette majorité grossissant chaque jour, mais à laquelle les nobles, les riches et les étrangers devenus la minorité, ne pourront plus donner le nécessaire; de là, pour l'Édilité de Paris, qui ne serait plus parisienne, des travaux immenses, des dépenses inouïes, des emprunts forcés, ayant pour terme fatal, mais certain : la banqueroute!

Mais la Royauté, qui avait compris que le trône

de France se trouverait au milieu d'une mer houleuse où le flot populaire le briserait infailliblement, la Royauté, dis-je, prend fait et cause pour l'intérêt parisien, qui est monarchique, contre l'intérêt provincial, qui est destructeur de l'autorité souveraine. La Royauté agit dans ce sens, depuis Philippe-Auguste jusqu'au règne de Votre Majesté, qui devrait suivre le glorieux sillon tracé par ses prédécesseurs.

Louis XVI. Mais par de bonnes institutions, par des œuvres de charité, je moraliserai cette émigration provinciale.

DE FLESSELLES. Votre Majesté va voir combien son noble cœur l'égare. D'abord, arrêtez-vous à cette vérité : les cultivateurs qui délaissent de gaieté de cœur les champs arrosés des sueurs de leurs pères pour aller à l'aventure ; les artisans et ouvriers qui abandonnent mère, femme, enfants, qui oublient ou méconnaissent les saintes joies de la famille, toute émigration enfin, Sire, tordez-la par la pensée ; vices et vertus broyés ensemble, vous n'en exprimerez jamais l'essence la plus pure d'une nation.

J'admets pour un moment, avec Votre Majesté, qu'elle moralise par de bonnes institutions et de

nombreux bienfaits cette première émigration.
Ce miracle obtenu, une seconde émigration, un
déplacement incessant de la province aux dépens
de Paris, viendront annuler les bons effets de vos
mesures, et former avec l'ancienne couche provinciale un fumier parisien toujours en fermentation.

Votre Capitale cessera d'être le Paris d'autrefois, la ville du luxe et de la richesse par excellence, la Reine des beaux-arts, pour devenir une
vaste cité ouvrière, une immense ruche d'artisans. Au milieu de cette multitude si facile à
égarer, parce qu'elle a pour appât devant elle,
sous sa main, toutes les séductions du luxe, toutes
les joies la fortune, et qu'il n'y a qu'à oser pour
en jouir sans labeur, que deviennent ces quatre
planches de chêne recouvertes d'un drap d'or, et
qu'on appelle le trône de France ?

Cette administration le place sur un tonnelet
de poudre et si des ambitieux y mettent le feu, le
trône est brisé !

LOUIS XVI. Messire de Flesselles, votre argumentation est comme le glaive qui brille et qui
tue. — Qu'en pensez-vous, monsieur le Lieutenant Général de Police ?

M. DE CROSNE. La science du Prévôt des Marchands de la Ville de Paris est plus clairvoyante que mon dévouement à Votre Majesté. Je supplie M. de Flesselles de continuer, j'ai besoin encore d'aller à cette grande et belle école administrative où l'on apprend à parler aux Rois, à servir noblement la monarchie.

DE FLESSELLES. Vous disiez, monsieur de Crosne, qu'il fallait accorder toutes les permissions possibles de fonder dans Paris des usines sans nombre. Eh bien, chaque autorisation, je la considère comme un boulet de canon qui trouera le palais des Tuileries. Par là vous créerez dans la Capitale une formidable agglomération ouvrière, et vous faites de cette ville, de cette sirène qui éblouit les étrangers et les riches, qui enchaîne les savants et les retient tous tributaires, captifs, esclaves à ses genoux, vous en faites un Paris enfumé, un Paris forgeron, un Paris Vulcain.

M. DE CROSNE. Éclairé par votre génie, je refuse à l'avenir ces autorisations.

DE FLESSELLES. Il est trop tard, Monsieur. Vous avez brisé la digue, et le flot nous emporte.

DE CROSNE. Que Dieu me pardonne!

DE FLESSELLES. Quand j'aurai fini, Monsieur, vous le prierez, car vous aussi vous paraîtrez bientôt devant lui. Vous voulez briser également sur l'enclume de votre Paris forgeron nos corporations marchandes et des métiers parisiens. Dans cette institution vous ne voulez voir que l'abus, non le bienfait; au lieu d'élargir le cadre, vous le pulvérisez. Quels seront les résultats de cette destruction? Une augmentation effroyable de la population parisienne, une concurrence désordonnée, fiévreuse, en fin de compte l'avilissement des salaires, par la progression foudroyante des travailleurs.

LOUIS XVI. Cependant, ces corporations marchandes, ces corps de métiers sont trop exclusifs, et la limitation du nombre des maîtres trop rigoureuse.

DE FLESSELLES. Sans doute, Sire, on peut améliorer, mais il ne faut pas démolir. A la restriction, gardez-vous de substituer l'anarchie commerciale et industrielle. Ne faites pas que le banqueroutier de la province vienne impunément à Paris faire de nouvelles dupes, et prenez garde que les ouvriers de vos villes secondaires, abusant des nouvelles franchises et fondant sur Paris comme une nuée de sauterelles, ne dévorent la substance des Parisiens.

LOUIS XVI. Ceci doit être mûrement pesé, et nous y réfléchirons. Êtes-vous d'avis d'exécuter de grands travaux dans Paris? Il est un vieux proverbe, parfumé d'essence parisienne, qui dit : Quand le bâtiment va, tout va. En effet, l'industrie du bâtiment est une bonne mère nourrice dont les mamelles alimentent une foule d'autres industries intéressantes.

DE FLESSELLES. Oui, Sire, mais gardez-vous de toute exagération ; car ces grands travaux exercent aussi une attraction irrésistible sur la province. Une fois dans Paris, les ouvriers étrangers ne sortent plus de cette ville où ils gagnent davantage, où ils travaillent moins, où les plaisirs sont plus nombreux. Puis, une première exagération condamne l'Édilité parisienne à des exagérations perpétuelles, à des dépenses folles dont la banqueroute est le terme et la punition. Si la Ville, entrevoyant l'abîme, veut sauvegarder ses finances, c'est l'Autorité qui est broyée dans cet engrenage ; car, ainsi que le disait un de mes prédécesseurs, François Myron, d'illustre mémoire, *les outils des manouvriers inactifs devien-*

nent mousquets, ayant tous pour même point de mire la couronne de France. Et si le Souverain qui ordonne ces travaux n'est pas périllé, il laisse son successeur accablé de dettes, dans l'impuissance des grandes choses, avec un fardeau qui doit le tuer !

Ici, je m'arrête. Tout ce que je viens de dire à Votre Majesté se trouve écrit plus au long et mieux coordonné dans un mémoire remis au Roi, il y a deux années, avant que l'élection m'eût élevé à la dignité de premier magistrat de la Ville de Paris.

Louis XVI. Ce mémoire ne m'a pas été mis sous les yeux.

DE FLESSELLES. Cependant, je l'ai porté et placé moi-même sur le bureau de Votre Majesté

Louis XVI. On l'aura dérobé.

DE CROSNE. Son utilité l'a fait disparaître.

(En ce moment entre un capitaine des gardes qui remet un billet à Sa Majesté.)

—Messieurs, dit Louis XVI aux deux magistrats, la Reine m'annonce une députation des Halliers de Paris, ayant à leur tête une belle et douce jeune fille, poétiquement appelée Rose de Mai. Elle vient nous demander grâce pour ces braves gens qu'on a séduits. Le pardon est toujours dans mon cœur avant d'arriver sur mes lèvres. Que nos visages ne conservent plus les traces des sombres pensées qui nous ont impressionnés. Donnez-vous la main, messieurs, comme deux bons et loyaux serviteurs du Roi.

DE CROSNE, *à M. de Flesselles.* Accordez-moi, monsieur le Prévôt, un honneur encore plus grand. Mais, avant, je vous demande excuse d'avoir eu l'orgueil de me mesurer avec un magistrat tel que vous, que je reconnais pour mon maître sous le rapport de la science administrative, comme il est mon exemple en fait de dévouement à la Royauté. M. de Flesselles, je ne me croirai pardonné, que si vous daignez m'accorder...

DE FLESSELLES. Louis Thiroux de Crosne, nous devons mourir l'un et l'autre pour crime de fidélité à notre serment, selon les émeutiers. Nous paraîtrons égaux et frères devant Dieu. — Embrassons-nous.

LOUIS XVI. Allons, messieurs, ne faisons pas attendre

SA MAJESTÉ LA REINE DES BOUQUETIÈRES.

XVII

Le coup de pistolet tiré par le bandit Malatesta m'avait fait une blessure heureusement sans gravité. La balle, en glissant au-dessus de la tempe droite, me déchira le front sans offenser le cerveau.

Je tombai étourdi sur le sol, et le sang que je perdis me causa un évanouissement qui fit supposer à ma mère et à Rose de Mai que mon état pouvait présenter quelque danger.

Deux Halliers, mes camarades, me relevèrent aussitôt et me portèrent dans ma chambre. Dès que mes yeux se rouvrirent et purent distinguer les objets autour de moi, j'aperçus ma mère au chevet de mon lit, puis à l'extrémité de ma chambre une jeune fille priait agenouillée devant un

Christ d'ivoire dont le bon curé Merlin m'avait
fait présent. — Cette jeune fille, mon cœur la reconnut de suite.

Dame Nicole s'absenta un moment, et je restai
seul avec Rose de Mai.

Elle vint près du lit, et, prenant une de mes
mains qu'elle pressa :

— Vous êtes un brave jeune homme, me dit Rose
de Mai. Je sais tout. Enfant du peuple, vous vous
êtes vengé de votre rival en gentilhomme : en le
sauvant ! Dieu vous en tiendra compte. J'eusse été
fière d'être votre femme, accordez-moi la joie
d'être votre sœur. Aimez-moi de cette affection
qui est un bienfait du ciel. Appuyons-nous sur le
bras l'un de l'autre pendant ce voyage qu'on appelle la vie. J'ai lu dans votre âme ; je guérirai à
force de tendresse et de reconnaissance l'autre
blessure que j'ai faite sans le vouloir et dont je
pleure. Rappelez-vous la petite délaissée ; comme
vous l'aimiez, comme vous la protégiez ! Conti-
nuez-moi cette tendresse que mon cœur a retenue
et dont il ne saurait se passer. Quant à l'autre
sentiment qui vous cause tant de chagrin, qui
vous a grandi dans mon affection comme dans
votre propre estime, ne le craignez pas. Je l'ense-

velirai dans mon âme, parce que je sais que c'est un orgueil, et que je ne veux pas qu'il devienne un remords.

Puis je sentis quelques larmes rouler sur mon front ; elles s'arrêtèrent à ma blessure qui saignait encore.

Deux jours après cet entretien j'étais rétabli.

Vous vous rappelez comment Rose de Mai mit fin à l'émeute des Halles. Le lendemain il y eut une réunion composée des notables commerçants, à l'effet d'élire trois membres chargés d'accompagner à Versailles la Reine des Bouquetières. Les suffrages se portèrent sur le président Rabourdin, le poëte Phébus et sur moi. Rabourdin fut chargé des apprêts du départ, Phébus de composer la harangue en vers, et, comme secrétaire prosateur, j'eus mission de rédiger le procès-verbal de la réception royale.

A dix heures du matin, un délicieux équipage dont la corporation des carrossiers avait fait don aux Halliers de Paris, attendait les délégués devant la demeure de la Reine des Bouquetières.

Par affection pour Rose de Mai, la voiture de notre Reine avait été, pour ainsi dire, emmaillottée de fleurs et de rubans de toutes couleurs.

Bientôt arrivèrent successivement le Président Rabourdin en costume officiel, et Phébus, tenant dans sa main droite un rouleau de papier entouré d'une faveur bleu clair, couleur favorite de Rose de Mai.

J'étais dans ma chambre d'où j'entendais la voix de mes sœurs qui terminaient la toilette de la jeune fille.

Quelques minutes s'écoulèrent, puis ma porte s'ouvrit, et je vis la Reine des Bouquetières s'avancer vers moi en souriant.

— François Nicole, je vous fais mon chevalier d'honneur. Donnez-moi la main et conduisez-moi.

J'obéis avec joie; nous descendîmes. La Reine des Bouquetières monta dans la voiture; Rabourdin se mit près de Rose de Mai. J'étais en face de la jeune fille avec mon collègue Phébus. L'équipage s'ébranla, et nous partîmes aux cris de :

Vive le Roi!

Il n'y a pas loin de Paris à Versailles, surtout quand on voyage à côté de la femme qu'on aime.

Le Président Rabourdin s'étudiait à bien composer ses salutations officielles avec toute la dignité magistrale d'un syndic. A chaque instant il inclinait la tête et ressemblait à un bélier qui veut faire usage de ses cornes.

Phébus marmottait ses alexandrins et les accompagnait de gestes qui paraissaient vouloir se marier à la pantomime du digne Président.

Quant à moi, toute ma pensée, tout mon bonheur, toute ma vie s'étaient concentrés dans cette voiture. J'aurais voulu pouvoir retenir l'ardeur des chevaux qui, nous emportant trop vite, piétinaient sur toutes mes joies.

Les maisons devenaient rares; on s'en apercevait à l'air plus frais et plus pur que nous respirions. Les lilas et les roses nous envoyaient leurs parfums, dont mon cœur les remerciait, parce qu'ils me semblaient des offrandes à celle que j'aimais.

— Comme Dieu dans sa grandeur et sa bonté nous donne de précieux enseignements par ses œuvres! disait Rose de Mai, en bénissant du regard toute cette poésie de la nature qui se renouvelle chaque année plus riche, plus féconde et plus bienfaisante.

Ce ciel bleu , l'aspect de ces prairies ver-

doyantes, l'air parfumé, vivifiant qu'elles nous
envoient, ces chants des oiseaux qui s'appellent,
ces fleurs qui s'humectent de rosée pour s'épa-
nouir et se faire belles, toutes ces joies si pures
que le Créateur nous donne sont autant de douces
leçons de concorde, d'affection et de charité.

La voiture s'arrêta, nous étions arrivés. Le
Président Rabourdin s'adressa de suite à un officier de service et lui fit part de sa mission. On
nous pria d'attendre ; quelques minutes après le
même officier vint nous dire que le Roi était en
conférence avec les deux premiers Magistrats de
la Ville de Paris, mais que la Reine se ferait un
plaisir de nous recevoir à l'instant.

J'éprouvai une secrète joie de cette circonstance. J'avais eu déjà l'honneur de voir Sa Majesté Louis XVI, mais le plaisir d'apercevoir la
Reine Marie-Antoinette me manquait encore.

Puis, je comprenais instinctivement, dans la
position où nous nous trouvions, ayant à demander une grâce d'abord, à solliciter une faveur ensuite, je sentais que le cœur d'une femme, d'une
Reine surtout, nous serait sympathique et plaide-
rait mieux notre cause que toute l'éloquence syndi-
cale de Rabourdin et la poésie étoilée de Phébus.

Enfin, j'avais le pressentiment que ce contact de deux royautés, l'une de droit et de fait, l'autre symbolique et légendaire, serait favorable à notre mission, et que le diadème de diamants et de perles de Marie-Antoinette accueillerait avec bonté l'humble couronne de petites fleurs des champs qui ornait le front de Rose de Mai.

Comme vous allez le voir, je ne me trompais pas.

Nous montâmes le grand escalier. Je donnais le bras à la jeune fille ; elle tremblait d'émotion. Les doux accords pleins de suavité et d'harmonie d'une harpe arrivaient jusqu'à nous. La harpe est plus qu'un instrument, c'est une voix, celle des anges ; c'est la mélodie du ciel.

Tout à coup la porte d'un grand salon devant lequel nous étions arrêtés s'ouvrit, et l'un des gentilshommes de service, après avoir salué, annonça :

La Reine des Bouquetières
et MM. les Syndics des Halles de Paris.

A l'instant, une grande et noble dame, quittant l'instrument dont les accords nous avaient impressionnés si vivement, s'avança vers nous — c'était LA REINE DE FRANCE !

Rose de Mai tout émue avait quitté mon bras pour s'incliner devant Marie-Antoinette, qui releva aussitôt la jeune fille avec cette, gracieuse bonté dont les grands d'autrefois possédaient le secret pour se faire aimer des petits.

Le visage de la Reine de France exprima l'étonnement et la sympathie à la vue de Rose de Mai, dont la beauté, loin d'accuser un type populaire, semblait révéler cette distinction d'origine, cette délicatesse séraphique qui distinguent ces natures d'élite dont l'existence est pour ainsi dire baignée dans une atmosphère de luxe, de grandeur et de poésie.

Ces natures, quelle que soit la différence de leur position du moment et de leur fortune, dès qu'elles se rencontrent, se comprennent au premier regard et s'épanchent au premier mot ; leur beauté est plus achevée, mieux finie, comme leurs organes sont plus subtils et mieux clairvoyants.

La Reine attira doucement Rose de Mai, la fit asseoir à côté d'elle sur un riche divan de velours bleu de ciel à crépines d'or.

Alors mes yeux ne se détachèrent plus de ce délicieux tableau, et toute mon âme se concentra sur ces deux femmes, dont le peintre le mieux

8

inspiré par ce souffle divin qu'on appelle le génie,
n'eût jamais dépassé la suprême perfection.

La Reine Marie-Antoinette était à cette époque
dans tout l'épanouissement de sa beauté. Elle me
parut grande, élancée, souple. Son cou, bien dé-
taché des épaules, avait de ces délicieuses in-
flexions qui expriment avec tant de suavité une
des grâces, une des séductions de la femme. Ses
cheveux, d'un blond cendré, étaient abondants et
soyeux. Son front élevé, avait de la transparence
et s'inclinait doucement vers les tempes en
courbes fines et délicates qui révèlent la sensibi-
lité et l'affection. Ses yeux étaient d'un bleu clair
comme le ciel du nord. Le nez, légèrement aqui-
lin et bien dessiné, avait des narines quelque peu
renflées comme pour attester le courage. Sa
bouche était grande, mais par coquetterie, pour
laisser voir des dents d'un émail éclatant. Enfin,
l'ensemble de cette physionomie sculptant un visage ovale, était éclairé par un rayonnement qui
semblait s'être échappé du cœur de la femme
pour poétiser la beauté de la Reine.

A côté de cette noble et luxuriante nature vraiment royale, qui développait toutes ses richesses,
la beauté de Rose de Mai était plutôt une pro-

messe qui commençait de s'accomplir, une fleur
que l'haleine du printemps promettait d'entr'ouvrir. On la savourait plus encore avec le cœur
qu'on ne l'admirait des yeux. Sur ce doux visage
encadré de cheveux blonds, on remarquait cette
espèce de beauté triste, résignée, religieuse que
l'âme recueille, et retient avec attendrissement,
parce qu'elle devine que sa durée sera courte et
ne dépassera pas l'âge ordinaire d'une fleur.

Rose de Mai, comme la jeune fille me le dit plus
tard, raconta doucement à la Reine, en peu de
mots bien sentis, la mort du bon curé Merlin;
l'affection de ses paroissiens, affection qui se re-
porta sur le neveu du digne pasteur, la nomination malheureuse d'un autre curé que celui que
les Halliers avaient adopté dans leur cœur, l'é-
meute qui éclata le jour de l'installation du curé
titulaire. Puis, la jeune fille parla des vertus du
neveu de Merlin, considéré par tous les fidèles
comme le véritable curé de Saint-Eustache;
enfin, elle montra le repentir des Halliers, dont
la sincérité faisait espérer le pardon du Roi.

Après avoir écouté Rose de Mai, Marie-Antoinette prit la main de la jeune fille et lui dit :

— Le Roi absoudra de grand cœur les Halliers

qui auront pour curé le neveu du pasteur que vous avez perdu et que vous pleurez. Mais il nous faut de la diplomatie; les Reines en France n'ont pas de pouvoir, et la loi salique n'est pas galante. Je règne, mais je ne dois pas avoir l'air de gouverner; c'est égal, nous nous arrangeons de manière à faire quelquefois notre volonté, mais il faut qu'elle soit bien chatoyante.

Puis Marie-Antoinette se leva, écrivit un billet que Sa Gracieuse Majesté remit à une dame d'honneur qui le passa au gentilhomme de service.

Quelques minutes après un des chambellans ouvrait la porte du salon et annonçait :

Sa Majesté le Roi Louis XVI !

XVIII

Vous connaissez l'impression que m'avait fait éprouver la physionomie si avenante du Roi, qui se plaisait à se faire peuple par affection pour ses sujets.

Lorsque la Reine Marie-Antoinette présenta Rose de Mai à Louis XVI, le visage du Roi exprima l'étonnement. Sans aucun doute, Sa Majesté s'attendait à voir une belle et grande jeune fille aux formes robustes ; au lieu de cela, c'était une douce et gracieuse enfant pleine de candeur et de distinction. Aussi Louis XVI, redevenant tout à coup gentilhomme, comme l'étaient si noblement ses aïeux, releva la jeune fille, et le Souverain déposa sur le front de la petite Reine des

8.

Bouquetières un baiser qui était en même temps la caresse d'un père et l'hommage d'un Roi.

— Sire, dit Rose de Mai, daignez pardonner aux Halliers de Paris.

— Enfant, j'oublie leur faute d'hier, pour ne conserver que le doux souvenir de leur affection d'autrefois. S'ils avaient désormais à se plaindre, dites-leur de ne pas oublier le Roi, de ne jamais méconnaître leur père. Je serai toujours heureux de leur rendre justice. Mais pas de séditions, pas de pleurs, surtout pas de sang versé sous mon règne, afin que ma couronne soit toujours pure et sans tache sous le regard de Dieu. Vous resterez avec nous, Rose de Mai, toute cette journée, le Roi vous le demande, le Roi vous en prie ; et vous, messieurs les syndics, ne quittez pas votre petite Reine des Bouquetières, et faites connaissance avec la Reine de France. — Aimez l'une et n'oubliez pas l'autre. Messire de Flesselles, et vous, monsieur le Lieutenant de Police, faites les honneurs de Versailles aux représentants des Halliers de Paris.

Ces paroles du Roi nous remuèrent jusqu'au fond du cœur. Nous ne pûmes trouver Rabourdin, Phébus et moi, aucune phrase de remercîment,

mais nos yeux s'humectèrent de larmes. Louis XVI
s'aperçut de notre reconnaissance, nous serra la
main et quitta le salon.

Peu d'instants après, nous saluâmes la Reine
Marie-Antoinette, et guidés par le Prévôt des
Marchands, nous descendîmes dans le parc.

— Je n'ai pu trouver la première rime d'un
quatrain, dit Grignolet en soupirant.

Le baron Rabourdin s'inclinait devant chaque
arbre, comme pour se punir de n'avoir pas été
assez respectueux en présence du Roi.

Quant à moi, le sentiment que j'éprouvais me
grandissait à mes yeux. J'entrai dans la chapelle
du château, puis m'arrêtant subitement en face
du Christ qui la décorait : « Mon Dieu, m'é-
criai-je en donnant un libre cours à mes larmes, mon Dieu! accordez-moi la grâce de mourir pour mon Souverain bien-aimé, le Roi
Louis XVI. »

— Vous êtes ambitieux, monsieur le syndic !...

— Seriez-vous jaloux, monsieur le Prévôt ?

— Oui, mon ami, car j'aime le Roi avant vous,
et c'est mon droit de mourir le premier.

Puis la main du magistrat serra celle de
l'homme du peuple.

Nous parcourûmes plusieurs avenues, tous silencieux et sous l'empire d'un sentiment qui ne peut se décrire. Bientôt nous entrâmes dans le petit Trianon, puis au détour d'une allée nous aperçûmes deux formes gracieuses, séraphiques, vers lesquelles nous nous dirigeâmes. — C'était la Reine, accompagnée de Rose de Mai.

— Comme la verdure des arbres, les doux rayons du soleil qui glissent sous la feuillée, poétisent la beauté de la femme! Comme Dieu doit se mirer dans ses œuvres! murmurai-je en plein cœur.

— François Nicole, dit la Reine Marie-Antoinette en me touchant l'épaule avec son éventail, prenez-le bras de Rose de Mai; vous êtes digne de lui servir d'appui, vous méritez qu'elle vous nomme son frère.

— Monsieur le premier syndic, ajouta la Reine en se tournant vers Rabourdin, il y a de nobles natures aux Halles de Paris.

— Cela n'a rien d'étonnant, madame la Reine, répliqua le brave syndic, quand la bonté règne en haut, il y a du cœur en bas.

— Et vous, maître Phébus, reprit Marie-Antoinette, votre verve poétique a de quoi s'inspirer; le peuple parisien est un peuple d'artistes.

—Ce sont les merveilles, semées sur le sol parisien par nos Rois, qui nous donnent le sentiment du beau et l'affection du grand.

Puis, nous regagnâmes le palais. Pour monter le grand escalier, Sa Majesté la Reine s'appuya sur le bras de Rabourdin, dont la bonne et honnête figure s'épanouissait de bonheur.

Quelques minutes après, on se mit à table. Marie-Antoinette se trouvait entre le premier syndic et Phébus ; Rose de Mai était à la droite du Roi.

Louis XVI fut d'une humeur charmante. Sa Majesté interrogea la petite Reine des Bouquetières sur les usages, les habitudes et le caractère des Halliers.

— Ils sont, disait Rose de Mai, royalistes de cœur, de vrais enfants de Paris. Mais, depuis quelque temps, aux Halliers se mêlent des émigrants de vos provinces, et il est à craindre que le bon naturel des enfants de Paris n'en soit profondément altéré.

— Ceci est à l'adresse de M. le Lieutenant de Police...

— Messire de Flesselles, nous avons signé la paix, dit M. de Crosne.

— Dieu me garde de recommencer les hosti-
lités! répliqua le Prévôt.

— Messire de Flesselles, dit la Reine en souriant au premier magistrat de la Ville de Paris,
on vous sait conteur agréable, redites-nous une
de ces charmantes histoires du bon temps passé.

— Que Votre Majesté daigne me faire connaître le règne qu'elle préfère.

— Donnez-nous du Henri IV, dit Louis XVI,
il fait toujours plaisir.

— Votre illustre progéniteur, Sire, comme
on disait autrefois, aimait et vénérait le Prévôt
des Marchands, François Myron, que Henri IV
appelait son compère. Souvent le Roi de France
allait rendre visite au Magistrat, plus souvent encore le Souverain invitait le Prévôt, et toujours
Sa Majesté le faisait placer à table à la droite de
la Reine.

— Dans cet accueil si gracieux, il y avait bien,
dit Louis XVI, un petit grain de séduction.

— Marie, disait le Béarnais à la Reine, sois
aimable avec Myron; fais tourner la tête à la
Ville de Paris. Il paraît que Marie de Médicis...

— Doublement coquette, comme femme d'a-
bord, comme Reine ensuite, continua le Roi

Louis XVI en riant, dépassait la recommandation conjugale.

— Je me hâte de dire à Votre Majesté, reprit de Flesselles, que François Myron avait soixante-trois ans, et la Reine vingt-six. Aussi le Roi Henri IV était-il d'une tranquillité exemplaire...

— Et bien maritale, ajouta Marie-Antoinette.

— Un jour, c'était, je crois, le 15 février 1606, continua Messire de Flesselles, il y avait grande réception au Louvre. Le maître des cérémonies, ouvrant la porte à deux battants, annonça : « Messire François Myron ! » Le Prévôt était en grand costume de cour. Avec sa robe rouge brodée d'or et son manteau de velours noir, le Magistrat était vraiment beau de noblesse et de majesté !

Le Roi fit quelques pas au-devant du Prévôt, puis, riant dans sa barbe, Henri IV dit au Magistrat :

— Compère, la Reine vous a déjà demandé trois fois. Mon pauvre ami, je vous plains de tout mon cœur.

François Myron, après l'avoir salué, quitta le Roi ; puis fendant avec peine un flot de courtisans, il s'avança jusqu'à la Reine, tout éblouissante de parure, de jeunesse et de beauté.

Alors on vit la tête du Magistrat, toute blanche comme si elle eût été couverte de flocons de neige, s'incliner lentement, et le bras du vieillard voulut attirer doucement vers ses lèvres la main de la jeune Reine. C'était l'unique appoint de cet amour, ou plutôt de ce culte plein de dévouement d'un côté, mais accueilli de l'autre avec une exigence, une susceptibilité...

— Toute féminine, dit Louis XVI en terminant la phrase.

— D'un mouvement qui trahissait le dépit, Marie de Médicis retira brusquement sa main sur laquelle, à chaque cérémonie, le premier Magistrat de la Ville de Paris avait l'habitude d'imprimer un baiser qui rajeunissait le vieillard.

— Nous n'aimons plus, dit la Reine, les gens qui nous oublient.

Et le Roi de rire du désappointement de François Myron. On se mit à table. Le Prévôt, comme d'usage, était à la droite de la Reine, et pendant tout le repas, Henri IV, qui était bavard comme un vrai Gascon, railla impitoyablement le Magistrat, déjà si cruellement puni.

— Monsieur l'ambassadeur d'Espagne, dit le Béarnais au comte de Taxis, quelle vengeance

tire-t-on, dans votre pays, des galants qui papil-
lonnent autour de vos femmes ?

— Sire, on les tue, répondit l'ambassadeur.

— Ventre-saint-gris! répliqua Henri IV en
riant, cela nous donnerait de la besogne. En
France, lorsqu'un mari a une mauvaise femme,
il la brouille avec ses adorateurs.

— Oui ; mais en France, dit la Reine, les
mauvaises femmes ont le bon esprit de ne tenir
rancune qu'à leurs maris.

Je ne sais comment François Myron, pendant
le repas, plaida sa cause ; ce qu'il y a de certain,
c'est que le soir, lorsqu'il prit congé de Sa Majesté, la Reine, redevenue sa gracieuse souveraine, lui donna l'une après l'autre ses deux jolies petites mains à baiser.

— Voilà, dit Louis XVI en riant, si je ne me
trompe, de la politique de séduction.

Quelques minutes après cette petite histoire,
un des gentilshommes de service remettait à la
Reine Marie-Antoinette une dépêche dont Sa
Majesté, après avoir fait sauter le cachet, prit lecture.

— Messieurs les syndics et vous, ma petite

sœur, la Reine des Bouquetières, monseigneur l'archevêque de Paris a nommé le jeune prêtre Merlin curé de Saint-Eustache, en remplacement de son oncle défunt. Vous porterez ce soir cette bonne nouvelle aux Halliers de Paris.

— Ils vous béniront, madame la Reine, dit Rabourdin en laissant tomber une aile de faisan sur son jabot de dentelle.

— C'est bonne et loyale justice que Monseigneur vient de rendre, exclama le poëte Phébus. Le jeune pasteur le mérite; d'ailleurs, *les Merlin sont curés de Saint-Eustache de père en fils...*

—Excellente raison, dit le Roi en souriant et regardant Marie-Antoinette qui s'en donnait à cœur-joie de la simplicité de Grignolet.

— Messieurs les syndics, à la santé de Monseigneur l'archevêque de Paris, et avec du vin de France encore.

— Après la vôtre, Sire, dit Rabourdin.

— Au Roi Louis XVI!... et que Dieu le conserve...

— Avec l'amour de son peuple, ajouta Sa Majesté.

— A la Reine de France!... proposa Phébus enthousiasmé d'avoir fait rire Marie-Antoinette.

— Et vous, Rose de Mai, n'avez-vous rien pour moi...

— Quand le cœur est trop plein, la bouche est muette, dit la jeune fille. Permettez-moi, madame la Reine, de vous offrir chaque semaine un bouquet dont le parfum sera comme une émanation de ma reconnaissance et de mon dévouement. Je mettrai toute mon âme à le composer, car Reine comme vous et fleurs odorantes, comme celles que je vous destine, voilà ce que Dieu a fait de plus suave et de plus beau.

— J'accepte, mais à une certaine condition.

— Je suis votre fidèle sujette.

— Vos charmants bouquets, vos petits poëmes de fleurs, vous les apporterez vous-même.

. . . .

Le soir, les Halles de Paris furent brillamment illuminées aux cris de :

Vive le Roi Louis XVI !

XX

Comme je vous l'ai dit, j'étais fils d'un pauvre ouvrier menuisier, et le sort me destinait à pousser le rabot comme feu mon père. Seulement, il arriva que le petit commerce de bouquets que faisait ma mère prospéra, grâce à la bonne direction de Rose de Mai.

Dame Nicole, qui avait de l'ambition, non pour elle, mais pour son fils, voulut faire de moi, comme la bonne dame le disait, un vrai savant. De mon côté, le désir de voir diminuer autant que possible la distance qui me séparait de Rose de Mai, fit que je pris goût à l'étude, et que j'arrivai, non à mériter le titre ambitieux que Mère-Jésus rêvait pour son Benjamin, mais à apprendre simplement ce qu'un homme doit connaître pour ne pas être tout à fait un ignorant.

Quand je sus quelque chose, je voulus savoir davantage. Par goût, par passion, j'aimais la ville de Paris, ses anciennes rues, ses vieux monuments, et je recherchais avidement les livres et les manuscrits poudreux qui me révélaient le Paris d'autrefois, avec sa belle et savante administration.

Comme syndic des Halliers, j'eus l'honneur d'avoir quelques relations avec le Prévôt des Marchands.

Se rappelant notre entrevue au palais de Versailles, et la bienveillance dont le Roi et la Reine avaient daigné m'honorer, messire de Flesselles encouragea mes dispositions, et je fus successivement élu dizainier, quartinier et Conseiller de Ville.

Cette triple élection était de la part des Halliers la récompense de mes études et des services que j'avais rendus en plusieurs circonstances difficiles. — Ces quelques renseignements étaient nécessaires pour bien comprendre le drame auquel vous allez assister.

Nous sommes arrivés aux premiers jours de juillet 1789.

Il y a différentes manières de juger la révolu-

tion ; — voici la mienne : Depuis plusieurs années des émeutes affligeaient périodiquement la
Capitale. Lorsqu'on pilla, le 27 avril, la maison de
Réveillon, dans le faubourg Saint-Antoine, les gens
qu'on arrêta furent trouvés nantis de pièces d'or
et d'argent; ils avaient été richement payés; par
qui? je l'ignore. Certainement une tête-très-haute
avait organisé tout un plan d'insurrection qui se
déroulait dans les rues habitées particulièrement
par des ouvriers.

Plusieurs fois j'avais été choisi par messire de
Flesselles, pour faire connaître à Sa Majesté la
vraie situation de Paris, et à chaque invitation de
sévir formulée par moi au nom du Magistrat,
Louis XVI répondait : Pas encore.

Toutes les grandes commotions sociales ont
leurs symptômes ; un trône ne tombe pas sans craquement précurseur de sa chute. Bien des ou-
vrages très-habilement écrits et par cela même
plus pernicieux, avaient exposé des théories qui
menaçaient la religion et le pouvoir, et ces écrits
avaient déjà commencé la désorganisation. Les
nobles, au lieu de se grouper, de se serrer autour
du Roi pour le protéger ou mourir pour lui,
comme c'était leur devoir, les nobles, par crainte

ou par mode, émigraient. La bourgeoisie, essentiellement moutonnière, se laissait aller, en dépit de ses intérêts, vers les réformateurs, vers les Luther de bas étage. — Le peuple de Paris, essentiellement bon et généreux, se trouvait mêlé à une écume provinciale qui avait impunément envahi la Capitale.

Mais ce mal, dès le principe, on pouvait le guérir. Pour arrêter la révolution, et l'on pouvait l'arrêter, il fallait un Roi tenant dans sa main ferme et solide une épée avec la pointe partout où se dressait la rébellion. Louis XVI n'était pas ce Roi. Sa bonté ne savait que pardonner ; sa justice ne savait pas punir. Il attendait, il temporisait, il espérait, et à chaque instant il se voyait enlever une sécurité, un appui, une planche de salut. Tout croulait lentement, mais tout croulait. On lui montrait l'abîme, il détournait la tête. On lui disait : Résistez ! il répondait : Plus tard ! et la royauté s'affaissait sur elle-même.

Mais pour saper sûrement le trône, l'insurrection rencontrait un obstacle, c'était l'organisation forte et solide de l'administration municipale, noblement personnifiée en Messire de Flesselles.

On entoura le Magistrat de séductions, il les

écarta du pied ; on le menaça de le tuer, il sourit
et répondit : Je suis prêt. Le Prévôt n'avait plus
d'illusions ; il estimait la faiblesse de Louis XVI
mortelle à la Royauté. Il savait, il était convaincu
que la vie qu'il lui offrait ne serait pas même
utilisée. Il en faisait le sacrifice à froid, par fidélité au Roi, par respect pour son serment et en
vue de Dieu.

— Ce que vous dites là, François Nicole, est
noblement exprimé, dis-je au vieillard en lui serrant la main.

Le jeudi 16 juillet 1789, continua François Nicole, le surlendemain de la prise de la Bastille,
il y avait foule sur la place de Grève. La grande
salle de l'Hôtel de Ville était envahie bien avant
l'arrivée du Prévôt des Marchands.

Vers onze heures, lorsque le Magistrat parut,
des menaces l'assaillirent de tous côtés.

— Voilà le bourreau du peuple ! crièrent les
émeutiers en montrant le poing au Prévôt, qui
depuis un mois passait les nuits à travailler.

— Pourquoi le pain est-il si cher à Paris?

— Demandez au soleil qui n'a pas mûri nos
moissons, réplique Jacques de Flesselles.

— A bas vos taxes municipales

— Mais c'est avec l'argent qu'elles produisent que nous donnons du travail aux ouvriers, que nous construisons des monuments qui ont conquis à la France le rang distingué qu'elle occupe dans les arts.

— Pourquoi forcez-vous la Province à vous payer des tributs dont Paris seul profite?

— Une Capitale n'est point une ville de production, mais bien de consommation. C'est un immense débouché pour les marchandises et les denrées provenant de la province. Ces marchandises vous procurent des bénéfices que vous ne feriez pas sans Paris; or, il est juste que nous comptions, et que vous nous laissiez une partie de cet or que nous vous donnons à pleines mains.

— D'où vient que les nobles, les étrangers et les riches s'en vont de Paris?

— Parce que vous leur faites peur avec vos émeutes.

— Vous êtes vendu au Roi!...

— Dites que je suis dévoué à la Royauté.

— Donnez votre démission.

— Je tiens mes fonctions de la confiance des électeurs et de la bonté du Roi, je ne les résigne-

rai jamais par peur des ambitieux et des agitateurs.

— Mort à Jacques de Flesselles! à la Seine le
Prévôt des Marchands !

— C'est bien, j'irai en Paradis par eau.

Bientôt on vient annoncer au Prévôt des Marchands que le Roi le demande au plus tôt. Messire
de Flesselles ordonne d'apprêter sa voiture et me
fait signe de le suivre.

Quelques minutes après, nous descendîmes les
degrés de l'Hôtel de Ville. Tout à coup j'entendis
la détonation d'un pistolet, et je vis le Magistrat
porter la main à sa poitrine, comme pour indiquer que la balle l'avait frappé là. De Flesselles
chancela, je le soutins avec l'aide de son domestique. De suite je compris qu'il était plus dangereux d'essayer de gravir les marches de l'Hôtel de
Ville, où se trouvaient certainement les chefs des
émeutiers, que de chercher à traverser la foule
atterrée par cet assassinat.

Nous portâmes le Magistrat tout sanglant dans
la petite tourelle à main droite, dans un des an-
gles de la place de Grève, près de l'ancienne
rue du Mouton. Arrivés là, nous fermâmes la
porte et nous couchâmes le Magistrat sur une

table. La balle avait pénétré par le côté gauche, puis traversé la poitrine en perforant le poumon droit, ce qui indiquait que le coup avait été tiré de bas en haut.

Messire de Flesselles sentit qu'il allait mourir. Il me fit signe qu'il avait à me parler ; je m'inclinai, et le Magistrat murmura bien bas à mon oreille ces quelques paroles que mon affection et mon respect ont retenues :

— Mon ami, vous direz au Roi que je meurs pour son service ; cet assassinat lui laissera quelques jours de répit ; que Sa Majesté les utilise et montre de la fermeté, sans cela tout est perdu ; le coup de pistolet qui tue le dernier Prévôt des Marchands de la Ville de Paris m'annonce la hache du bourreau qui tranchera la tête du Roi.

Je m'inclinai en pleurant. De Flesselles poussa un long et dernier soupir. — Le Prévôt avait vécu.

On frappait à coups redoublés à la porte. J'entendais ces cris : « A mort ! à mort de Flesselles !» J'ouvris.

— Que voulez-vous? dis-je aux émeutiers en montrant le cadavre du Magistrat.

Quelques-uns reculèrent, les autres restèrent

à la porte : un seul s'avança. Je reconnus le bandit Malatesta.

— Livre-nous ce cadavre.

— Qu'en veux-tu faire ?

— Jouer avec.

Je tirai un pistolet, je l'armai, fis feu, et le misérable tomba blessé aux pieds du Prévôt des Marchands.

La foule se rua dans la tourelle, s'empara du corps et sortit. Fou de douleur, je suivis instinctivement les émeutiers. Ils s'arrêtèrent à l'angle du quai Le Peletier et de la place de Grève, descendirent le réverbère, et mirent à la place le cadavre du Magistrat. Quand la populace l'eut vu pendiller quelques minutes, elle dit : « Détachez-le ! » Ce fut fait. — Alors un homme fendit la foule et s'approcha du cadavre; c'était un garçon boucher. Il s'arma de son couteau, l'appuya sur le cou du Magistrat, la tête se sépara du corps, et l'homme dit : « C'est pas plus malin que ça. »

Alors un autre individu armé d'une pique s'avança.

— Aide-moi, fit-il au garçon boucher.

Celui-ci prit la tête, celui-là poussa la pointe

de la pique et la tête s'éleva au-dessus de la foule qui trépignait de joie.

Mais le tronc restait ; on coupa la corde du réverbère, on la passa sous l'aisselle du Magistrat avec un nœud coulant, et je vis cahoter sur le pavé une masse informe qui bientôt fut couverte de fange et de sang.

Je suivis la tête. Pourquoi plutôt la tête que le corps ? Parce que la première reflète l'intelligence.

L'homme qui la portait s'arrêtait souvent devant un cabaret et buvait. A chaque instant le misérable trébuchait et la pique vacillait.—Bientôt les émeutiers qui escortaient ce trophée du meurtre s'éloignèrent successivement, et l'homme à la pique resta seul. Nous étions dans une rue déserte et voisine de l'ancien clos des Chartreux.

— Combien cette tête ? dis-je au bandit.

— La tête d'un aristocrate, ça coûte cher.

— Voyons, dépêchons ; qu'en veux-tu ?

— J'aime mieux la garder.

— Pourquoi faire ?

— Dam ! c'est un souvenir. — J'ai soif.

— Veux-tu vingt livres ?

— En assignats ?

— Non, en or.

— Donne-moi deux pièces.

— Les voici.

— Mais je garderai la pique.

— Bien entendu.

Je pris la tête, l'homme se retira en chantant.

Dès que je fus seul, je tirai mon couteau de ma poche, je m'avançai plus avant dans le clos, et je fis un trou. Dans ce trou je mis la tête que je couvris de terre, puis je remerciai Dieu de m'avoir donné la force d'accomplir ce devoir.

J'entrai dans le Luxembourg. A peine avais-je fait quelques pas dans le jardin, que je m'entendis appeler. Je me retournai, c'était Grignolet.

— J'ai une nouvelle à t'apprendre dit Phébus.

— Laquelle?

— Tu viens d'être élu représentant de la Commune de Paris.

— J'accepte.

— Tu es ambitieux.

— Oui, ambitieux de faire le bien, et surtout d'empêcher le mal.

XXI

La physionomie de Paris était bien changée.
On ne reconnaissait plus la belle et noble Ville
d'autrefois, la Reine des beaux-arts, du luxe et
de la richesse. Fuyant la sédition, les gentilshommes et les étrangers avaient quitté Paris,
emportant avec eux l'or qu'ils se plaisaient à semer dans la Capitale. Il ne restait plus dans la
grande Cité que la population contrainte d'y de-
meurer, et qui se courbait tremblante et humi-
liée devant les agitateurs.

Du 15 septembre 1789 au 15 septembre 1792,
Paris avait vu s'éloigner de ses murs 15,000 fa-
milles nobles, riches ou aisées composant un chif-
fre de 45,000 personnes au moins. D'un autre
côté, dans la même période, plus de 65,000 in-

dividus se disant pour la plupart ouvriers, cultivateurs et artisans de la province, mais en réalité
le rebut ou l'écume de la nation, entrèrent dans
Paris fiévreux et affamé.

Cette population de bohêmes ayant, soit une
ambition à satisfaire, soit un crime à faire oublier, profita des désordres toujours inséparables
d'une révolution pour se fixer dans Paris, où elle
forma bientôt un véritable fumier toujours en
fermentation.

On ne reconnaissait plus les anciennes Halles
de Paris; les places uniquement réservées aux
Parisiens avaient été envahies, au moins pour la
moitié, par des vagabonds de la province dont la
profession, improvisée, de marchands n'était
qu'un prétexte. Ceux qui travaillaient le moins,
mais qui assistaient le plus régulièrement aux
clubs, étaient les mieux notés et faisaient la loi
aux autres.

Inutile de dire que la Royauté symbolique et
légendaire de Rose de Mai n'avait pas été plus
épargnée que la Royauté de fait et de droit; seulement la grande, l'auguste et sainte Royauté,
après avoir été captive dans le donjon du Temple,
en était sortie découronnée pour aller subir le

martyre sur la place de la Révolution. La Reine
et ses enfants souffraient encore dans l'ancien
domaine des Templiers, et le récit des tortures
qu'on leur infligeait contristait l'âme de Rose
de Mai.

En dépit de la révolution, l'influence de la
jeune fille s'exerçait aussi puissante, aussi magnétique qu'autrefois. Chose extraordinaire! les
nouveaux venus, appartenant pour la plupart
aux dernières classes de la société, ressentaient
pour Rose de Mai une affection si respectueuse,
que leur langage s'épurait pour ainsi dire en présence de la jeune fille.

Je fus étonné tout d'abord des attentions
qu'elle prodiguait à ces parvenus; j'en étais d'autant plus surpris, que je connaissais les opinions
dont Rose de Mai s'était fait une douce et sainte
religion. Ma nature incomplète ne pouvait deviner la jeune fille dans toute la sublimité de son
dévouement. Bientôt le hasard me le fit connaître. Un soir, Rose de Mai reçut une lettre; occupée à composer des bouquets pour la fête nationale du lendemain, la jeune fille me pria de
décacheter cette lettre. C'était un permis d'entrer dans la prison du Temple une fois par se-

maine. A la lecture de ce permis, les yeux de la pauvre enfant s'humectèrent de larmes, non de celles qu'arrache la douleur, mais de larmes bien douces que laisse couler la reconnaissance, et qui sont comme des remercîments à la bonté de Dieu.

— Que je suis heureuse! murmura la jeune fille avec ce doux sourire de l'ange qui espère consoler une infortune. Je m'acquitterai envers la captive du Temple de la promesse faite à la Reine, au palais de Versailles. François, mon ami, choisissons les plus belles fleurs, aux parfums les plus suaves; faisons encore mieux pour la pauvre veuve de Louis XVI que pour la noble épouse du Roi.

— Daignerez-vous, Rose de Mai, me permettre de vous accompagner?

— Non, non! dit la jeune fille avec effroi... je vous le défends.

Puis regardant avec amour Mère-Jésus qui entrait, elle murmura tout bas :

— Laissons le fils à sa mère !

XXII

Précisément, à l'heure où Rose de Mai recevait cette lettre, une scène lugubre se déroulait dans un des quartiers les plus déserts de Paris.

A l'extrémité du faubourg Saint-Antoine, sur le côté droit de cette grande voie, commence une rue qui n'était alors qu'un long sentier sinueux allant se perdre au chemin de ronde de Reuilly, Ce chemin s'appelait alors et se nomme encore aujourd'hui rue de Picpus. A peu près aux deux tiers de cette ruelle, on remarquait une grande maison abandonnée. C'était un ancien couvent qui avait appartenu aux religieux de Saint-François, appelés vulgairement *les Picpus*.

— Si vous le permettez, François Nicole, je vous expliquerai l'étymologie du nom de Picpus, cela vous donnera quelques instants de repos, et fera diversion à vos chagrins, car je prévois que vous aurez d'horribles événements à nous raconter.

— Je vous écoute.

— Vers l'année 1602, un mal épidémique assez singulier se manifesta dans les environs de Paris : de petites tumeurs blanches se déclarèrent sur les bras et les mains des femmes, la légende ajoute, des jeunes principalement ; ces petites tumeurs présentaient le caractère d'une morsure faite par un insecte venimeux.

Une certaine abbesse de Chelles fut atteinte de ce mal d'aventure. Un jeune frère de Saint-François se présenta chez l'abbesse, s'agenouilla devant elle, baisa la plaie ; — la guérison fut instantanée.

On cria au miracle : quelques jeunes nonnes du même couvent ayant ressenti le même mal, le franciscain opéra d'une manière semblable, et une cure complète fut obtenue.

Le secret s'échappa des murs du cloître ; les religieuses sont femmes. Les paysannes et leurs filles, atteintes par l'épidémie, s'adressèrent au même docteur. Mais le jeune franciscain trouvant la tâche moins agréable que les cures obtenues au cloître de Chelles, appela ses frères à son aide; les franciscains se mirent à l'œuvre, et grâce à Dieu, l'épidémie disparut.

Comme le signe inflammatoire du mal ressemblait à la tumeur produite par l'insecte dont le nom est si populaire, on appela les franciscains frères *Pique-Puces*, dont on a fait par altération Picpus. Voilà mon étymologie ; elle vous a fait sourire, j'en suis récompensé. — Maintenant, François Nicole, continuez votre récit.

— La nation avait mis la main sur le couvent de Picpus, et se l'était approprié sans façon, comme elle avait pris tous les autres établissements religieux ; c'était une occasion, un moyen de battre monnaie. La maison dont il s'agit était considérable. Un immense jardin en dépendait, et vers le milieu on voyait une espèce de grotte qui avait autrefois servi de chapelle sous le nom de Notre-Dame-de-Grâce.

— A quel usage servait en 1793 ce grand jardin ?

— Je vous ai dit que j'étais alors membre du Conseil général de la Commune de Paris ; j'avais signé comme tous mes collègues l'arrêté dont voici le texte :

« *Séance du* 26 *prairial an II.* — Sur le rap-
» port des administrateurs des travaux publics,
» relativement à la nécessité d'établir un cime-
» tière pour recevoir les cadavres de ceux que le
» glaive de la loi a frappés, que cet établissement
» pourrait avoir lieu dans un terrain provenant
» des ci-devant chanoines de Picpus, et qu'il était
» d'une si grande urgence qu'il ne pouvait y être
» apporté le moindre retard;

» Le Corps municipal, l'agent national en-
» tendu, arrête la formation dudit établissement
» dans le lieu ci-dessus énoncé ; autorise les
» administrateurs des travaux publics à donner
» des ordres pour sa prompte exécution. »

A l'époque où ce récit est arrivé, le jardin de
Picpus servait donc à enterrer les corps des victimes guillotinées sur la place du Trône, qui
s'appelait alors *place du Trône renversé*.

Minuit venait de sonner à l'horloge de la ci-
devant église Sainte - Marguerite , dénommée
Temple de la Liberté et de l'Égalité.

Deux hommes s'arrêtèrent à la petite porte qui
s'ouvrait sur le cimetière des suppliciés. Le premier de ces deux hommes était d'un âge avancé,
l'on s'en apercevait au reflet argenté de ses che-

veux, bien que sa stature fût droite et fière, et annonçât une vigueur peu commune. — Le second était un jeune homme d'une tournure toute militaire; sa figure paraissait douce et pleine de distinction. Tous deux étaient couverts d'un manteau dont ils écartèrent les plis pour s'assurer si leur épée pendait à leurs côtés et si les pistolets qu'ils portaient à la ceinture étaient armés.

La clarté de la lune fit étinceler ces armes, que les deux compagnons trouvèrent en bon état.

Le vieillard tira de sa poche une clef qu'il introduisit dans la serrure; mais avant d'entrer:

— Vois-tu quelqu'un dans le chemin, Bernard?

— Personne, monsieur le duc.

— Dis donc citoyen!

— Ce mot s'arrête à ma gorge et ne veut pas se faire place.

— Pourquoi m'as-tu quitté au chemin de Reuilly?

— Un homme nous suivait depuis quelques minutes. J'allai droit à lui. Prenez d'un autre côté, lui dis-je. Comme il n'obéissait pas assez vite, j'ai tiré mon épée en le priant courtoisement d'en faire autant, et j'ai envoyé cet importun dormir dans un fossé.

— Cet homme est-il mort ?

— Dam ! il y mettrait de la mauvaise volonté. En passant près d'un réverbère j'ai regardé mon épée ; la brave fille était à la mode, couleur de sang.

— C'est bien, dit le vieillard en regardant à droite et à gauche.

Les deux hommes entrèrent, puis poussèrent la porte, qui se ferma.

Ils se dirigèrent silencieux vers la grotte qui servait autrefois de chapelle aux franciscains.

Une lampe pendait au plafond ; à peine étaient-ils entrés, qu'un troisième personnage se présenta à la porte de la chapelle.

— C'est toi, marquis ? fit Bernard en riant.

— Dis plutôt le fossoyeur de Picpus ; je me suis présenté il y a huit jours à l'architecte Poyet, qui m'a de suite admis. Mon emploi consiste à faire tous les matins un trou de huit pieds de large sur cinq de profondeur ; chaque soir, à six heures, je le remplis avec des cadavres que je couvre de terre. Je suis aidé par un autre fossoyeur, le ci-devant baron de Blainville. Ainsi, Messieurs, soyez tranquilles ; demain c'est l'anniversaire de je ne sais quelle fête nationale, on ne guillotine pas ; j'ai campo, profitons-en.

Douze autres personnages entrèrent successivement.

— Nous sommes au complet, dit le vieillard après avoir inspecté, un à un, les assistants. On ne viendra pas chercher des gentilshommes dans ce cimetière où reposent leurs frères et leurs amis guillotinés. Toutes mes mesures sont prises; la maison que nous avons achetée, dans la rue de la Corderie, renferme d'anciennes caves, nous les avons continuées en creusant le sol jusqu'au-dessous du jardin du Temple. La Reine s'y promène à deux heures de l'après-midi. Au moment convenu, le sol s'abaissera, et la royale captive sera libre.

Mais il reste, Messieurs, une dernière disposition à prendre : celle d'avertir la Reine du jour et de l'heure de sa délivrance, afin que Sa Majesté favorise notre projet en s'y prêtant; car si la terre croulait tout à coup sous ses pas, nous pourrions exposer la Reine à être blessée.

La difficulté était de trouver le moyen de faire parvenir notre plan à Marie-Antoinette; ce moyen, je l'ai trouvé. Mais avant de vous le faire connaître, le sort va décider quel sera, parmi vous, le gentilhomme chargé d'exécuter mes ordres.

10

Voici des cartes ; que chacun de vous écrive son nom et me donne la carte pliée en quatre.

Ce fut fait.

— Maintenant, mes frères, vous allez jurer sur votre honneur de n'être arrêtés par aucune consi-dération dans l'accomplissement de votre devoir. Voilà, Messieurs, le crucifix que Louis XVI prit des mains de son confesseur, lorsque le royal martyr allait à l'échafaud. Les lèvres du Roi se sont collées sur ce Christ, dont Sa Majesté a fait présent à notre loyauté. Fortune, existence, fa-mille, jurons de tout sacrifier pour sauver la Reine.

Et les gentilshommes levèrent la main au-dessus du Christ et jurèrent.

— Ensuite, Messieurs, continua le vieillard, il nous faut une garantie, une sécurité. Deux d'entre vous accompagneront celui que le sort va désigner. Ils auront mission de venir en aide au gentilhomme et de le punir s'il faiblit. — De mon autorité privée, je choisis d'Escars et d'Es-tourmel.

— Nous sommes prêts, dirent les deux gentils-hommes en s'inclinant devant leur chef.

— Maintenant, mes enfants, continua le vieillard, excepté ces deux compagnons qui vont se retirer, mettez tous les bulletins dans cet ancien bénitier qui va nous servir d'urne.

Ce fut exécuté.

— De Noirmont, avancez, vous êtes le plus jeune. Mêlez tous les bulletins et prenez-en un.

Il obéit; le vieillard ouvrit le bulletin et lut :

BERNARD DE LUSSAN !

L'ex-capitaine des gardes françaises s'avança et dit :

— Foi de gentilhomme et de soldat, je remplirai ma mission loyalement et bravement.

— Il s'agit d'avertir la Reine, continua le vieillard. Sa délivrance est fixée au 18 de ce mois. L'ouverture que nous pratiquons sous le sol du jardin du Temple, n'est plus maintenant qu'à six pieds de l'arbre à l'ombre duquel Marie-Antoinette va s'asseoir chaque jour. A deux heures et demie la terre cédera sous les pieds de la Reine, et Sa Majesté n'aura plus qu'à s'appuyer sur les bras de ses fidèles gentilshommes, qui seront fiers de la soutenir. De là, nous gagnerons, par la cave de notre maison, la rue des Enfants-Rouges, où se trouve un réduit impénétrable. La Reine y restera plusieurs jours, pendant lesquels nous ferons courir habilement le bruit que Marie-Antoinette est parvenue à atteindre la frontière. Lorsque cette croyance sera bien établie, la Reine, déguisée en paysanne, quittera Paris, et nous l'accompagnerons jusqu'au Havre ; un bateau pêcheur nous y attend, et la Reine est en sûreté. Tous ces détails et d'autres sont dans une lettre, et cette lettre la voici. Mais la difficulté était de la faire parvenir à notre souveraine sans faire courir de risques à notre association, et surtout sans compromettre la prisonnière. J'ai trouvé le moyen de sauvegarder ces deux grands intérêts.

Une jeune fille vient d'obtenir un permis de visiter une fois par semaine la royale captive du Temple. Demain, cette jeune fille portera un bouquet à la Reine. Cette lettre doit être adroitement placée au milieu des fleurs que Sa Majesté a l'habitude de séparer elle-même pour conserver plus longtemps leur fraîcheur parfumée. Les liens coupés, les fleurs désunies, la lettre apparaît et la Reine est instruite.

Aucun soupçon ne peut atteindre cette jeune fille, qui d'ailleurs ignore tout ; elle passera librement et arrivera jusqu'à la prisonnière. Le bouquet apporté par cette belle enfant lui servira précisément de sauf-conduit, car les guichetiers savent que la jeune fille est marchande de fleurs et qu'elle s'appelle

ROSE DE MAI!

Un cri de douleur comprimé par la loyauté et la foi du serment s'échappa de la poitrine de Bernard de Lussan, qui s'appuya contre une des colonnes de la chapelle.

— Rose de Mai demeure passage des Chartreux, dit en terminant le vieillard. Un breuvage nous la livre endormie jusqu'à cinq heures du matin; elle achevait son bouquet à la Reine, quand le narcotique commençait d'opérer. De Lussan, approchez; voici la lettre à Sa Majesté et la clef qui ouvre le magasin de Rose de Mai. Il est trois heures, partez, et souvenez-vous que le sort d'une Reine est dans vos mains.

— J'accomplirai ma mission, dit le jeune homme. Messieurs, ajouta Bernard en regardant ses deux compagnons, trouvez-vous dans une heure rue de l'Arbre-Sec, à l'enseigne de la Croix du Trahoir.

Les trois gentilshommes quittèrent ensemble la

10.

chapelle. Arrivés à la porte du cimetière, on leur demanda le mot d'ordre, ils répondirent :

Fleur de lis d'or !...

Ils passèrent.

XXIII

Bernard de Lussan était un gentilhomme plein de cœur et de loyauté ; aussi comprit-il toute l'étendue de son malheur. Avertir la jeune fille, c'était fausser son serment et sacrifier la Reine Marie-Antoinette peut-être. Introduire furtivement la lettre dans le bouquet préparé par Rose de Mai, c'était compromettre la vie de la jeune fille, de celle qu'il adorait.

Mais, à ses yeux, la Reine était plus qu'une affection, plus qu'un amour ; en elle se personnifiait un principe, et son salut était un devoir commandé par un serment.

Bernard arriva le premier au rendez-vous.

— Palsembleu, dit d'Estournel en lui frappant sur l'épaule, on voit bien, de Lussan, que vous êtes pressé de voir la jeune fille.

Bernard eut un frisson en songeant au sacrifice que l'honneur lui imposait.

— Charmante commission, ma foi ! s'écria d'Escars en rejoignant ses deux camarades ; de Lussan est né sous une heureuse étoile.

— Messieurs, Messieurs, ne riez pas, car moi, voyez-vous, je pleure ; que le bourreau le plus habile invente le supplice le plus cruel, il ne pourrait me faire souffrir une torture pareille à l'affreuse douleur que j'éprouve.

— Explique-toi dirent les deux amis au capitaine.

— Cette jeune fille que je vais peut-être livrer à la mort...

— Eh bien ?

— Je l'aime d'un amour si profond, si noble et si pur, qu'il me semblait que Dieu me l'avait donné comme une récompense.

Les deux gentilshommes serrèrent la main du capitaine.

— Avez-vous vos poignards ? demanda de Lussan.

— Oui, répondirent ensemble d'Estournel et d'Escars.

— Eh bien, je vais entrer dans cette maison avec la conscience du devoir ; si je faiblis, on ne sait pas, les plus braves auraient peur, je vous promets de vous le dire ; et vous, mes frères, jurez-moi de me tuer sans miséricorde.

— Tu seras obéi.

— Bientôt je vous rejoins.

— C'est dit.

Le capitaine ouvrit avec précaution, puis referma la porte sans bruit. Le magasin était dans une demi-obscurité ; de Lussan le traversa lentement, et ouvrit une seconde porte. Bernard resta immobile.

Il se trouvait dans une serre magnifique ; les murs étaient couverts des fleurs les plus belles et les plus rares. Elles exhalaient un parfum d'une suavité si douce, que le gentilhomme croyait respirer une atmosphère pareille à celle dont sont baignées les âmes des élus.

Bien que les pas de Bernard eussent été mesurés, au faible bruit que ne put éviter le jeune homme, une pauvre hirondelle quitta son nid qu'elle s'était bâti dans un coin de la serre, poussa un petit cri et s'envola par un des carreaux qui s'ouvrait sur la cour.

Bientôt la pauvre mère revint inquiète de ses petits; à la vue de Bernard qui restait immobile, l'hirondelle reprit courage, voltigea du côté de son nid comme pour le surveiller.

Une lampe de cristal dont le verre dépoli épanchait une douce lumière, était placée au milieu d'une grande table tapissée de fleurs, et, près de cette table, dormait la jeune fille appuyée sur un banc tressé de paille de joncs, présent du syndic des vanniers de Paris à la petite Reine des Halles.

Tout près de Rose de Mai, était posé un délicieux bouquet que la jeune fille venait de terminer.

Bernard s'approcha.

La tête de la jeune fille reposait appuyée sur le dossier du canapé. La figure de Rose de Mai était imobile et si pâle, qu'on eût dit une statue de marbre. Bernard prit la main de la jeune fille, la main était froide; de Lussan eut peur. Le narcotique aurait-il tué cette douce et frêle créature? Le capitaine approcha son visage de celui de Rose de Mai; de Lussan recueillit un soupir comme l'écho d'une larme, et sur sa joue glissa un souffle léger comme une faible brise.

— Merci, ô mon Dieu ! dit le jeune homme.

De Lussan s'assit en face de Rose de Mai et la contempla dans un ravissement céleste, puis écouta silencieux et recueilli.

Les lèvres de la jeune fille murmurèrent ces mots entrecoupés :

— *Reine... captive... plus touchante... et plus noble dans sa prison qu'à Versailles...*

Et deux larmes s'échappant des yeux voilés de Rose de Mai, tombèrent sur deux petites fleurs des champs qu'elles humectèrent comme des gouttes de rosée.

L'hirondelle voltigeait toujours comme pour surveiller les mouvements du jeune homme. Craignant que le bruit des ailes n'éveillât la jeune fille, de Lussan attrapa l'hirondelle, il allait l'étouffer, Rose de Mai fit un mouvement, de Lussan tressaillit, les lèvres de la jeune fille s'entr'ouvrirent :

— *Et que deviendraient les enfants privés des caresses de leur mère?...*

Bernard ouvrit la main, et l'hirondelle s'envola vers son nid que la pauvre mère ne quitta plus.

De Lussan prit le bouquet, écarta doucement les fleurs, et mit la lettre au milieu.

— Certaines natures sont parfois rebelles aux narcotiques et finissent même par en triompher.

— Cela est vrai, François Nicole, surtout lorsque ces natures sont impressionnables et nerveuses.

Le corps de la jeune fille éprouva comme une espèce de tressaillement. Rose de Mai lutta quelques instants contre le sommeil. Elle se redressa violemment, retomba comme une masse inerte sur le canapé, se redressa de nouveau et se maintint debout.

Elle parut d'abord n'avoir pas la certitude du réveil et la conscience de la pensée. Ses regards, qui se portaient partout, ne semblaient percevoir aucun des objets qu'elle connaissait si bien. Rose de Mai fit plusieurs pas en chancelant. Enfin, grâce à l'énergie qui dominait cette enveloppe si délicate et si chétive, elle assembla ses forces et classa ses idées.

Rose de Mai reconnut Bernard.

L'horloge de Saint-Eustache sonna quatre heures, et le jour qui entrait dans la serre faisait pâlir la clarté de la lampe.

— Est-ce bien vous, Bernard ? Non, un gentilhomme n'entre pas ainsi, à pareille heure, dans
la demeure d'une pauvre jeune fille. On ne désho-
nore pas la femme qu'on aime !

— Rose de Mai , pardonnez-moi, j'ai voulu
vous voir une dernière fois...

— Paris commence à s'éveiller, l'on travaille
déjà aux Halles. En sortant d'ici, monsieur,
vous emporterez l'estime que j'avais méritée, dont
je suis encore digne, et que vous me volez. Désormais je suis une fille perdue, qu'on montre au
doigt, qui a déshonoré la maison de braves gens
qui avaient accueilli la petite orpheline par charité. Vous portez une épée, monsieur, et vous
êtes un lâche.

— Mon Dieu! mon Dieu! et ne pouvoir parler!

— C'est la honte, monsieur, qui vous ferme
la bouche, comme l'infamie vous a séché le
cœur.

— Assez, assez! pas un mot de plus, ou je
me tue devant vous. Écoutez-moi, écoutez-moi.
A vos yeux je suis un misérable, un infâme, et
cependant ce que j'ai fait a été, je vous le jure,
exécuté par devoir et sous le regard de Dieu.
Vous me couvrez de boue, lui m'a purifié et me

11

bénira. Oui, je vous aime aujourd'hui encore plus qu'hier, et je risque votre honneur, qui est à la femme ce que le parfum est à la fleur. Vous piétinez sur moi comme sur un objet de dégoût et de mépris ; je me relève plus grandement gentilhomme et mieux méritant.

Puis, un moment vaincu par la douleur, Bernard pleura comme pleurent les natures fortes, c'est-à-dire en dedans, et de ces larmes qui brûlent et qui tuent.

Rose de Mai se laissa tomber sur une chaise comme brisée par le malheur, puis elle regarda le capitaine, dont les yeux s'arrêtèrent sur le bouquet de la Reine.

La jeune fille avait suivi ce regard. Un trait de lumière l'éclaira tout à coup ; elle se leva, prit des ciseaux, coupa le ruban qui nouait le bouquet, les fleurs s'écartèrent et trahirent la lettre !

Rose de Mai l'ouvrit, la lut ; — elle savait. Un rayonnement céleste éclaira tout à coup son visage si doux et si pur. La jeune fille replia le billet lentement, avec respect, puis, assemblant les fleurs avec recueillement, elle recomposa son bouquet comme une mère pare son enfant bien-aimé et plaça le billet avec un soin religieux au milieu des fleurs.

— Bernard, dit-elle, aujourd'hui je remettrai cette lettre à la captive du Temple. Pardonnez-moi, et que Dieu sauve la Reine!

XXIV

Bien que Rose de Mai m'eût défendu de l'accompagner, je résolus de la suivre, afin de veiller sur elle pendant tout le trajet des Halles à la prison du Temple.

La jeune fille une fois arrivée, je n'avais plus d'inquiétude, car son permis de visiter la Reine était parfaitement régulier.

Je descendis au magasin dès neuf heures du matin. Rose de Mai s'y trouvait entourée de mes sœurs. La jeune fille embrassait Mère-Jésus et cherchait à la rassurer. Mais la tendresse de dame Nicole eût voulu retenir la pauvre enfant. On se mit à table; le repas fut court, silencieux et triste. Bientôt Rose de Mai se leva, prit son bouquet et sortit.

Je la suivis.

Paris, à cette époque, présentait un spectacle singulier. La ville joyeuse, spirituelle, artistique par excellence, avait disparu.

Plus de carrosses, plus de gentilshommes, plus de belles dames, plus d'étrangers qui font la joie d'une grande Cité.

Paris semblait grelotter la fièvre. Tous les hommes se ressemblaient par la tournure et le vêtement comme s'ils eussent été fondus dans un même creuset. Pour la plupart, ils étaient coiffés de cet ignoble bonnet rouge qui donnait à Paris l'air d'une succursale du bagne de Toulon.

Les femmes portaient à cette époque des bonnets à barbes; sur le côté gauche de la tête figurait une grande cocarde tricolore, et parmi les joyaux qui pendaient à leur cou, se balançait une petite guillotine devenue singulièrement à la mode.

Les passants paraissaient affairés, pressés.

Des porteurs de journaux, à la voix rauque et avinée, criaient :

Il est bougrement en colère

Aujourd'hui le Père Duchesne !...

D'autres annonçaient :

> *Les lots gagnés*
> *A la loterie*
> *De Sainte-Guillotine !*

C'était la nomenclature funèbre des condamnés à mort par le tribunal révolutionnaire.

Plus loin, les sons discordants d'un orgue accompagnaient ce couplet chanté par une prostituée de carrefour :

> Si je fais un amant, dit Manon,
> Je veux qu' ce soit un bon luron,
> Qui soit bon patriote.
> L'âge et la mise n'y f'raient rien ;
> Mais pour son bien comm' pour le mien,
> J' l'aimerais mieux sans culotte.

Des milliers d'affiches étaient placardées sur les façades des maisons et arrêtaient les passants, qui formaient demi-cercle pour les lire.

Comme je me trouvais tout près de Rose de Mai, et que je ne voulais pas que la jeune fille m'aperçût, je m'approchai d'un groupe au milieu duquel un homme lisait à haute voix :

Arrêté de la Commune de Paris.

« Le procureur de la Commune entendu, le

» Conseil Général arrête que la guillotine restera
» dressée jusqu'à ce qu'il en ait été autrement
» ordonné, à l'exception néanmoins du coutelas
» que l'exécuteur des hautes œuvres sera autorise
» d'enlever après chaque exécution. »

— La dernière phrase est de trop, dit un garçon boulanger en costume traditionnel et par trop aérien, le coutelas devrait rester et fonctionner jusqu'au jour où il n'y aurait plus une seule tête d'aristocrate, de fédéraliste et de prêtre.

— C'est bien parlé, dit une volumineuse commère qui vendait du poisson toujours frais de l'avant-veille à l'Apport-Paris. Tous ces beaux messieurs et ces calotins nous sucent le sang que c'est pitié ; il est temps que le pauvre peuple engraisse tant soit peu.

— A votre égard ce serait du luxe, réplique un gamin de Paris en faisant un pied de nez à la formidable marchande ; vous faites tort à la révolution, la mère, et vos mamelles avec leurs dépendances sont aristocrates.

— Cesse de piquer, la Guêpe, ou je t'envoie dans l'égout de la Pointe-Saint-Eustache tenir compagnie aux rats.

— Citoyens, dit un afficheur en agitant le pin-

ceau qu'il venait de tremper dans son pot à colle,
je vous apporte du fameux, du chenu, pour ai-
guiser votre patriotisme.

— Conte-nous ça, citoyen Grenouillard, avant
de coller, vu que la majorité de l'honorable compagnie ne sait pas lire.

— Volontiers, citoyenne Brin-d'Amour, dit
l'afficheur à la marchande de poissons, mais à la
condition, chers patriotes, que chacun de vous
payera une tournée de trois-six pour velouter mon
gosier, quand la lecture l'aura enflammé.

— C'est comme si tu avais ce collier de perles
dans l'estomac, dit la formidable Brin-d'Amour
en régalant son nez de Kalmouk d'une prise de
tabac.

— Il s'agit citoyens, dit le barbouilleur en dé-
roulant son affiche, il s'agit d'un discours du citoyen Danton répondant à une maxime de l'a-
ristocrate Colbert, ministre du tyran Louis XIV.

— Danton est un bon patriote, dit un cor-
royeur de la rue Mauconseil, mais il est un peu
trop porté sur sa bouche et sur les femmes.

— Vous frisez l'aristocratie, Monsieur Lavoi-
gnat, réplique encore la Brin-d'Amour ; j'aime les
hommes qui sont portés sur les femmes.

— La Brin-d'Amour a de quoi porter tous les
hommes qui composent l'honorable compagnie,
et il y aurait encore de la place pour une partie
des masculins du quartier Bonconseil, dit le
gamin de Paris, qui en voulait à la marchande.

— Le beau sexe a raison, exclama le citoyen
Grenouillard en faisant de l'œil à l'embonpoint de
la commère; le civisme et l'amour, voilà, mes
amis, la vraie devise des bons patriotes !

— Silence! silence! firent les assistants.

Et l'afficheur donna lecture de sa pancarte :

« Les vieux Édiles parisiens (c'est le citoyen
» Danton qui parle) voulaient faire de Paris la
» ville du luxe, de la richesse et des plaisirs ; que
» par la volonté de ses nouveaux Magistrats, la
» Capitale devienne une vaste cité ouvrière, la
» ruche de la France. (Applaudissements.)

» Tout le secret de la situation consiste à
» mettre dessus ce qui était dessous. Les riches
» dominaient autrefois par le nombre ; place aux
» pauvres maintenant, qu'ils dominent à leur
» tour. — (Nouveaux applaudissements plus ac-
» centués.)

» Plus de taxes municipales, plus jamais ; que
» la vie soit à meilleur marché à Paris que par-

» tout ailleurs, et en moins d'un siècle, par une
» progression naturelle, irrésistible, les classes
» laborieuses formeront les trois quarts de la po-
» pulation parisienne.

» En agissant ainsi, le dernier mot doit rester
» infailliblement à la république, car un trône
» ne résisterait pas, longtemps ballotté, dans une
» Capitale où le flot est appelé à monter aujour-
« d'hui, demain, toujours. » (Tonnerre d'applaudissements.)

Et la compagnie porta l'afficheur en triomphe
chez le marchand de vin.

Je continuai ma course rapidement, et j'atteignis Rose de Mai devant l'église Saint-Leu et
Saint-Gilles. Par une amère dérision, au mépris
du culte de nos pères, on avait affiché sur l'ancien
édifice religieux plusieurs arrêtés de la Commune
parmi lesquels mon indignation, en dépit de ma
vieillesse, a retenu les deux qui suivent :

Séance du primidi, 21 *brumaire an II*.

« Les comités révolutionnaires de la section
» de l'Arsenal, des Droits de l'Homme et de l'In-
» divisibilité, viennent annoncer au Conseil gé-
» néral de la Commune, qu'ils se proposent de

» conduire à la Convention tous les ornements
» et l'argenterie de l'église Saint-Paul, ainsi
» que l'arche.

» Nous porterons aussi, dit l'orateur, les clefs
» de Saint-Pierre ; le paradis est ouvert, nous
» pouvons tous y entrer.

» Le Conseil applaudit à cette opération phi-
» losophique, et en arrête mention au procès-
» verbal. »

Près de cette affiche figurait l'arrêté ci-après :

Séance du sextidi, l'an II de la République
française, une et indivisible.

« L'administration des Quinze-Vingts apporte
» tous les objets du charlatanisme des prêtres,
» entre autres la fameuse chemise de saint Louis,
» qui se trouve n'être qu'une chemise de femme.

» Le Conseil général arrête que cette chemise
» sera brûlée dans le sein du Conseil, ce qui a
» été exécuté sur-le-champ ; et quant aux autres
» objets d'or et d'argent, le Conseil arrête qu'ils
» seront envoyés à la Monnaie.

» Mention civique de la conduite de l'admi-
» nistration des Quinze-Vingts ; insertion aux
» affiches de la commune. »

Je détournai les regards de ces turpitudes et continuai ma course.

Arrivé à l'angle formé par la rue Phelipeaux et celle du Temple, on me frappa sur l'épaule; je me retournai, c'était le gamin de Paris qui s'était acharné après la marchande de poissons. Je le reconnus à sa voix pour l'enfant que Rose de Mai avait sauvé d'une maladie cruelle. On l'appelait Petit-Pierre. C'était le fils d'un ancien servant des Halles, surnommé le Chacal.

— Où donc est la petite Reine ? me demanda Petit-Pierre tout haletant; elle n'était pas au magasin.

— Tiens, répondis-je à l'enfant, tu cherches Rose de Mai, la voici près de la prison du Temple.

— Empêchons-la d'entrer.

Nous appelâmes à grands cris, le bruit de la rue empêcha la jeune fille de nous entendre.

Rose de Mai frappa à la porte de la prison ; à l'instant on ouvrit, elle entra.

— Miséricorde dit l'enfant que sa reconnaissance envers la jeune fille avait régénéré; miséricorde ! j'arrive trop tard !...

— Explique-toi.

— Venez, François Nicole, un espoir me reste, nous avons encore une heure pour la sauver.

— Où me conduis-tu ?

— Au club des femmes, dans le charnier de Saint-Eustache.

XXV

Petit-Pierre était une de ces physionomies les plus intéressantes qui puissent animer un récit; elle vous amène un sourire sur les lèvres et du contentement au cœur.

Je vous ai dit comment Rose de Mai avait exercé sa royauté : en consacrant tous ses instants à faire le bien, sans bruit, discrètement, comme la fleur que le bon Dieu a faite pour exhaler un doux parfum.

Or, il arriva un jour qu'un homme du peuple, un de ces servants des Halliers, éperdu, fou de douleur, vint implorer l'intervention de la petite Reine des Bouquetières. — Cet homme avait été un fanfaron de vices; il était tombé de crime en crime, jusque dans cette fange qui fermente sans cesse dans les grandes cités.

Ce malheureux avait fait mourir froidement son père, sa mère et sa femme de chagrin et de déshonneur. Un enfant lui restait; la misère et la maladie allaient le tuer. Tout à coup le sentiment de la paternité s'éveilla chez ce misérable; un éclair lui fit voir toute l'infamie de son passé, dont la mort de son enfant allait être la punition.

Cet homme, appelé Lambert, et qu'on avait surnommé le *Chacal*, pour stigmatiser ses appétits destructeurs, cet homme pleura. Ces larmes, les premières qu'il eût versées, tombèrent sur son cœur, et furent pour lui un nouveau baptème. Il n'osa pas de suite implorer Dieu, tant il se croyait indigne de pardon et de pitié, mais il alla supplier la petite Reine des Bouquetières de venir en aide à son infortune. Il comprenait instinctivement que la pureté de la jeune fille serait une intercession auprès du Créateur qui, sans doute, avait choisi Rose de Mai pour être sur cette terre l'ange de miséricorde et de consolation.

— Mon enfant, Petit-Pierre va mourir, dit le

Chacal en sanglotant; vous seule, Rose de Mai, pouvez le sauver, car Dieu n'a rien à vous refuser.

— Dieu accorde davantage aux larmes d'un père; priez-le, mon pauvre Lambert.

— J'ai peur que ma prière ne soit une offense...

— Dieu l'écoute toujours, alors qu'elle part du cœur.

— Mais si le cœur est plein de vices ?

— Le repentir le purifie.

Puis la jeune fille s'agenouilla devant le christ d'ivoire qui sanctifiait la petite chambre de Rose de Mai.

Le bandit la regarda, se découvrit et fléchit le genou.

— Mon Dieu! dit la Reine des Bouquetières, vous avez eu pitié de la petite délaissée, c'est mon devoir aujourd'hui d'aller secourir le pauvre petit malade, mon frère en Jésus-Christ.

Et Rose de Mai s'installa près du lit de l'enfant qu'elle soigna de suite avec cette tendresse ingénieuse de la femme dont le cœur a des trésors ignorés de la science.

Petit-Pierre guérit.

Les excès de la révolution troublèrent une seconde fois l'esprit du Chacal, qui se replongea dans tous les vices; le père oublia, — l'enfant, lui, se souvint.

Il eut toujours devant les yeux cette suave et séraphique apparition, cette douce et belle jeune fille penchée sur son lit de douleurs, ses paroles de résignation, puis d'espoir. Il se rappela que la vie lui était revenue, avec des idées jusqu'alors inconnues, avec le sentiment du juste et du grand, car la charité possède un privilége de régénération; — elle soulage et purifie.

L'enfant du Chacal devint en quelque sorte, par ses vertus, la réparation des vices du père. L'un était révolutionnaire, l'autre fut royaliste. Chez l'enfant, devenu jeune homme, cette religion ne fut pas seulement une contemplation calme et recueillie, elle devint encore agissante et productive.

Assistant un jour à une exécution, il vit rouler sur l'échafaud la tête d'un vieillard dont tout le crime était, aux yeux de la populace qui dominait alors, dans un dévouement absolu à son Roi bien-aimé. Ce sang, versé pour complaire à ces parrains de la guillotine, retomba sur le cœur de l'enfant de Paris, et Petit-Pierre devint homme pour la vengeance et la réparation.

— On m'a sauvé, se dit-il avec exaltation, je veux sauver à mon tour!

Le fils du Chacal étudia, apprit, et trouva le moyen d'accomplir son œuvre. Il se fit recommander à l'un des membres du comité de salut public, et par sa protection, Petit-Pierre entra dans les bureaux en qualité de copiste.

Les dossiers concernant les prisonniers à traduire devant le tribunal révolutionnaire, passaient par les mains de Petit-Pierre.

Il avait pour toute mission d'en dresser une liste que le jeune commis portait à la signature du président du comité; cette signature obtenue, listes et dossiers, étaient envoyés par le fils de Lambert au citoyen Fouquier-Tinville, accusateur public.

La jeunesse de l'employé (Petit-Pierre avait alors seize ans) semblait être une garantie pour le comité, car, à cet âge, on n'a pas d'ordinaire, soit l'amour de l'argent qui peut corrompre, soit des opinions politiques en hostilité avec celles qui dominent. D'ailleurs l'esprit et la verve du jeune Parisien charmaient ces révolutionnaires qui ne doutaient pas de faire du jeune commis un homme dévoué à leurs maximes.

Petit-Pierre, de son côté, se croyant en sûreté, se mit à l'œuvre résolûment. Tous les matins il feuilletait les dossiers, examinait avec attention l'âge, la qualité et les antécédents des accusés, et lorsque le jeune commis rencontrait soit un vieillard, soit une jeune fille, il mettait à l'écart leur dossier, et composait sa liste amoindrie avec une circonspection qu'on ne pouvait suspecter. Le soir, quand tous les membres du comité étaient partis, Petit-Pierre se faisait, sous son habit, une cuirasse de tous les papiers qu'il dérobait, et vers minuit le jeune homme, qui avait lacéré ces dossiers, les jetait partiellement à la Seine, en disant :

OFFRANDES A ROSE DE MAI !

Mais là ne se bornait pas la lutte que Petit-Pierre avait engagée contre la révolution. Le jeune homme, qu'on eût pu prendre encore pour un enfant, sa petite taille n'accusant pas plus d'une douzaine d'année, ce jeune homme, dis-je, se mêlait aux groupes d'émeutiers pour faire avorter leurs tentatives ; c'était une contre-mine perpétuelle qu'il pratiquait. Souvent aussi l'esprit railleur et mordant de Petit-Pierre flagellait tous les Catilinas des carrefours et leurs ignobles moitiés, ces tricoteuses qui, dès le matin, s'installaient au pied de la guillotine pour occuper, disaient-elles, toutes les places d'honneur.

Le fils du Chacal était affilié aux sociétés des Jacobins et des Cordeliers. Au milieu des plus sanglantes motions, tout à coup partaient des interruptions, éclataient des sarcasmes qui troublaient les orateurs. Il n'y avait qu'un interrupteur, mais Petit-Pierre se multipliait de telle façon, changeait si habilement sa voix, qu'on eût pu croire à l'opposition de tout un parti qui protestait dans ces clubs.

La populace, que le jeune Parisien torturait de ses plaisanteries aiguës, avait surnommé Petit-Pierre

LA GUÊPE DES HALLES !

Tel était l'enfant, le prétendu gamin de Paris qui m'avait frappé sur l'épaule au coin des rues Phelipeaux et du Temple.

— François Nicole, me dit Petit-Pierre, pendant que nous nous dirigions vers Saint-Eustache, François Nicole, voici un papier, c'est une dénonciation adressée au Comité de salut public contre Rose de Mai ; — lisez !

Je saisis brusquement le papier, et je lus :

Au président du Comité de salut public.

« Le citoyen Malatesta porte à la connaissance
» du Comité l'existence d'un complot qui se
» trame en ce moment pour la délivrance de la
» veuve Capet. Des ci-devant nobles qui se réu-
» nissent souvent la nuit dans l'ancien couvent
» de Picpus, ont acheté une maison dans la rue
» de la Corderie. Là, ils ont pratiqué, en conti-
» tinuant les caves de cette maison, un souter-
» rain qui s'étend jusqu'au jardin du Temple,
» où se promène chaque jour la ci-devant Reine
» Marie-Antoinette. La délivrance de la veuve
» Capet est fixée au 18 de ce mois. Une jeune
» fille du nom de Rose de Mai, ci-devant Reine
» des Halliers de Paris, doit se présenter au
» Temple avec un permis de visiter la veuve Ca-
» pet. — La jeune fille porte un bouquet à la pri-
» sonnière ; dans ce bouquet une lettre est ca-
» chée, et cette lettre instruit la Reine du jour et

» de l'heure de la tentative de son évasion, et
» des moyens de la favoriser.

» Signé : MALATESTA.

» Rue Aubry-le-Boucher, 4. »

— Toujours cet homme, ce chef des bandits
étrangers qui depuis quelques années sont venus
fondre sur la Capitale, où ils gangrènent les Parisiens.

— Cet homme commande à plus de mille
émeutiers.

— Où trouverai-je ce misérable ?

— Au club des femmes de Saint-Eustache.

— Un homme au club des femmes ?

— Sans doute ; ces femmes sont, pour la plupart, les concubines de ces révolutionnaires que
commande Malatesta ; la citoyenne Lacombe, ancienne actrice, présidente du Comité des clubistes
en jupons, est la maîtresse de ce chef de bandits
provinciaux qui font trembler Paris.

Ainsi, Malatesta dispose non-seulement de ces
émeutiers, mais il tient encore dans ses mains
tous les fils qui font mouvoir cette horde de
femmes perdues qui entraînent les hommes lors
des insurrections.

— Il faut, à tout prix, nous défaire de Malatesta.

— Il est difficile à vaincre.

— Ce bandit m'a blessé traîtreusement lors de
l'émeute des Halles.

— Il est homme à vous assassiner encore...

— Sois tranquille, je vengerai messire Jacques de Flesselles en sauvant Rose de Mai !...

XXVII

Nous entrâmes, Petit-Pierre et moi, dans l'église Saint-Eustache.

Cette ancienne basilique, primitivement dédiée à sainte Agnès, et rebâtie sous le règne de François Ier, avait été dépouillée de ses ornements. Aucun signe ne rappelait son caractère religieux ; la croix était abattue, le maître autel renversé, et tout l'édifice dépouillé de ses tableaux et de ses statues.

La fête *de la Raison* allait être célébrée le lendemain dans l'église Saint-Eustache, et l'édifice avait été préparé pour cette étrange cérémonie.

L'intérieur du chœur représentait un paysage où l'on voyait çà et là des chaumières au milieu de rochers entre lesquels étaient pratiqués de petits sentiers conduisant à des grottes mysté-rieuses où se réfugiaient des bergères poursuivies par leurs amoureux.

Rien ne manquait à cette profanation ; autour du chœur étaient dressées des tables surchargées de bouteilles, de saucissons, de pâtés et de fruits. Les convives devaient affluer par toutes les portes, et prendre part aux festins, voire même aux ban-quets mystérieux. Les révolutionnaires avaient fait de l'église de nos pères un immense cabaret, un lieu de prostitution.

Le neveu du curé Merlin, si charitable, n'avait pu trouver grâce devant la nouvelle population des Halles ; elle avait chassé le digne pasteur comme suspect d'aristocratie et de royalisme.

Nous traversâmes avec peine l'église encom-brée d'une populace avinée, qui hurlait des chan-sons obscènes et dansait la carmagnole.

Entre la rue Montmartre, celle du Jour et les bâtiments de l'église, on voyait un terrain qui avait la forme d'un triangle. Ce terrain, dans le-quel les riches paroissiens avaient autrefois leur sépulture, était connu sous le nom de *Charnier de Saint-Eustache*. On pénétrait dans ce charnier,

soit par une porte qui donnait dans la rue Montmartre, soit par l'église en sortant du côté du petit
portail de l'est, dont l'architecture est un délicieux
chef-d'œuvre d'élégance et de bon goût.

Si la dévastation de l'église Saint-Eustache était
horrible à l'époque de la Terreur, le charnier présentait un aspect encore plus affreux. Les tom-
beaux avaient été fouillés, profanés ; des fragments
de marbre et de bronze étaient semés sur le sol
bouleversé. Les sauvages ont au moins du respect pour les morts, et quand ils émigrent, on les
voit emporter précieusement les os de leurs pères.

Sur un morceau de marbre brisé par la pioche
des démolisseurs, nous lûmes :

ANNE-HILARION COTENTIN DE TOURVILLE
Vice-amiral et maréchal de France,
Mort en 1701, à l'âge de 59 ans.

Plus loin, en remuant avec ma canne des débris amoncelés près des latrines publiques, nous
vîmes briller une plaque de cuivre ébréchée portant ce nom :

COLBERT !

Par un mouvement instinctif nous nous décou-
vrîmes.

— Un pays qui a produit de tels hommes était une grande nation, dit pieusement le gamin de Paris.

— Et que penser des misérables qui insultent de telles illustrations?

— L'expression de ce sentiment vous coûterait cher, si le charnier était peuplé de ses orateurs en jupons.

— La séance doit-elle commencer bientôt?

— Dans cinq minutes.

— Tenez, continua Petit-Pierre, je vois entrer par la rue Montmartre l'ancienne actrice Rose Lacombe, présidente de ce club de femmes; elle est accompagnée de Malatesta. Pénétrons au plus vite dans ce mausolée qui est celui de la famille Cureau de la Chambre, dont le chef était médecin de Louis XIV.

Petit-Pierre tira une clef de sa poche; une porte de fer grinça sur ses gonds rouillés, et nous entrâmes; de ce mausolée l'on pouvait voir ce qui se passait et entendre ce qui se disait dans le club.

La société *révolutionnaire* des femmes libres était composée de filles perdues, aventurières de leur sexe, écloses dans la fange du vice, recrutées dans les réduits de la misère ou dans les cabanons de la démence. Cette société n'avait pas eu de grandes dépenses à faire pour transformer une partie du charnier en un lieu de réunion. Elle s'était bornée à se mettre à l'abri, au moyen d'une immense toile en forme de tente ; à l'extrémité, du côté de l'église, était une rangée de bancs pour les sociétaires ; en face, le bureau de la présidente ; à droite, la tribune aux harangues ; enfin, à gauche, le bureau du secrétaire.

Ces dernières fonctions n'avaient pu être remplies par une femme, et cela par la raison qu'aucune des citoyennes ne se trouvait en état d'écrire aussi rapidement que la parole s'échappe des lèvres.

Forcément, il avait fallu s'adresser à un homme, et le choix était tombé sur une de nos connaissances, sur notre ami Grignolet.

Le poëte Phébus se serait bien passé de cet honneur ; aussi le vit-on objecter ses nombreuses occupations, l'impossibilité de se mettre au diapason de la volubilité de la langue des femmes. On lui répondit que son refus serait considéré comme un acte d'incivisme, et que s'il n'offrait pas sa plume, on pourrait bien lui prendre sa tête.

Enfin, l'on peut dire sans exagération que les femmes libres prirent Grignolet de force.

Le digne poëte s'en vengea par des interruptions incessantes, par des sarcasmes aigus toujours motivés selon lui par les exigences de la rédaction que Phébus, comme secrétaire, devait rendre claire et limpide.

— Ainsi, dit l'actrice Lacombe à Malatesta, vous n'avez pas entendu parler de votre dénonciation?...

— Je me suis rendu ce matin au comité de salut public; on n'avait pas reçu ma lettre, ainsi que me l'a dit un jeune employé.

— Et que pensez-vous faire?

— Instruire du complot, et dès aujourd'hui, le général Santerre.

— Et si Rose de Mai a quitté la prison du Temple...

— Soyez tranquille, j'arriverai à temps.

— Je hais cette jeune fille.

— Pourquoi ?

— Parce que ma beauté est vulgaire à côté de celle de Rose de Mai ; puis, elle a refusé avec dédain de faire partie de notre Société. Et vous,

12.

Malatesta, l'on dit que vous n'avez pas été insensible à tant de perfection ?

— Quand je vins à Paris, j'étais sans ressource ; je m'engageai comme servant des Halliers. Peu de temps après Rose de Mai fut proclamée Reine des Bouquetières. Il me semble la voir encore. Elle était belle et d'une suavité qui l'entourait comme d'une auréole. Tout le monde l'aima ; les femmes n'en furent pas jalouses, et les hommes en raffolèrent. Je compris instinctivement que la distance qui séparait mes vices de la perfection de la jeune fille, condamnait sans rémission mon amour. Ne pouvant l'espérer, je me pris à la haïr. Je devins chef des servants, et bientôt éclata l'émeute qui ensanglanta les Halles. J'appris que la petite Reine avait distingué par son amitié deux hommes que je détestai de toute la passion que j'avais ressentie pour Rose de Mai ; l'un était François Nicole, l'autre le capitaine Bernard de Lussan. J'espérais exciter entre eux une rivalité, et que le premier tuerait le second ; il n'en fut rien : François Nicole sauva son rival d'une mort certaine en le dérobant à l'incendie.

Aujourd'hui, ma vengeance est assurée. Le capitaine Bernard et Rose de Mai sont du complot tramé pour sauver la Reine. Ces deux têtes tomberont. Mais ceci n'est qu'une vengeance particulière, et il s'agit de frapper un grand coup. Il nous faut arracher à la Convention un vote : l'arrestation des Girondins. J'aurais besoin de cinq cents de vos femmes qui se mêleront dans les rues aux gens de ma bande ; dans les insurrections, les femmes valent mieux que les hommes.

— Sans doute, elles crient plus fort.

— Quel jour a-t-on fixé ?

— Le 31 mai.

— C'est entendu ; mais voici les sociétaires qui arrivent ; il faut nous séparer.

La citoyenne Rose Lacombe monta les gradins pour s'asseoir dans le fauteuil de la présidence. Là, elle se couvrit la tête d'un énorme bonnet rouge, et dit :

— La séance est ouverte !

Grignolet entra aussitôt, et alla sur-le-champ prendre place au bureau.

— Citoyen, dit la présidente Rose Lacombe à Phébus, veuillez nous donner lecture du procès-verbal de la dernière séance.

Grignolet lut avec une rapidité qui ne permettait pas la moindre observation ; il est bon d'ajouter que les conversations particulières des citoyennes révolutionnaires causaient un bourdonnement qui étouffait les accents de Phébus.

Le procès-verbal adopté, la présidente agita sa sonnette avec force une dizaine de fois avant d'obtenir le silence.

— L'ordre du jour, dit Rose Lacombe, appelle la discussion sur le projet concernant L'ÉMANCIPATION DE LA FEMME, projet présenté par la citoyenne Cornélie. — Combien, citoyen secrétaire, avez-vous d'orateurs inscrits ?

— Quatre-vingt-douze, répondit Grignolet.

— Cela prouve, ajouta la présidente, tout l'intérêt que la Société attache à cette question....

— Et le besoin que ces dames ont de s'émanciper, dit Phébus en grommelant.

— La parole est à la citoyenne Cornélie, auteur du projet de pétition à la Convention nationale.

La citoyenne Cornélie s'empressa de monter à la tribune ; mais dans sa précipitation, elle embarrassa ses pieds dans les plis de sa robe trop longue, et le nez de la citoyenne alla caresser une des marches de l'escalier.

— Fâcheux pronostic ! exclama Phébus ; une Romaine s'abstiendrait.

— Qui parle de romaine? dit la Brin-d'Amour, notre vieille connaissance, qui cumulait la vente des poissons et le débit des salades.

Quelques mots sur la citoyenne Cornélie, qui s'appelait la fille Sergent de son véritable nom. C'était, vers la fin de la Régence, une de ces femmes libres tenant un tripot greffé sur un lupanar. Pour étiqueter sa maison, elle faisait également, au besoin, commerce de ses charmes. Vers la fin du règne de Louis XV, la police manquant à son égard de courtoisie, et la courtisane perdant de ses agréments, la fille Sergent eut le sort de ces vieux rubans qui, n'étant plus de mode en France, ne peuvent se vendre qu'à l'étranger.

La révolution éclata comme la fille Sergent émiettait à Londres les restes d'une beauté singulièrement ébréchée; d'un bond elle tomba dans Paris, où la haine de l'autorité et la jalousie qu'elle ressentait contre tout ce qui était noble et généreux, la plongèrent dans la fange des carrefours qui était, au reste, l'élément où se plaisaient ces sortes de prostituées de bas étage.

Une certaine instruction, que faisait ressortir une grande facilité d'élocution, lui avait valu une prépondérance sans conteste sur les autres orateurs qui brillaient au club des femmes révolutionnaires. Plusieurs fois même, en l'absence de Rose Lacombe, qui était une femme d'action avant tout, la citoyenne Cornélie avait occupé le fauteuil de la présidence.

Après avoir promené un regard sur son auditoire, la citoyenne Cornélie s'exprima en ces termes :

« La révolution a fait l'homme libre, elle laisse la femme esclave. Pour sortir d'une situation aussi injuste qu'humiliante, j'ai rédigé un projet de pétition dont les principales dispositions sont résumées en demandes ci-après :

— » 1° Qu'il soit fait une déclaration des droits de la femme, à l'instar de celle des droits de l'homme. »

— C'est justice, exclama l'assemblée.

« 2° Qu'il soit créé une deuxième Convention nationale, uniquement composée de citoyennes, et que les lois adoptées par la Convention (hommes), soient approuvées ou rejetées par la Convention (femmes).

(Applaudissements prolongés.)

» 3° Que les femmes soient déclarées aptes à

exercer toutes les fonctions publiques concur-
remment avec les hommes.

(Applaudissements frénétiques.)

» 4° Que les citoyennes accusées de délits et de
crimes soient jugées par un tribunal de femmes.

» 5° Que les hommes reconnus coupables de
séduction à l'endroit des femmes, avec suites ap-
parentes, soient condamnés à épouser leurs victimes.

(Explosion unanime d'approbation.)

» 6° Pour permettre aux femmes l'exercice de
leurs droits, que les enfants, dès leur naissance,
soient confiés à la République qui, dans sa sollicitude, créera un vaste établissement à Paris,
avec succursales dans les provinces, pour élever,
instruire la nouvelle génération qui grandira
dans l'amour de la révolution et la haine de la
royauté et du fanatisme. »

Ici l'orateur reçoit les félicitations de toute l'assemblée, qui pleure d'attendrissement et de reconnaissance.

La séance est suspendue.

Après un quart d'heure d'interruption, la présidente agite sa sonnette et dit :

— Un homme porteur d'un message de la Convention demande à entrer pour remplir une mission.

L'assemblée ordonne d'introduire le messager.

— Vos nom et qualités ? lui demanda la présidente.

— Jules Norbert, commissaire de police de la section Bonconseil. J'ai à vous donner lecture de l'arrêté suivant :

« La Convention nationale,

» Sur la proposition du citoyen Robespierre ;

» Considérant que le club révolutionnaire des femmes libres, établi dans le charnier de la ci-devant église Saint-Eustache, prête au ridicule et aux propos malins ; que cette réunion est de nature à porter atteinte à la considération dont la République doit être entourée,

» Arrête :

» Art. 1er. Le club révolutionnaire des Femmes libres est et demeure dissous.

» Art. 2. Les clefs de la salle seront déposées dès demain sur le bureau du président de la Convention.

» Art. 3. Le commissaire de la section Bonconseil est chargé de l'exécution du présent arrêté. »

XXVII

— Eh bien, dis-je à Petit-Pierre, nous voilà pris dans une souricière.

— Ce ne sera pas pour longtemps, Malatesta va venir.

— En êtes-vous certain ?

— J'en suis sûr. Il a donné rendez-vous à mon père, que ce chef de bandits fait mouvoir à son gré.

— Malatesta trouvera les portes fermées.

— Il possède un passe-partout.

— Mais si les scellés ont été apposés ?

— Ils n'arrêteront pas Malatesta.

Pendant que nous nous entretenions, Petit-Pierre et moi, la police éprouvait bien des diffi-

cultés à faire évacuer la salle. Les femmes résistaient et se cramponnaient à leurs bancs. On fut
obligé d'avoir recours à l'intervention de la force
armée pour arracher de leurs places ces furies
révolutionnaires.

Enfin la place était nette. Quelques minutes
après, nous entendîmes du bruit dans les char-
niers ; une porte s'ouvrait du côté de la rue du
Jour. Deux hommes entraient avec précaution ;
c'était Malatesta suivi du Chacal. Ces deux hommes se dirigèrent vers une tombe; ils en soule-
vèrent avec précaution la pierre.

— As-tu trouvé? dit Malatesta.

— Oui, répondit le Chacal, voici deux épées et
deux poignards.

— Partageons.

Ce fut fait.

— Tu iras porter cette lettre au citoyen Santerre.

— Mais avant, que contient-elle?

— La révélation d'un complot royaliste, tramé
dans le but de donner la liberté à la ci-devant
Reine.

— Fais couper toutes les têtes qu'il te plaira
d'abattre, peu m'importe, une seule exceptée.

— Laquelle?

— Celle de Rose de Mai.

— Pourquoi cette exception?

— Parce que la jeune fille a sauvé mon enfant.

— Tu payes donc tes dettes?

— C'est rare pour un coquin, diras-tu, mais c'est comme cela, j'habille l'honneur à ma fantaisie.

— Tu peux être tranquille; que m'importe la tête de Rose de Mai!.. Tu iras ensuite chez le citoyen Hébert, à la Maison Commune. Tu lui diras que je serai le 31 mai sur la place de la Révolution dès cinq heures du matin avec tous mes gens, auxquels se mêleront les femmes du club révolutionnaire, qui sont exaspérées de la suppression de leur société. Nous utiliserons leur colère.

— As-tu autre chose à me dire?

— Plus rien.

— Moi, j'ai une demande à te faire.

— Une demande d'argent, sans doute?

— Mais surtout pas d'assignats. Je suis patriote, mais je n'aime pas la monnaie de la république.

— Tiens, prends ces pièces d'or. Tu en auras autant ce soir à ton retour.

Le Chacal sortit en fredonnant :

Madame Veto avait promis
De faire égorger tout Paris;
Mais son coup a manqué,
Grâce à nos canonniers.
Dansons la carmagnole !
Au bruit du son du canon!...

Petit-Pierre ouvrit la porte du mausolée.

— Je vais suivre mon père et lui prendre la lettre. François Nicole, chargez-vous de Malatesta; surtout ne le ménagez pas.

Et Petit-Pierre se glissa sans bruit au milieu des tombes en devançant le Chacal.

Dès que le jeune homme fut sorti, je me dirigeai du côté de la porte; je la fermai en dedans et tirai la clef que je mis dans la poche. Ceci fait, j'allai droit au bandit.

— Me reconnais-tu ? dis-je à Malatesta.

— Parfaitement. Qu'y a-t-il pour ton service ?

— Je viens voir si tu peux vaincre aussi facilement un ennemi que tu sais l'assassiner !

— Je n'aurai qu'un embarras, celui du choix.

— Tu ne te contentes pas d'être un assassin, tu complètes ton infamie en te faisant dénonciateur.

— Ce sont deux diamants de ma couronne de bandit.

— Pourquoi as-tu dénoncé Rose de Mai ?

— Parce que tu l'aimes et que je la hais.

— Raison de lâche qui s'en prend aux femmes.

— Je n'aime pas les phrases ; voyons, que veux-tu ?

— Ta vie.

— Eh bien ! viens la prendre.

Nous mîmes à l'instant l'épée à la main et les deux lames se rencontrèrent.

— Voilà un enjeu qui en vaut la peine, dit Malatesta en riant ; la tête d'une jeune fille !

Mon épée marqua le bandit au front. Il porta la main gauche à sa blessure ; la pointe de ma lame cloua pour un instant sa main au front de l'assassin.

Malatesta rugit de colère et fit quelques pas en arrière. Protégé par une tombe, il eut le temps de tirer un pistolet de sa poche et de m'ajuster ; le coup partit, j'avais l'épaule brisée.

— Voilà comme tu combats à armes égales !

— Il ne s'agit pas de subtilités , mais de vaincre.

La colère fit taire la douleur, et je me jetai sur le bandit; nos deux épées se heurtèrent violemment et se brisèrent en grinçant. Nous tirâmes nos poignards.

Tout à coup le jour diminua; un orage éclatait sur Paris; on eût dit, aux grondements du tonnerre, que Dieu allait renverser de fond en comble la Ville maudite.

Nous nous écartâmes et mîmes plusieurs tombes entre nous deux, moi pour soutenir, à l'aide d'un mouchoir, mon bras gauche fracassé, lui pour étancher le sang qui coulait de son front et menaçait de l'aveugler. — Ceci fait, nous nous cherchâmes en rampant comme deux couleuvres, interrogeant le bruit de nos pas, le souffle qui s'exhalait de nos poitrines en feu. J'étais plus grièvement blessé que Malatesta, mais le sang qui coulait de son front le torturait davantage.

Enfin, un rayon de soleil vint lutiner dans le charnier qui s'éclaira subitement ; et, comme deux tigres qui se disputent une proie, nous fondîmes de nouveau l'un sur l'autre avec la résolution d'en finir d'un seul coup.

Le pied du bandit rencontra un fragment de métal qui le blessa; c'était la plaque de cuivre qui portait le nom de Colbert que j'avais salué. Malatesta trébucha, et mon poignard lui entra dans les côtes en se brisant. — J'étais désarmé.

Le bandit se releva, mais comme un homme ivre; je voulus l'étouffer, mais la lame de son poignard laboura mes bras et mes mains.

— Allons, dit Malatesta en ricanant, nous avons assez longtemps tiré Rose de Mai par les cheveux; la tête me reste; j'en ferai présent au bourreau.

Le bandit arma un second pistolet, m'ajusta lentement et fit feu ; je tombai sur le sol.

J'entendis l'assassin qui disait :

— Cette fois son compte est réglé.

Puis il se dirigea vers la porte qu'il trouva fermée; alors, revenant vers moi, il me fouilla, prit la clef et s'échappa.

Mon sang coulait à flots et j'avais froid. Je fis un effort désespéré pour me relever et me maintenir debout; impossible, mes jambes flageolaient, je retombai évanoui.

J'entendis sans comprendre des paroles bourdonner à mes oreilles, ma pensée était incertaine

comme le flot qui roule et ne se fixe nulle part.
Enfin, la conscience de la douleur me revint avec
la perception des objets qui se trouvaient autour
de moi. Je reconnus Petit-Pierre, l'enfant de Paris, qui pansait mes blessures.

— Bravo! dit le jeune homme, il revient à lui.
François Nicole, j'ai la lettre, et Rose de Mai est
sauvée.

— Pas encore, Malatesta est vivant.

— Où donc est-il allé?

— A la prison du Temple.

— Vous ne l'avez donc pas vaincu?

— Nos armes n'étaient pas égales.

— Est-il parti depuis longtemps?

— Non, car ma main en s'appuyant sur le sol
a senti la chaleur du sang que mon épée avait tiré
en trouant le corps du bandit.

— Mais je ne puis vous laisser en cet état!

— Ne songez qu'à Rose de Mai.

— C'est vrai, allons au plus pressé.

— Courez, digne enfant de Paris, et que Dieu
vous protége.

XXVIII

Dès que Rose de Mai fut entrée dans la prison du Temple, le chef des guichetiers s'avança vers la jeune fille et lui demanda son permis.

— C'est bien, fit l'homme après avoir lu, suivez-moi.

La jeune fille se trouva au milieu d'un corps de garde où des soldats riaient, chantaient et buvaient.

— J'espère, disait Maître Bournichon, épicier de la rue Pierre-aux-Bœufs, et sergent canonnier de la garde nationale, j'espère que la Convention, après avoir tué le mâle, nous débarrassera de la femelle et des louveteaux. C'est le seul moyen de fonder la République.

Une larme vint aux yeux de Rose de Mai.

13.

— Je bois à la mort prochaine de la veuve Capet et des petits ! exclama un porte-clefs en trinquant avec le canonnier, qui s'était fait appeler *Mucius Scœvola.*

— Citoyen guichetier, dit le porte-clefs en regardant la jeune fille, qui traversait le corps de garde, où va cette péronnelle ?

— Visiter la ci-devant Reine, et lui offrir des fleurs qui sentent l'aristocratie d'une lieue ; mais son permis est en règle.

— La veuve Capet va se croire à Versailles.

— Heureusement qu'il y a moins loin du Temple à la place de la Révolution, que de cette dernière à Versailles, cette taupinière royale qu'on devrait brûler.

— Avec quelques obus de ma connaissance, je ferais un feu de joie de ce palais bâti par le tyran Louis XIV.

— Venez par ici, dit le guichetier à Rose de Mai, le Commissaire de la Commune doit recevoir votre permis et vous accompagner.

La jeune fille entra dans un bureau. Un homme se leva, vint à elle et prit le papier des mains du guichetier. Après un court examen, le Magistrat dit au guichetier :

— Allez demander à la prisonnière si elle veut recevoir la bouquetière des Halles.

L'homme sortit, et le représentant de la Commune resta seul avec Rose de Mai.

— Vous connaissez la ci-devant Reine? dit le Magistrat.

— Je l'ai vue à Versailles, où je lui portais des fleurs.

— Pourquoi venez-vous dans cette prison ?

— Par reconnaissance.

— Parlez bas; ici, les murs écoutent et répètent.

— Vous n'êtes donc pas de ces hommes que je viens d'entendre blasphémer?

— Je suis le collègue et l'ami de François Nicole.

— Alors...

— Comme vous, j'espère contribuer au salut de la Reine.

Et le Magistrat prit la main de la jeune fille.

Des pas se firent entendre; c'était le guichetier qui revenait.

— La veuve Capet consent à recevoir la citoyenne Bouquetière.

La jeune fille sortit du bureau, traversa un jardin et se trouva au pied d'une tour.

— C'est là, fit le guichetier.

— Ouvrez, ordonna le Magistrat.

— C'est fait; montons trois étages.

Arrivés au deuxième, le guichetier désigna une porte, et dit :

— C'était la demeure du tyran ; où est-il maintenant ? ajouta cet homme en fredonnant.

— Au ciel, murmura la jeune fille.

Le Magistrat serra la main de Rose de Mai comme pour lui prescrire le silence.

— Nous sommes arrivés, dit le guichetier en ouvrant une dernière porte.

Rose de Mai leva les yeux, la Reine était devant elle !

— Vous pouvez vous retirer, dit le représentant de la Commune au guichetier; dans un quart d'heure vous reviendrez.

— Ce n'est pas clair, dit l'homme en sortant; cette jeune fille, ces fleurs, ce commissaire qui ressemble à un ci-devant, tout cela sent la contre-révolution.

Le Magistrat fit quelques pas, regarda dans le corridor, puis ferma la porte.

Rose de Mai s'avança vers Marie-Antoinette, et s'inclina devant la Reine en sanglotant.

— Relevez-vous, mon enfant, dit la prisonnière en regardant le représentant de la Commune; vous pardonnerez, monsieur, à cette expression de reconnaissance et de dévouement. La jeune fille n'a pas fléchi le genou devant une Reine, elle s'est inclinée en présence du malheur.

— Rose de Mai, rendez hommage sans crainte à notre Souveraine, plus grande, plus digne encore de respect ici que dans le palais de Versailles. J'apporte aussi mon offrande à la Reine.

Et le Magistrat tira de son gilet un bijou, qu'il fit voir à Marie-Antoinette, en disant :

Fleur de lis d'or !...

C'était un signe de reconnaissance que possédait chacun des membres de l'association royaliste qui avait été fondée dans le but de sauver la captive du Temple.

Le Magistrat, dont nous ferons bientôt connaître le nom, appartenait à cette noble phalange de gentilshommes dont une partie s'était réunie, comme nous l'avons vu, dans l'ancien couvent de Picpus.

— Je souffre, dit la Reine en remerciant le

Magistrat, je souffre en voyant tant d'hommes de cœur risquer leur vie pour moi. A quoi peut servir désormais mon existence? La liberté même deviendrait un fardeau, et ma vie, en se prolongeant, ne favoriserait pas ma cause, tandis que ma mort serait utile peut-être. On ne tue pas une femme, une mère, une Reine, sans que l'humanité ne proteste, sans que Dieu ne la venge. Exister, c'est penser; penser, c'est souffrir; et quelles souffrances! Avoir toujours devant les yeux comme un nuage de sang couvert d'un voile de deuil!... Être privée des caresses de ses enfants, qui sont à la pauvre mère ce qu'est la rosée pour la fleur languissante et desséchée. — Qui vous porte à me sauver, monsieur?

— Le devoir, répondit le Magistrat.

— Et vous, Rose de Mai?

— La reconnaissance.

La Reine, vaincue par l'émotion, fut obligée de s'asseoir. La jeune fille en profita pour mettre son bouquet sur les genoux de Marie-Antoinette.

— Comme ces fleurs sont belles! dit la Reine en pleurant de ces larmes qui transforment la douleur amère en une douce et bienfaisante mélancolie; c'est la main d'une jeune fille guidée par le cœur d'un ange qui les a réunies. De l'eau ! de l'eau ! pour que leurs belles couleurs reposent pendant quelques jours mes yeux fatigués de larmes, pour que leurs parfums me rappellent que la Reine découronnée, que la pauvre captive possède encore des amis. Comme ces petites clochettes bleues sont douces au regard ; elles croissent dans les champs, où la brise les caresse en les berçant.

— Quand les Halliers de Paris, dit Rose de Mai, m'ont élue Reine des Bouquetières, ma couronne était tressée de brins de paille de riz, d'où s'échappaient en sautillant des milliers de petites clochettes bleues.

— Que vous deviez être belle ainsi ! Mais, dites-moi, qu'a-t-on fait de votre couronne ?

— Ce qu'on a fait de l'autre.

— Eh bien, dit Marie-Antoinette en souriant, que les deux Reines déchues deviennent deux sœurs, mais n'oublions pas ce qui souffre... Ces fleurs sont trop serrées, elles étouffent, donnons-leur de l'air, coupons ce ruban qui les retient captives. Mais j'oubliais, on m'a pris mes ciseaux, la guillotine en est jalouse. Elle a peur que les deux petites pointes de cet outil de la femme ne

viennent trouver le chemin du cœur de la Reine,
et la guillotine réclame la tête !... Les insensés,
avoir peur que je me tue, une Reine se suicider,
allons donc ! le suicide est presque un acquiescement ; recevoir la mort sur l'échafaud, la tête
haute, plus haute encore parce qu'elle a porté
une couronne, recevoir la mort ainsi, c'est une
protestation. Mais tout cela ne regarde pas ces
petites fleurs. Rose de Mai, vos ciseaux.

— Gardez-vous en bien, dit le Magistrat avec
effroi ; votre salut est dans ce bouquet. Vous
n'auriez pas le temps de séparer ces fleurs et de
les grouper dans ce vase.

— Oh ! les malheureux ! oh ! mon enfant, dit
la Reine en serrant Rose de Mai sur sa poitrine ;
mais vous ne savez donc pas que tout est interrogé, scruté, fouillé ici, jusqu'à la doublure de
mon vêtement... vous mourrez avec moi !

— Ne m'avez-vous pas dit, ma Souveraine
bien-aimée, que nous étions deux sœurs ?...

Et les deux Reines déchues se tinrent enlacées
en sanglotant.

Un bruit de voix, de pas et d'armes se fit entendre tout à coup. On montait l'escalier de la
tour.

— Le malheur est cruellement prophète, dit Marie-Antoinette en étreignant la jeune fille comme pour la sauver.

Un homme couvert de sang entra brusquement dans la chambre. C'était Malatesta, suivi du général Santerre et des guichetiers du Temple.

— Nous arrivons juste à temps, dit le bandit. Ce représentant de la Commune est le ci-devant marquis de Saint-Céran; ce bouquet, vous allez voir ce qu'il renferme.

Et Malatesta coupa le ruban avec son poignard; les fleurs se séparèrent d'elles-mêmes et trahirent la lettre. Le bandit la remit au général, qui en prit lecture, et dit au gentilhomme :

— Saviez-vous ce que contenait ce bouquet?

— Oui, répondit le marquis avec calme.

— Cette jeune fille, répondit vivement Marie-Antoinette, est bouquetière; elle m'apportait ces fleurs sans connaître...

— La Reine se trompe, dit Rose de Mai; je savais que ce bouquet renfermait un lettre; j'eusse été fière et heureuse de contribuer au salut de ma Souveraine.

— Qu'on arrête le ci-devant marquis de Saint-Céran et la Bouquetière des Halles. Et vous,

Malatesta, vous savez que la nation récompense...

— Les dénonciateurs, dit Petit-Pierre qui apparut tout à coup, et se posa fièrement entre la Reine et le bandit.

Puis toisant Malatesta :

— Je représente la nation, continua l'enfant de Paris , c'est-à-dire les honnêtes gens qui en restent. Nous autres ne demandons jamais crédit; nous payons comptant.

Et Petit-Pierre mettant un pistolet sur la poitrine du bandit, fit feu, et Malatesta tomba mort.

Puis le gamin de Paris se donna de l'espace avec son poignard. En un instant il fut au bas de la tour ; on le vit alors se cramponner à un treillage à l'aide duquel Petit-Pierre gagna le mur de l'enclos du Temple.

Là, il se maintint héroïquement debout, en dépit d'une grêle de balles.

— Vous êtes des lâches, cria-t-il à ceux qui le poursuivaient ; et votre république est une prostituée couverte de fange et de sang. Que Dieu protége la France et lui rende ses Rois !

Et Petit-Pierre s'élança dans la rue.

XXIX

Sur la rive gauche de la Seine, dans une des rues parallèles au fleuve, dans la rue Saint-Victor, dont le nom venait d'être raccourci, méthode en usage sous la Terreur pour les rues aussi bien que pour les hommes, dans la rue Victor, dis-je, on voyait à main droite, en venant de l'abbaye, une maison dont les hautes murailles étaient garnies de barreaux de fer.

Cette habitation, d'un aspect sombre et lugubre, servait de prison d'État. Avant la Révolution c'était l'ancien *collège Saint-Firmin* ou *des Bons-Enfants* (1).

---

(1) Une partie de son emplacement a été absorbé d'abord par la rue du Cardinal-Lemoine, l'autre ensuite par le boulevard Saint-Germain.

Sans vouloir entrer dans de longues disserta-
tions historiques, je vous rappellerai que Vincent
de Paul avait été nommé principal et chapelain
de cet établissement le 1ᵉʳ mars 1624. On formait
dans ce collége de jeunes ecclésiastiques pour
aller dans nos campagnes porter la parole de Dieu.

Par une bizarrerie du sort, le célèbre réfor-
mateur Calvin avait été boursier à Saint-Firmin.
La révolution supprima cet établissement, comme
elle détruisit tant de belles et pieuses fondations.
Bientôt l'ancien collége était converti en prison.
Des prêtres y furent massacrés dans les journées
de septembre.

Rose de Mai avait été jetée dans cette prison ;
la pauvre enfant comprit à l'instant le sort qui lui
était réservé ; elle fut calme et résignée. Son
cœur éprouva la sasisfaction que donne l'accomplissement du devoir ; sa mort devait acquitter à
ses yeux une dette sacrée.

Puis, Rose de Mai éprouvait de ces aspirations
vers un monde meilleur ; l'âme de la jeune fille
semblait vouloir briser sa frêle enveloppe ; c'é-
tait l'ange qui, un moment égaré sur cette terre,
secoue ses ailes et se prépare à s'élever jusqu'au
ciel.

Telle était Rose de Mai dans sa prison ; la complicité de la jeune fille dans la tentative d'évasion de la Reine Marie-Antoinette, était aux yeux de Jacques Luchart, geôlier de Saint-Firmin, un crime sans rémission. Bien que cet homme eût la certitude du supplice prochain de la jeune fille, il ne lui accordait pas une pensée de miséricorde, un seul mot de pitié. Au contraire, la résignation de la jeune fille lui semblait de l'insensibilité dont il fallait la punir, en attendant la guillotine.

Le cachot de Rose de Mai était obscur, étroit et malsain ; toutefois, vers le midi, un doux rayon de soleil glissant à travers les barreaux venait égayer la petite cellule. Le geôlier surprit un jour la jeune fille qui payait cette bienvenue d'un sourire ; le lendemain une plaque de métal repoussait le visiteur.

Le bon Dieu offrit bientôt à la pauvre captive une autre affection. Le vent souleva un peu de terre végétale qui se fixa entre deux pierres au-dessus de la prison ; peu de jours après, quelques brins d'herbe pointillèrent et grandirent lentement ; puis, un matin, vers la fin du mois de mai, une petite fleur s'élança, humide de rosée, de

la touffe verte ; c'était le jour de la fête de la
jeune fille. Le geôlier fut jaloux de cette joie, et
la petite fleur tomba flétrie et mutilée dans la
prison de Rose de Mai.

— Mon Dieu ! murmura-t-elle, pardonnez-lui.

— Vous ne m'en voulez donc pas? dit l'homme
étonné. Voyez-vous, moi je suis patriote, et mes
opinions me font vous haïr.

— Je suis royaliste, répliqua la jeune fille, je
vous plains et vous pardonne.

Tout à coup le geôlier tressaillit.

— Oh! parlez, parlez encore! exclama cet
homme ; c'est la voix de ma fille, de ma pauvre
enfant, de ma petite Marie ! Elle serait de votre
âge; elle était douce, pure, suave comme vous;
c'était ma joie, ma vie, tout... Elle est morte,
voilà pourquoi je suis méchant, voilà pourquoi je
me suis fait geôlier , je me ferais bourreau ; je
hais tout le monde, hors vous qui me rappelez ma
fille !

Et le malheureux en sanglotant se jeta aux genoux de Rose de Mai.

— Je vous prie, je vous supplie de parler, vous
me rendrez la vie, vous me ferez bon, généreux,
humain; parlez, votre voix me rendra mon en-

fant. Vous vous taisez pour me punir; vous avez raison, misérable que je suis, je lui ai volé un pauvre petit rayon de soleil, j'ai brisé une pauvre petite fleur dont le parfum devait être si doux à la prisonnière! Si ce parfum était l'âme de ma fille!

Rose de Mai, je suis bien malheureux; voyez, je pleure, ayez pitié d'un père, pardonnez-moi, je vous en prie, avec la voix de ma fille.

— Jacques Luchart, dit Rose de Mai, je vous pardonne...

Dès ce jour, la situation de la jeune fille changea; elle quitta son cachot pour habiter une petite chambre que le soleil échauffait de ses rayons.

De cette chambre, la vue s'étendait jusqu'au Jardin des Plantes, et le soir la brise apportait à Rose de Mai le parfum des fleurs.

Tous les prisonniers, grâce à la jeune fille, profitèrent du changement qui s'était opéré dans le cœur du geôlier.

Vers dix heures, ils descendaient pour se réunir dans un vaste préau que Luchart avait transformé en un salon à peu près convenable; à midi, les pauvres captifs allaient dans un petit jardin respirer un peu d'air.

Bientôt on sut à Saint-Firmin que cette amélioration était due à l'influence d'une jeune fille dont la beauté rappelait au geôlier l'enfant qu'il avait perdue.

Une expression unanime de reconnaissance et d'affection accueillit Rose de Mai lorsque, pour la première fois, elle entra dans ce salon improvisé. Bientôt la douceur et la bonté de la jeune fille produisirent leur effet accoutumé, elle commanda à Saint-Firmin comme elle avait régné aux Halles de Paris.

Le drame terrible qui se jouait à cette époque n'avait pas altéré la nature insouciante et légère de notre nation et particulièrement des Parisiens. Malgré les confiscations, en dépit de la guillotine, on causait, on devisait, on riait dans la prison; seulement, quand la voix du guichetier appelait les prisonniers à comparaître devant le tribunal révolutionnaire, ce qui signifiait marcher à la mort, il se faisait un moment de silence, on se disait adieu, puis les rangs se serraient, et l'on recommençait la conversation interrompue après avoir murmuré ces mots :

A MON TOUR DEMAIN.

Cette insouciance contrista le cœur de Rose de Mai ; elle dit un jour à ses compagnons d'infortune : si le courage fait bon marché de la vie, il faut songer à l'âme et prier pour ceux qui nous précèdent sur l'échafaud.

Le lendemain, quand le guichetier eut épuisé la liste fatale, quand les victimes furent parties pour la Conciergerie, Rose de Mai se leva et dit :

— A genoux, mes sœurs et mes frères ! Si le corps des pauvres prisonniers est dans quelques heures au pouvoir du bourreau, l'âme des condamnés sera bientôt en présence de Dieu ! Prions pour elle, à cette fin que le Créateur la reçoive en sa miséricorde et que les victimes d'aujourd'hui soient dans le ciel demain.

Et l'assemblée priait avec ferveur et se relevait recueillie, confiante et forte.

Plus de soixante prisonniers avaient disparu, et furent remplacés par d'autres ; le même respect, la même affection entouraient la jeune fille, qui se multipliait pour faire le bien ; sa religion était si douce, si pénétrante , qu'elle faisait entrevoir, au delà de l'échafaud, des joies pures et célestes.

Aucune visite n'avait été faite à Rose de Mai,

14

et cependant chaque jour, à chaque instant, nous
soupirions après le bonheur de voir la jeune fille.
Nous nous étions abstenus par les conseils de
Petit-Pierre.

Grâce à sa grande habileté à changer de costume
et d'allures, le digne enfant de Paris n'avait pas
été recherché après la scène du Temple; la police
ne pouvait avoir l'idée qu'un jeune royaliste fût
employé dans les bureaux du Comité de salut public. Chaque fois que le dossier de Rose de Mai
paraissait au-dessus des autres, Petit-Pierre l'en-
levait et lui faisait prendre un rang intermédiaire.
Le jeune homme eût été bien heureux d'anéantir
ce dossier, mais l'arrestation de la jeune fille, accusée de complicité dans la tentative d'évasion de
la Reine, avait causé dans Paris une émotion si
vive, que le temps seul pouvait en effacer le souvenir.

— Il faut donc, disait Petit-Pierre, faire oublier Rose de Mai.

Si douloureuse que fût cette cruelle séparation,
nous la supportions avec courage, excepté Mère-
Jésus, dont l'affection agissante eut des consé-
quences terribles, comme vous le verrez bientôt.

Revenons à la prison.

La vie de Rose de Mai s'écoulait dans l'exercice de son doux sacerdoce ; mais Dieu, avant d'appeler à lui la jeune fille, devait lui faire subir une nouvelle et dernière épreuve.

Un matin le geôlier, apportant selon son habitude un bouquet à Rose de Mai, lui annonça l'arrivée d'une nouvelle prisonnière.

— C'est une belle et noble dame, dit Luchart, et son affliction me fait mal. Rose de Mai, vous possédez le secret de consoler ceux qui souffrent, permettez-moi de vous amener la pauvre captive.

— Ce serait plutôt mon devoir, répondit la jeune fille, de me rendre auprès d'elle.

— Il vaut mieux qu'elle vienne ici, répliqua le geôlier ; cette chambre est moins triste que la sienne.

— Allez, dit-elle, ne faisons pas attendre le malheur.

Luchart sortit. Pendant l'absence du geôlier, Rose de Mai arrangea sa petite chambre avec cette coquetterie que la femme met à parer tout ce qui peut plaire à la personne dont elle convoite l'estime et l'affection.

La jeune fille était en train d'arranger ses fleurs, lorsqu'elle entendit ouvrir sa porte. Rose

de Mai se trouvait en face d'une femme qui sanglotait.

La jeune fille tressaillit, puis écarta doucement le mouchoir qui cachait le visage de la prisonnière; Rose de Mai pâlit, chancela en jetant
ce cri :

MA MÈRE !

Jacques Luchart soutint Rose de Mai. Quand
les forces lui revinrent, la pauvre enfant se pré-
cipita dans les bras de sa mère. Elles se tinrent
quelque temps enlacées.

— Tu m'as donc reconnue, ma fille?

— Un enfant a les yeux du cœur pour deviner
sa mère! Puis, j'avais appris le petit médaillon
qui renfermait votre portrait. On me l'a dérobé
le jour de mon arrestation; il me semblait qu'on
m'arrachait l'âme. Mais Dieu, qui est bon et
juste, m'accordait dans mon sommeil la consolation des baisers de ma mère.

— Viens près de moi, ma fille, plus près encore, sur mes genoux. Oh! comme tu es belle, de
cette beauté qui reflète l'innocence et la pureté!
Donne-moi ta main; comme elle est mignonne!
Voyons tes cheveux, déroule-les; ils ressemblent

à ceux de la Reine, quand la Reine était heureuse. Tes yeux ! je ne veux pas que tu pleures, tu me gâterais tes yeux. Comme je suis heureuse et fière de me mirer dans la beauté de ma fille et de savourer lentement mon orgueil de mère ! Tu n'as pu croire, n'est-ce pas, que je t'avais abandonnée ; ton mépris me tuerait. Regarde-moi, j'ai subi le martyre, je me suis privée de tes caresses, de ta vue, de ma joie, de mon âme, de ma fille enfin pour la sauver. On dit que les hommes sont braves : chaleur de sang ; mais la femme, dévouement de cœur. Je suis morte tous les jours pour te laisser vivre. Oh ! si tu savais…

— Ma mère, calmez-vous ; tenez, je vais m'asseoir sur ce tabouret, je serai mieux pour vous voir.

—Voyons, soyons raisonnables ; la joie me tue et je veux vivre. Ne pensons pas à la prison, au passé, à l'avenir, tu es là, je t'ai… Mon histoire est triste, mais tu ne pleureras pas, ou sinon je ne dis rien.

— Je veux savoir.

— Est-ce que les enfants ont des vouloirs ?

— Vous oubliez, ma mère, que j'ai été Reine.

— Alors obéissons à la Reine…

14.

— Même déchue ?...

— Raison de plus.

Et la mère raconta de suite à sa fille l'histoire que voici.

XXX

«Je suis fille du comte de Raigecourt. Mon père était un brave et digne gentilhomme qui faisait prospérer son blason en l'arrosant de son sang pour le service de la patrie ; ma mère, une bonne et sainte femme, que Dieu voulut appeler à lui sans doute parce qu'il avait besoin d'un ange de plus pour charmer son paradis.

» Lorsque j'eus atteint ma seizième année, mon père me prit à part et me dit : « Louise, la guerre vient d'éclater ; tu es si bonne et je t'aime tant, que tu m'empêches d'être brave à ma manière. Tu me fais réfléchir à la mort, parce que j'ai peur de te laisser seule. Un de mes meilleurs amis a un fils ; s'il ressemble à son père, c'est un gentilhomme accompli. Il demande ta main ; si tu l'accordes, je n'ai plus rien à désirer.

» — Mon père, répondis-je, votre enfant désire que vous soyez brave à votre gré ; je ferai toutes vos volontés.

» Quinze jours après j'étais marquise. Le comte rejoignit l'armée et fut tué à Fontenoy. Mon père eut pour linceul un drapeau que sa bravoure avait arraché aux Anglais.

» J'étais orpheline, et d'autant plus à plaindre que mon mari ne pouvait être pour moi un protecteur, encore moins un ami. Le marquis avait un de ces défauts qui entraînent dans l'abîme toute une famille, mon mari était joueur.

» Non-seulement il avait compromis toute sa fortune, mais son avenir se trouvait encore engagé pour des sommes considérables que le marquis ne pouvait payer. Mon mari allait être mis en prison pour dettes au For-l'Évêque lorsqu'il apprit la mort de ma tante, la duchesse de Simiane.

» Les créanciers du marquis accordèrent quelques jours de répit. Mon mari leur avait dit qu'il comptait sur cet héritage pour rétablir sa fortune.

» J'avais un fils de deux ans, et toi, ma fille,

tu étais née le 3 mai 1770, quinze jours seulement avant la mort de la duchesse, ta marraine.

» Ma tante, qui connaissait sans doute la passion funeste du marquis, ne lui avait laissé que l'usufruit d'une fortune qui devait te revenir tout entière à ta majorité.

» Les ressources que mon mari pouvait se procurer par suite des dispositions prises par ma tante, n'étaient pas suffisantes au payement instantané des dettes qu'il avait contractées, encore moins à tenter de nouveau la fortune que les joueurs espèrent toujours se rendre favorable.

» Aussi le désappointement de mon mari fut-il cruel.

» Par une clause du testament, il était dit que si tu venais à mourir, les biens de la duchesse feraient retour au marquis.

» Ma tante n'avait rien laissé à mon fils, parce qu'elle savait qu'il devait hériter un jour d'un de mes cousins germains, le baron de la Tour.

» Mon mari devint de plus en plus triste et morose; il s'enfermait une partie de la journée et refusait même de recevoir ses amis. Aux heures des repas, lorsque je cherchais à le dis-

traire de ses chagrins en lui amenant ses deux enfants, le marquis embrassait son fils et repoussait
sa fille.

» Lorsque j'insistais : « Cette enfant, me disait mon mari, sera cause de notre ruine. » Et le
marquis jetait sur toi des regards qui me faisaient peur. Alors, je donnais l'ordre de t'emporter dans une pièce voisine; le repas terminé,
j'allais te couvrir de baisers pour deux; je pleurais
en songeant que ton père te refusait ses caresses.

» Le 17 mai, cette date ne sortira jamais de
ma mémoire, j'avais été souffrante toute la journée. Dès la nuit tombante, je me couchai après
avoir approché ton berceau de mon lit. Vers onze
heures je m'éveillai. Il me sembla qu'on causait à
voix basse dans le salon voisin; ton nom frappa
mon oreille, j'eus peur. Je passai à l'instant à ton
cou un petit médaillon qui renfermait mon portrait; les mères ont de ces pressentiments qui ne
les trompent jamais. Je me levai doucement,
j'ouvris une porte avec précaution, et je pus tout
entendre.

» — Antoine, disait le marquis à son valet de
chambre, toutes nos mesures sont-elles prises ?

» — Parfaitement, monsieur le marquis; je n'attends plus que vos ordres pour...

» — La marquise est-elle endormie ?

» — Le narcotique a été mêlé à sa potion ; Julie l'a fait prendre à sa maîtresse, puis une heure après la femme de chambre est revenue pour savoir... la marquise dormait.

» — Et l'enfant ?

» — La petite dort aussi ; son berceau est près du lit de sa mère.

» — Peut-on enlever cette enfant sans que la marquise s'éveille ?

» — Ce narcotique a une telle puissance, m'a dit le docteur, que les éclats du tonnerre ne troubleraient pas le sommeil de la personne qui aurait pris ce breuvage.

» — Dès que l'incendie éclatera dans l'hôtel, tu enlèveras l'enfant que tu porteras sous ton manteau.

» — Après, monsieur le marquis ?...

» — Tu l'abandonneras dans un quartier populeux, dans les Halles, par exemple. Tu feras en sorte de bien retenir l'endroit, car si la petite en grandissant devenait dangereuse, on aviserait...

» — Est-il temps de mettre le feu ?

» — Minuit n'a pas sonné. Tiens, prends cette
bourse, elle contient cent louis. Quand je serai
en possession de l'héritage, je te récompenserai
autrement.

» L'horloge de l'hôtel sonna minuit; les deux
hommes se séparèrent.

» — Mon Dieu! m'écriai-je, aidez-moi à sauver mon enfant!

» Je pris ma fille dans mes bras et voulus courir vers la porte avec mon précieux fardeau, mes
jambes tremblaient; je me traînai en m'aidant de
mes mains et de mes genoux. J'atteignis la porte,
elle était fermée! ma tête devenait pesante, il me
semblait qu'on m'avait brisé les membres; mes
yeux, que couvraient mes paupières, mes yeux
se fermaient.

» — Allons, dis-je en m'insultant, tu n'es pas
digne d'être mère!

» La lutte fut terrible; je sentais que le narcotique allait me paralyser, et je voulais vaincre; je
mis mes pieds sur le marbre glacé, et mon enfant
dans mes bras, je me maintins debout, éveillée,
victorieuse, et bien mère cette fois!...

» Bientôt une lueur rougeâtre éclaira tout l'hôtel, et les cris: Au feu! au feu! arrivèrent jus-

qu'à moi. Je posai mon enfant dans son berceau
et courus ouvrir la fenêtre ; l'incendie me força
de rentrer : je refermai la fenêtre, mais le feu fit
éclater les vitres, et les flammes sautillèrent sur
les rideaux et gagnèrent ma chambre ; je reculai
du côté du berceau de ma fille; le berceau prit feu
et j'enlevai mon enfant. L'incendie tourbillonnait
autour de ma chambre et suivait les tableaux,
dont les peintures en brûlant donnaient aux
flammes des reflets étranges. J'étais folle de douleur, mais clairvoyante de maternité. J'appelai,
je criai au secours ; personne ! Le feu, lui, rongeait toujours, et ses pétillements semblaient ri-
caner en m'insultant. Je secouai la porte, elle résista comme une muraille de fer. Je posai ma fille
sur un coin de tapis encore intact, et j'avisai dans
la cheminée un énorme morceau de bois que je
lançai contre la porte ; elle se brisa et m'ouvrit
passage. — J'étais libre avec mon enfant dans les
bras.

» La joie m'inondait le cœur, mais cette joie
fut courte ; je voulus descendre l'escalier, impossible ; j'essayai de crier, ma langue s'arrêta
comme paralysée, puis je tombai foudroyée sur le
sol.

» Toutefois je me sentais vivre encore, j'entendais, je comprenais; l'âme de la mère vivait toujours dans le corps inanimé de la femme.

» Les deux hommes que j'avais entendus de ma chambre étaient auprès de moi.

» — Eh bien, Antoine, est-ce fini ? dit le marquis impatienté.

» — Impossible, répondit le domestique, d'arracher l'enfant des mains de sa mère.

» — Il le faut pourtant.

» Le valet se baissa, je sentis le froid de l'acier glisser sur mes doigts, puis une douleur aiguë; mes doigts étaient coupés, on me volait ma fille.

» Les pas du domestique se perdirent dans le corridor qui s'ouvrait sur la rue.

» Bientôt j'entendis un craquement affreux, c'était ma chambre qui croulait.

» — Par ici, par ici, criait le marquis à ses gens qui accouraient; votre maîtresse est sauvée, mais ma fille, ma pauvre petite Marie est restée dans son berceau. Mille louis à celui d'entre vous qui sauvera mon enfant.

» — Impossible, dit un des domestiques; re-

gardez, le berceau s'abîme dans les flammes ; tenez, il brûle, il est consumé...

» Huit jours après, le marquis recueillait l'héritage de ma tante, la duchesse de Simiane.

. » On m'avait transportée dans un château près
de Mantes ; c'était un ancien domaine qui me venait de mon père. Je restai trois mois malade, insensible, folle de douleur. Un matin, après une
léthargie qui avait duré huit heures, comme j'é-
tendais les bras, ma main mutilée toucha un objet
doux et soyeux ; je regardai, j'avais devant les
yeux la jolie tête blonde de mon fils. Alors mes
idées se classèrent peu à peu, et j'eus la conscience de la douleur par le souvenir de l'horrible
scène du 17 mai !...

» Je compris qu'il fallait vivre, que je devais
guérir pour continuer mon devoir, mon martyre
de mère ; je sentis qu'il fallait empêcher qu'on me
dérobât mon fils comme on m'avait volé ma fille.

» En me voyant prodiguer mes soins à l'enfant
qui me restait, le marquis crut que j'oublierais
l'autre, ma pauvre petite Marie. Voilà bien les
hommes ! est-ce que les mères oublient ! Plus
j'embrassais mon fils, plus j'avais besoin, plus je
brûlais de caresser ma fille.

» Mon mari avait fait constater le décès de mon enfant, tous les domestiques avaient certifié avoir vu le berceau dévoré par les flammes.

» On dit que la voie du paradis est pavée des douleurs de la terre ; je l'ai bien mérité, ma pauvre enfant, ce paradis du bon Dieu ; mais j'entends l'avoir avec toi dans mes bras, sur mon cœur, ou il me semblera moins doux !

» Un jour, j'étais raisonnable et je voulais me priver de toi pour toi ; le lendemain j'étais moins mère dans la sainteté de ce nom, alors je faisais des recherches pour découvrir l'endroit où l'on t'avait abandonnée, puis j'ordonnais qu'on les discontinuât pour les reprendre plus tard.

» Enfin, j'appris que tu avais été recueillie par une brave et digne marchande des Halles, par la bonne Mère-Jésus, qui bientôt t'adopta.

» J'eusse voulu te serrer dans mes bras; impossible, car je sentais qu'une seule de mes caresses pouvait tuer ma fille.

» Le temps s'écoulait, partagé entre le désir, la passion, la fièvre de te voir et la crainte, la torture d'être la cause de la mort de mon enfant.

» Un jour on m'annonça que les Halliers de Paris avaient élu pour Reine des Bouquetières une

belle et douce jeune fille ; je me dis à l'instant :
Cette petite Reine, c'est mon enfant ; alors je
voulus te voir, assister à ton couronnement. Que
veux-tu ? les femmes ont de ces joies orgueilleuses
qui font que l'élévation des enfants, les distinctions dont on les honore, grandissent les mères.
J'eusse voulu dire à toute la terre : Voyez cette
jeune fille si pure, si suave, si récompensée, eh
bien, c'est mon enfant ! J'avais comme un besoin,
un délire d'expansion, j'eusse voulu exhaler mon
orgueil comme la fleur son parfum. J'arrivai dans
l'église dès le matin, je priai Dieu ; je n'ai pas besoin de dire pour qui. La prière me fit du bien.
Je cherchai la meilleure place, la plus commode
pour mieux te voir ; j'en changeai vingt fois, je
m'arrêtai, je me fixai à une en me disant : La
robe de ma fille frôlera la mienne. J'eus raison.
Les heures s'écoulèrent rapidement, le monde entrait dans l'église Saint-Eustache, bientôt l'église
était pleine, comble ; cet empressement me rendit
toute fière.

» La cérémonie commença, je te vis entrer, et
les orgues soupirèrent une délicieuse mélodie. Oh!
la religion catholique est la vraie et la bonne, c'est
la religion des mères. — Je ne m'étais pas trom-

pée, ta robe caressa la mienne. Comme elle t'allait bien ta robe, et ton voile, et ta coiffure à demi cachée ; j'analysai, je savourai tout cela. Les femmes introduiraient la coquetterie dans le paradis, si Dieu n'y prenait garde ; mais le bon Dieu laissera faire, quand la coquetterie de la mère sera la parure de l'enfant. Ces pensées mondaines, mais délicieuses, s'arrêtèrent au moment où le prêtre posa sur ton front, qui s'inclinait, une petite couronne de fleurs des champs. Des centaines de petites clochettes bleues se mêlèrent en sautillant à tes cheveux blonds cendrés ; je sentis à mes larmes qui coulaient, que Dieu me tenait compte, me récompensait de mon martyre par la pureté, par l'élévation de mon enfant.

» Rentrée chez moi, après la cérémonie, la prudence me conseilla d'abord de rester, de m'abstenir d'une nouvelle sortie. Mais bientôt la prudence pactisait avec ma passion, qui me disait : cette nuit seulement, cette nuit encore de bonheur ! Vite je m'habillai, j'avais peur de la prudence. A l'aide d'un déguisement, le visage couvert d'un masque de velours, j'entrai dans le bal, et là je me dis : Regarde ton enfant, savoure-la bien, fais provision de bonheur, car tu ne pourras plus la voir de longtemps. J'étais dans toute la plénitude de ma joie, quand un homme me prit brusquement par le bras ; je me retournai, — c'était le marquis !

» Mon mari voulut m'entraîner ; un brave et digne jeune homme, François Nicole, prit ma défense ; mon masque tomba, et tu jetas ce cri : Ma mère !...

» Le marquis me força de le suivre en Angleterre, où il ne tarda pas à engloutir la fortune qu'il t'avait dérobée. Étrange et terrible situation que la mienne : j'étais placée entre les vertus de ma fille et le crime de son père. Pour te sauver, pour te posséder, pour t'avoir, il fallait déshonorer le nom de la famille. Le jeu, cette passion funeste, fit tomber mon mari si bas, que pour avoir de l'or il était prêt à tout subir. Un jour je le priai de passer chez moi.

» — Monsieur, lui dis-je, car je ne l'appelais plus marquis depuis que son infamie avait taché de boue le blason de ses aïeux, Monsieur, avez-vous gardé le souvenir de la nuit du 17 mai 1770 ?

» Mon mari frissonna.

» — J'ai tout entendu. Je suis souffrante, je ne veux pas mourir sans voir, sans embrasser ma

fille. Aux yeux du monde cette enfant est morte,
je veux qu'elle soit vivante pour sa mère. Je vous
offre la moitié de ma fortune, à la condition que
vous me ramènerez à Paris...

» — Mais, madame, Rose de Mai vous a reconnue.

» — Soyez tranquille, monsieur, j'ai un fils
qui est gentilhomme, lui. Il ne saura pas ce que
vous avez fait du nom de ses ancêtres.

» Quelques jours après cette entrevue avec le
marquis, j'étais à Paris.

» Aujourd'hui, je puis être dignement ta mère.
Mon mari, à la suite d'une querelle de jeu, s'est
battu en duel. Le marquis a été tué. Grâce à mes
recherches, j'ai pu découvrir la demeure d'Antoine Il a déclaré t'avoir enlevée au milieu des
flammes et portée dans les Halles, où tu as été
abandonnée dans le magasin de Mère-Jésus.

» J'allais faire des démarches pour te revoir,
quand j'ai été arrêtée pour n'avoir pas révélé la
complicité de mon fils dans la tentative d'évasion
de Marie-Antoinette.

» Le geôlier qui m'a fouillée m'avait pris des
papiers qui te concernaient ; mais, par hasard, je
prononçai le nom de Rose de Mai, et l'homme me

rendit ces actes. Les voici, ils te restituent ta fortune et te rendent ton nom. Mon fils ne me dédira pas ; c'est un brave et digne gentilhomme, un beau et digne capitaine que mon fils Bernard ! »

— Ma mère, qu'avez-vous dit?

— Tu aimeras bien ton frère, n'est-ce pas?

— Oh ! mon Dieu !

— Qu'as-tu donc, mon enfant? comme tu es pâle.

— L'émotion, la chaleur. Mon Dieu, inspirez-moi. Ma mère, vous dites que vous avez les actes... montrez-les-moi.

— Les voici.

Rose de Mai prit un flambeau, l'alluma, et mit le feu aux papiers.

La marquise voulut les saisir.

Sa fille lui barra le passage, et le feu consuma les actes.

— Madame, dit Rose de Mai, je ne suis pas Marie de Lussan, mais l'enfant de dame Nicole, la Bouquetière des Halles.

— Alors tu me repousses!

— Oh non, ma mère! venez que je vous presse sur mon cœur.

— Alors pourquoi?...

— Parce que vous ne pouvez me rendre mon nom sans que votre fils, sans que Bernard de Lussan n'apprenne le crime qui m'en avait privé; je ne veux pas être la cause...

Et les deux femmes se jetèrent dans les bras l'une de l'autre en sanglotant.

Tout à coup la voix du guichetier monta jusqu'à la chambre; l'homme lisait cet ordre du Comité de salut public :

« Doivent partir à l'instant pour le Tribunal révolutionnaire :

LA CI-DEVANT MARQUISE DE LUSSAN

ET LA CITOYENNE ROSE DE MAI. »

Il se fit un long murmure dans le préau des prisonniers, puis le silence s'établit, et l'on entendit ces mots :

PRIONS DIEU POUR ELLES !

XXXI

Mère-Jésus, comme je vous l'ai dit, fut cause de la mise en jugement de Rose de Mai; voici comment :

L'arrestation de la jeune fille nous avait tous cruellement éprouvés. Dame Nicole surtout, avait ressenti une émotion si forte, que le caractère de ma pauvre mère en était complétement changé.

Dame Nicole était une de ces bonnes et franches natures sympathiques à toutes les infortunes. Seulement, Mère-Jésus commençait toujours par gronder; mais quand on lui répondait : Je souffre ! ou .bien : mon pauvre petit enfant a faim, oh ! alors la voix de la digne femme avait des accents plus doux, ses yeux s'humectaient de larmes et son cœur conduisait sa main à sa poche d'où elle eût tiré tout son argent pour soulager le malheur.

Toutefois, Mère-Jésus avait une manière d'administrer la maison qui ne ressemblait guère au régime constitutionnel; dame Nicole régnait et gouvernait, et malheur à celui d'entre nous qui aurait discuté son autorité.

Cette petite tyrannie, qui ne nous empêchait pas d'adorer Mère-Jésus, s'exerça dans toute sa plénitude, jusqu'au jour où Rose de Mai se fit Bouquetière des Halles.

Lorsque dame Nicole se trouva en présence de cette belle et douce jeune fille, ma mère comprit de suite la supériorité de Rose de Mai. La bonne dame, loin d'en être jalouse, en devint heureuse, parce que cette supériorité, conquise par l'éducation et le savoir, était en quelque sorte l'œuvre de Mère-Jésus. Donc, ma mère abdiqua sans regret comme sans repentir, en faveur de sa fille adoptive.

Mais il y avait dans le cœur de la jeune fille tant de délicatesse et de reconnaissance, que Rose de Mai, pour complaire à sa bienfaitrice, ne prenait aucune détermination importante avant

d'en avoir référé à dame Nicole, condescendance
qui flattait singulièrement ma mère, dont l'autorité semblait s'être perpétuée.

Ainsi, ces deux natures, dont l'une était ce
qu'il y avait de plus droit, de plus aimant comme
type populaire, et l'autre de plus doux, de plus
suave, de plus exquis comme expression des
classes élevées, ces deux natures, dis-je, si différentes en apparence, se touchaient par le cœur.

Rose de Mai devint donc la joie, la prospérité,
l'âme de la maison ; le jour de l'arrestation de la
jeune fille, tout s'arrêta, tout s'évanouit.

Dame Nicole avait été jusque-là d'une expansion un peu bruyante ; sa douleur devint silen-
cieuse et concentrée. Mère-Jésus pleurait en dedans, et ses larmes tombaient, goutte à goutte,
lentement sur son cœur. Chaque jour, dès que
l'horloge sonnait midi, ma mère prenait son châle
et sortait. — Elle se dirigeait vers les quais,
suivait le pont Marie, la rue Saint-Louis-en-
l'Ile, le pont de la Tournelle, la rue Saint-Ber-
nard, et s'arrêtait dans la rue Saint-Victor, en
face de la prison Saint-Firmin. Ma mère côtoyait
trois ou quatre fois cette maison et revenait lentement aux Halles.

Rentrée dans le magasin, elle y restait avec nous quelques instants, puis montait dans la chambre de Rose de Mai. Là, Mère-Jésus regardait un à un tous les objets qui avaient appartenu à sa fille adoptive, les touchait, les tournait et les embrassait en pleurant.

Nous respections ce pieux pèlerinage, et nous espérions du temps la guérison de ma mère par la délivrance de Rose de Mai.

Des agents de police remarquèrent malheureusement dame Nicole qui chaque jour, et à la même heure, passait et repassait devant la prison Saint-Firmin. Ces agents se renseignèrent ; on leur dit que Mère-Jésus venait en cet endroit attirée par l'affection qu'elle portait à une jeune prisonnière. Le nom de Rose de Mai fut prononcé, et cela suffit pour qu'un membre du Comité de Salut public réclamât la mise en jugement de l'accusée.

Petit-Pierre fut donc obligé de livrer le dossier de Rose de Mai, et la jeune fille, transférée à la Conciergerie, dut comparaître le lendemain devant le Tribunal révolutionnaire.

— Vous ne me dites pas, François Nicole, où vous étiez en un pareil moment ?

— Vous vous rappelez mon duel avec Malatesta.

J'eusse triomphé du bandit si ce misérable m'avait combattu à armes égales. Les blessures que je reçus étaient graves, et durant plusieurs mois je fus entre la vie et la mort.

J'étais à peine hors de danger, lorsque j'appris la translation de Rose de Mai de la prison de Saint-Firmin à celle de la Conciergerie.

Le désir d'être utile à la jeune fille, l'ambition de la sauver, me donnèrent sinon des forces, du moins l'énergie morale nécessaire pour soutenir la lutte que je voulais engager et dont je vous entretiendrai tout à l'heure.

Parmi les gentilshommes qui faisaient partie de l'association royaliste de Picpus, huit furent arrêtés. On les interrogea, ils avouèrent bravement leur participation à la tentative d'évasion de la Reine.

Le tribunal leur appliqua la peine de mort. Les membres du Comité de Salut public eussent bien voulu envelopper la marquise de Lussan et Rose de Mai dans un seul et même jugement; cela d'abord leur parut assez facile.

Mais l'arrestation de la jeune fille avait causé une telle émotion dans le quartier des Halles, où demeuraient encore bon nombre de braves gens, et où la petite Reine des Bouquetières s'était concilié de si généreuses sympathies, qu'il eût été dangereux d'opérer aussi lestement à son égard que pour des prisonniers ordinaires.

Le Comité résolut donc d'entourer cette affaire d'un certain appareil de justice, sans cependant déroger au cruel système que l'histoire a flétri du nom de la Terreur.

Dès que le tribunal eût prononcé son jugement, qui condamnait les huit gentilshommes à la peine de mort, le Président prit la parole et dit :

— Citoyens Jurés, nous allons procéder maintenant à l'interrogatoire de la ci-devant marquise de Lussan et de la citoyenne Rose de Mai, également accusées d'avoir cherché à favoriser l'évasion de la veuve Capet dont le peuple a fait justice.

Il paraît nécessaire de mettre en présence les deux prisonnières, par la raison qu'on a saisi sur la personne de la jeune fille un médaillon renfermant le portrait de la ci-devant marquise de Lussan, cette circonstance nous semble indiquer un accord entre les deux accusées pour atteindre un même but. — Huissier, introduisez les prisonnières.

A la vue des deux accusées, dont l'une était dans le plein épanouissement de la beauté, et dont l'autre ressemblait à la fleur qui s'entr'ouvre, un murmure d'intérêt et de compassion circula dans l'auditoire.

Dès que le silence s'établit, le Président commença l'interrogatoire en s'adressant à la marquise.

— Votre nom ?

— Louise de Raigecourt, marquise de Lussan.

— Vous êtes accusée de n'avoir pas révélé l'existence du complot tramé dans le but de soustraire à la justice de la République la ci-devant Reine, Marie-Antoinette.

— Je n'ai connu cette tentative que par mon fils ; une mère ne dénonce pas son enfant.

— Connaissez-vous l'endroit où s'est caché votre fils ?

— Oui.

— Voulez-vous le faire connaître ?

— Non.

— Comment se fait-il que l'ex-capitaine Bernard de Lussan ait laissé arrêter sa mère, sans venir se constituer prisonnier ? En se livrant, il pouvait vous sauver.

— J'ai fait défense à mon fils de se livrer, et il a été forcé d'obéir à sa mère.

— Pourquoi cette défense?

— Parce que sa vie peut être utile à la cause sacrée qu'il a mission de défendre.

— Mais en vous obéissant il vous fait plus coupable aux yeux de la loi.

— Q'importe, s'il me fait mieux méritante aux regards de Dieu!

— Approuviez-vous la tentative d'évasion de l'ex-Reine? l'eussiez-vous favorisée?

— J'eusse été heureuse et fière de sacrifier ma vie au salut de la famille Royale.

— Sans doute vous avez eu part aux faveurs de la Cour?

— Je n'ai jamais reçu de récompense de la famille Royale.

— Alors ce dévouement...

— Est une religion.

— Les jurés apprécieront. — Levez-vous Rose de Mai; votre profession?

— Autrefois marchande de fleurs dans les Halles de Paris.

— N'avez-vous pas été l'objet de certaine distinction?

— Les Halliers m'ont élue Reine des Bouquetières.

— C'était une tyrannie que vous exerciez...

— Celle-là du moins n'a jamais fait couler de
sang.

— Reconnaissez-vous avoir porté un bouquet à
la prisonnière du Temple ?

— Je le reconnais.

— Saviez-vous que ce bouquet renfermait une
lettre ?

— Je le savais.

— Pourquoi n'avez-vous pas remis cette lettre
aux autorités ?

— Parce que j'étais heureuse de contribuer à
à l'évasion de la Reine.

— Connaissez-vous la peine infligée aux personnes qui ne divulguent pas un pareil complot ?

— Je m'en doute.

— Vous ne craignez donc pas le supplice ?

— Je n'ai pas peur de la mort.

— A votre âge cependant on doit tenir à la
vie. Voyons, le tribunal, à raison de votre jeunesse, pourrait être disposé à l'indulgence surtout si vous lui faisiez connaître les noms des

personnes qui ont dû nécessairement exercer sur vous une influence...

— Je n'ai rien à ajouter.

En ce moment l'interrogatoire de Rose de Mai est troublé par la voix d'un homme cherchant à se faire jour jusqu'à l'accusée.

— D'où vient ce bruit? dit le Président.

— Il est causé, répond l'huissier, par un homme qui désire faire une déposition.

— Qui êtes-vous? demande le Président à la personne qui était parvenue à pénétrer jusqu'au tribunal.

— Bernard de Lussan, autrefois capitaine aux gardes françaises.

— Vous êtes recherché...

— Je le sais, et je viens me livrer.

— Pourquoi?

— Pour sauver cette jeune fille, qui est innocente.

— Expliquez-vous.

— Tous mes amis, tous mes frères en Dieu ont péri sur l'échafaud ou sont à l'étranger. Je puis donc parler aujourd'hui, je serai seul victime en disant la vérité.

J'ai fait partie de l'association Royaliste qui s'était formée dans le but de sauver la captive du Temple.

Il s'agissait de faire connaître à la Reine les moyens que nous comptions employer pour favoriser son évasion. Notre chef avait appris qu'une jeune fille, une marchande de fleurs, venait d'obtenir un permis de visiter la prisonnière et de lui remettre un bouquet. Il fut décidé qu'on introduirait une lettre dans ce bouquet ; un narcotique devait nous livrer Rose de Mai endormie. Vers quatre heures du matin, à l'aide d'une fausse clef, je pénétrai dans la demeure de la jeune fille ; elle dormait. Le bouquet terminé était posé près de cette enfant ; j'entr'ouvris le bouquet, j'écartai les fleurs et mis la lettre au milieu.

— Que dites-vous de cette déposition, citoyenne de Lussan ?

— Je dis que mon fils est un vrai gentilhomme.

— Vous tuez Bernard, dit à voix basse Rose de Mai à la marquise.

— Je mourrai avec lui.

— Mais je ne veux pas vivre sans vous, moi...

— Si ta mère l'ordonnait ?

— Huissier, que le capitaine Bernard soit ar-

rêté; qu'on empêche la citoyenne de Lussan de
communiquer avec Rose de Mai. Ensuite, faites
entrer la femme Nicole.

L'arrivée de Mère-Jésus causa une vive émotion dans l'auditoire, composé en partie d'anciens Halliers de Paris, qui ressentaient pour
dame Nicole une grande affection.

— Connaissez-vous Rose de Mai ?

— Si je connais mon enfant ? répondit Mère-
Jésus en se jettant au cou de la jeune fille; ren-
dez-la-moi, que je lui fasse oublier ce qu'elle a
souffert. On l'a jetée en prison, pourquoi? Elle a
conspiré, dites-vous? Comment? pour avoir composé des bouquets; c'est pitié, vraiment! On me
l'a enlevée; serait-ce parce qu'on l'avait élue
Reine des Bouquetières? Quelle Royauté, bonté
du ciel, pour effaroucher la République! Une
couronne tressée de paille de riz; au lieu de
perles, de diamants et de rubis, de petites fleurs
des champs, des clochettes bleues; comme tout
cela sent la tyrannie!... Voilà bien de quoi arracher une enfant à sa mère, lui torturer le cœur!
Oh! viens ma fille, dis-moi ce que tu as souffert;
il faisait froid dans ta prison. Je n'étais pas là
pour te réchauffer! les petits oiseaux sont

si bien, si chaudement sous l'aile de leur mère !

Et dame Nicole pleurait à chaudes larmes en étreignant Rose de Mai.

— Comme cette femme du peuple est grande dans sa douleur! dit à voix basse la marquise de Lussan.

— Voyons, dit Mère-Jésus en se redressant, il faut vous faire connaître la jeune fille qu'on a jetée en prison. J'aperçois autour de nous bon nombre d'anciens habitants des Halles; ils vont renseigner le tribunal. — François Nicou, qu'avez-vous à dire pour ou contre Rose de Mai ?

— Mon enfant, le petit Jacques, fut atteint en 1789, d'une fièvre maligne; les médecins l'avaient abandonné, le mal était contagieux. Rose de Mai s'installa près du berceau de mon fils, et petit Jacques fut sauvé !

— Et vous, Thérèse Noirtier?

— Le feu prit chez nous ; l'incendie dévora tout. Nous étions ruinés, sans pain. Rose de Mai nous prêta ses petites économies, et la prospérité et le bonheur rentrèrent dans notre maison rebâtie avec l'argent de la petite Reine des Bouquetières.

— Il n'y a plus de Reine maintenant.

— Son souvenir restera toujours gravé dans notre cœur.

— Et vous, Jérôme Sibier?

— Je fus pris lors de l'émeute des Halles. On me condamna à la déportation. J'avais cinq enfants, que ce malheur allait laisser sans pain. Rose de Mai intercéda pour moi, et je fus sauvé. Si le tribunal le veut, en échange de la liberté de cette jeune fille, mes cinq fils, de beaux hommes, ma foi, sont prêts à partir aux armées.

— Eh bien, dit Mère-Jésus exaltée par ces confessions de la reconnaissance, de l'honneur et de la loyauté, qui sanctifiaient son œuvre, le noble cœur de Rose de Mai, eh bien, allez-vous me rendre mon enfant? Ne l'ai-je pas gagnée?

— Oh! dit la marquise en pleurant, que cette femme est heureuse de se glorifier dans mon enfant? Si je lui ai donné la vie, Mère-Jésus a orné son âme. Allons, tais-toi, mon pauvre cœur, et laisse à la femme du peuple tout l'honneur, toute la joie, toute la grandeur de la maternité; elle a bien raison, elle les a loyalement gagnés.

— Citoyens, dit le Président aux Jurés, la séance est suspendue pendant une demi-heure.

L'émotion qui régnait dans l'auditoire, avait

motivé la suspension de l'audience. Le tribunal craignait avec une certaine raison que l'affection des Halliers pour Rose de Mai ne se communiquât au peuple, qui pouvait exiger la mise en liberté immédiate de la jeune fille, dût-il l'arracher des mains de ses juges.

Le Comité de Salut public voulait profiter de cette circonstance pour raviver par la condamnation d'une jeune fille les instincts blasés d'une populace qui commençait à dédaigner les supplices ordinaires.

Les interrogatoires, dictés par l'odieuse politique d'alors, avaient démontré la culpabilité de la marquise et de son fils, mais, selon toute apparence, Rose de Mai avait été plutôt victime que complice. Néanmoins c'était la jeune fille, la petite Reine des Bouquetières surtout qu'il importait de frapper pour redonner à la guillotine les attraits qu'elle avait perdus.

Le Président ordonna de faire avancer des troupes en assez grand nombre pour résister à toute tentative d'agression de la part des Halliers qui menaçaient d'envahir le tribunal, si leur petite Reine était condamnée.

Dès la suspension de l'audience, la marquise

de Lussan avait été conduite, avec le capitaine
Bernard, dans une pièce voisine du tribunal.

A l'instant, la mère et le fils s'entretinrent de
Rose de Mai.

La marquise s'empressa de raconter à Bernard
la triste histoire de la pauvre enfant. Quand elle
eut terminé, Bernard prit la parole :

— Notre condamnation, ma mère, dit le capitaine, est immanquable, tandis que l'acquitte-
ment de Rose de Mai paraît certain ; dans cette
situation, nous n'avons plus qu'à songer à l'avenir
de la jeune fille. Déclarez franchement que Rose
de Mai est votre enfant. Rendue à la liberté, elle
pourra recueillir votre fortune et la mienne.
Voilà, d'après ma conscience, la réparation que
nous devons à la pauvre délaissée. Nous sommes
innocents du crime qui a été commis, mais votre
fille en a été longtemps victime ; à notre tour
maintenant ; notre martyre ne sera pas aussi long
que le sien.

La marquise serra la main de son fils en signe
d'adhésion.

— Oh ! se dit Bernard en pleurant, il faut que
l'amour que ressentait le gentilhomme s'éteigne
dans son cœur purifié par l'affection du frère.

On vint chercher les prisonniers pour les reconduire au tribunal.

Le Président rappela Mère-Jésus et l'interrogatoire continua.

— Vous nous avez déclaré, citoyenne Nicole, que Rose de Mai était votre enfant, persistez-vous?

— Oui, je persiste.

— Dites-moi comment il se fait alors que vous vous soyez imposé le sacrifice de donner à l'une de vos filles, c'est-à-dire à Rose de Mai, une éducation bien supérieure à celle qu'ont reçue vos autres enfants? Des doutes se sont élevés dans notre esprit; pour les dissiper, nous avons voulu compulser les registres de la paroisse Saint-Eustache. Malheureusement, celui de l'année 1770 ne s'est pas trouvé.

— Merci, oh! mon Dieu! dit à part Mère-Jésus. Il est plus favorable aujourd'hui à Rose de Mai, de passer pour une enfant du peuple que d'être la fille d'une grande dame; vous savez aussi, mon Dieu, si j'ai aimé en vraie mère la pauvre délaissée.

— Malheureuse femme, se dit la marquise en regardant dame Nicole, c'est à mon grand regret que je vais te torturer le cœur.

— Citoyenne de Lussan, dit le Président à la Marquise, on a saisi sur Rose de Mai un médaillon entouré de diamants et de perles. Ce médaillon renferme un portrait ; ce portrait est le vôtre. D'où vient que ce bijou d'un grand prix s'est trouvé en la possession d'une jeune fille, d'une bouquetière ; répondez, pourquoi ?

— Parce que je suis sa mère !...

— Cette femme a menti ! exclama Mère-Jésus ; elle veut tuer mon enfant !

— Vous vous trompez, je veux sauver ma fille.

— Cette femme, cette grande dame, n'est pas coupable, je le veux bien, j'en ai pitié ; elle est folle, mais sa folie me déchire le cœur, m'arrache les entrailles ; voyons, je vais vous prouver que sa tête s'égare, je vais l'interroger. Une mère sait par cœur sa fille. Il n'est pas une partie du corps de l'enfant qui n'ait reçu mille fois les baisers d'une mère. On tourne, on retourne chaque jour, à chaque heure, à tous les instants ces petits anges du bon Dieu. Eh bien, noble dame, qui vous dites sa mère, quelle marque porte cette enfant ? répondez.

— Je suis sa mère...

—Ce n'est pas vous, c'est moi qui suis sa mère,

car moi, je sais ma fille. Je connais, j'ai appris, j'ai pleuré cette cicatrice, je la trouverais les yeux fermés, avec la clairvoyance du cœur. Approche, Rose de Mai. N'aie pas peur, ma pauvre enfant. Tenez, sur le cou, à la naissance de l'épaule droite, elle porte une marque comme une coupure ; la voici, je l'ai baisée mille fois sans qu'elle puisse disparaître.

— Malheureuse ! je vais t'accabler, dit à voix basse la marquise en se frappant le front comme inspirée. Puis, se tournant vers le tribunal : Voulez-vous savoir quelle est la vraie mère, Messieurs les Jurés ? eh bien, je vais vous la faire connaître. A mon tour d'interroger. On voit une cicatrice sur le cou de l'enfant, c'est une coupure, n'est-ce pas, dame Nicole ? eh bien, je vous demande qui a fait cette coupure.

Voyons, vous ne parlez plus, vous restez muette. Vous ne savez pas qui a blessé votre enfant, et vous soutenez que vous êtes sa mère ! Vous mentez...

— Vous l'ignorez comme moi.

— Vous vous trompez, je suis plus savante, mieux mère que vous.

— Prouvez-le.

16.

—Pour m'arracher mon enfant, il a fallu me couper les doigts, et le poignard, après avoir mutilé les mains que voici, les mains de la mère, a rencontré le cou de la pauvre petite, le cou de ma fille.

— Voyons, Rose de Mai, dit le Président, que votre cœur vous conduise vers celle qui a droit de se dire votre mère.

— Viens vers moi, mon enfant, cria Mère-Jésus, qui tendait les bras vers la jeune fille, tu sais que tu es mon bien, ma joie, ma vie; rappelle-toi mes soins de chaque jour, ma tendresse, comme je te tenais serrée sur mon cœur; j'ai tout sacrifié pour toi, et j'ai bien fait. Je mourrai demain si l'on veut, mais je veux t'avoir aujourd'hui, t'avoir seule, je suis jalouse de cette marquise qui veut me dérober mon bonheur.

— Taisez-vous, Mère-Jésus, dit Rose de Mai en sanglotant.

— C'est dans mes bras que tu dois te jeter, exclama la marquise. Tu es le sang de mon sang, la chair de ma chair. Cette femme est une égoïste; elle t'a possédée vingt ans; elle sait que je vais mourir et ne daigne même pas me prêter mon enfant pour quelques heures.

— Cette marquise ne comprend donc pas que

plus j'ai goûté de bonheur avec toi, plus la séparation serait cruelle!

— Cette femme du peuple, si longtemps heureuse, n'a pas assez d'âme pour sentir que pour laisser vivre ma fille, la conserver non pour moi, mais pour elle, j'ai subi le martyre. Je redemande mon bien aujourd'hui, elle ne veut pas me le rendre. Je le prendrai et nous verrons si elle ose t'arracher de mes bras.

— Au nom de la reconnaissance, dit Mère-Jésus, je t'en supplie, Rose de Mai, ne me quitte pas.

— Au nom du devoir, répliqua la marquise, ta mère t'ordonne de venir à elle.

— Eh bien! Rose de Mai, dit le Président, de ces deux femmes, qu'elle est votre mère?

— Celle qui a le plus souffert et qui va mourir, répondit la jeune fille en se jetant dans les bras de la marquise; puis, après avoir pleuré quelques instants, elle se dégagea et se tournant vers dame Nicole : Bonne Mère-Jésus, pardonnez-moi tous les chagrins que je vous ai causés; celui-ci sera le dernier. Vous allez perdre une fille, une amie, songez à celles qui vous restent, à votre fils François. Vivez pour eux, en vous continuant à leur profit. Jusqu'à mes derniers moments, je

me souviendrai de vos bienfaits, de votre tendresse. Je me rappellerai notre habitation garnie
de fleurs, votre charité qui embaumait comme
elles; je penserai à ma Royauté, à ma petite couronne qui me donnait le pouvoir de faire un peu
de bien, de chercher à vous imiter. Pardonnez à
ma mère; n'en soyez plus jalouse, elle a tant souffert! Savez-vous pourquoi elle a revendiqué ses
droits ? Pour laisser à sa fille un nom... une fortune... pour l'espérer heureuse après elle. Voilà
bien les mères : tout pour les enfants, rien pour
elles. Allons, dame Nicole, ne soyez plus l'enne-
mie de ma mère; devenez sœurs en dévouement
et en charité. Tendez-lui la main, c'est la dernière grâce que j'implore.

La marquise s'avança vers dame Nicole, et les
deux femmes, les deux mères, se jetèrent dans
les bras l'une de l'autre en sanglotant.

Lorsque un peu de calme rentra dans le cœur
des deux infortunées, Rose de Mai reprit, en se
tournant vers la marquise :

— Vous désirez me donner un nom, me faire
riche, vous voulez que je sois heureuse et vous
allez mourir! Demandez à Mère-Jésus si je puis
accepter cet héritage. Quitter ma mère, quand je

la retrouve, est-ce possible? Je veux la suivre, mourir avec elle, pour qu'elle m'ouvre le paradis.

— Tu es trop jeune pour mourir, mon enfant.

— Ma mère, je serais trop malheureuse de vivre sans vous. Je sais bien ce que vous allez dire pour me forcer à vivre : que je ne suis pas assez coupable pour l'échafaud où vous allez monter; mais moi je vais prouver que je l'ai mérité comme vous. — Monsieur le Président, ajouta Rose de Mai en se tournant vers le tribunal, j'ai à compléter ma déposition. Le capitaine Bernard vous a dit qu'il avait profité de mon sommeil pour cacher une lettre dans le bouquet destiné à la Reine, cela est exact; mais la vérité n'est pas complète. Je me suis éveillée, puis, apercevant le capitaine, j'ai reproché au gentilhomme d'être entré furtivement et la nuit, dans la demeure d'une pauvre fille. Le capitaine s'est défendu; j'éprouvais du bonheur à ne pas le croire coupable. Les yeux de Bernard se dirigèrent vers le bouquet; je suivis ses regards et mon cœur s'éleva tout à coup jusqu'à la sublimité du dévouement dont le gentilhomme me donnait l'exemple; je coupai les liens qui retenaient les fleurs captives, le bou-

quet s'entr'ouvrit et trahit la lettre. Je l'ouvris,
la lus, je savais ! Je voulus être de moitié dans la
gloire de sauver la Reine. Je recomposai le bouquet en cachant avec soin la lettre au milieu des
fleurs, puis le lendemain je portai cette offrande
à ma Souveraine. Il n'est donc pas possible de me
faire la honte de me croire étrangère à l'honneur
d'avoir participé à la tentative d'évasion de la
Reine. Si ma mère et mon frère doivent mourir,
ils n'ont pas le droit de m'empêcher de les suivre
à l'échafaud ; je l'ai gagné comme eux.

— Voilà, Messieurs les Jurés, la vérité que
j'attendais, dit le Président. Les débats sont clos.

Les Jurés se retirèrent dans la salle de leurs
délibérations ; quelques minutes après ils rentrèrent.

Sur cette question, les accusés sont-ils cou-
ils coupables d'avoir cherché à favoriser l'évasion
de la ci-devant Reine ? la réponse du jury fut :

OUI

à la majorité.

En conséquence, le tribunal condamna Rose
de Mai, la marquise et Bernard de Lussan à la
peine de mort. Le Président ordonna que la jeune

fille, la moins coupable, serait exécutée la première, le capitaine ensuite et la marquise en dernier.

Ce verdict excita dans l'auditoire une profonde émotion de pitié et d'attendrissement. Des cris de : grâce! se firent entendre. Aussitôt les soldats entrèrent et dispersèrent les groupes.

On reconduisit les trois condamnés dans la prison ; la seule faveur qu'ils obtinrent fut de n'être pas séparés.

XXXII

Vers le milieu de la rue aux Fers on voyait, à cette époque, un magasin de draps et de soie qui avait pour enseigne : *Au Ruban National.*

Dans ce magasin, à l'entre-sol, quatre hommes étaient réunis.

Le premier, le maître de la maison, s'appelait Eustache Lallier, ex-syndic de la draperie parisienne ; c'était un des descendants de Michel de Lallier qui, sous Charles VII, contribua si puissamment à expulser les Anglais de la Capitale, et fut élu, en récompense de sa noble conduite, Prévôt des Marchands.

Le second, était notre ancienne connaissance Rabourdin, ex-Président des Corporations marchandes des Halles de Paris.

Le troisième avait nom Robert Mancel, autrefois Quartinier et fabricant peaussier de la rue Beauconseil.

Enfin, le quatrième était notre ami Grignolet qui avait abandonné sa profession d'écrivain public, ne voulant pas, disait Phébus, prêter sa plume poétique à la populace qui dominait alors.

Grignolet était devenu teneur de livres et premier commis de la maison Eustache Lallier.

— Ainsi, maître Mancel, dit Eustache Lallier, vous croyez donc que les Comités de Salut Public et de Sûreté Générale sont divisés et forment deux camps prêts à se combattre.

— Cette division intestine est un fait certain dont j'ai la preuve en main, répondit maître Mancel; Robespierre, Couthon, Saint-Just et Lebas sont d'un côté ; Billaud-Varennes, Collot-d'Herbois et Vadier sont de l'autre. S'exagérant sans aucun doute mon influence dans le quartier des Halles, les deux partis m'ont adressé une lettre. Mais je suis bien embarrassé ; c'est pour cela que je viens vous consulter, compère Eustache Lallier.

— La situation est vraiment critique et mérite réflexion, car on risque sa tête, à la moindre

17

erreur, et vous savez, maître Mancel, à l'heure
où nous parlons, que nos têtes ne sont pas bien
assurées sur nos épaules.

— Cela n'est que trop vrai, dit Rabourdin; les
bourgeois de Paris, depuis qu'il ne reste plus de
nobles à tuer, sont devenus de nouveaux aristocrates. Le couteau de la guillotine, après avoir
fauché les têtes les plus hautes, est au niveau du
cou de nos femmes et de nos enfants.

— Aujourd'hui, à cinq heures, dit Phébus en
pleurant, sur la place du Trône renversé, on dé-
capitera une jeune fille qui fut un ange de miséricorde et de charité. On tuera Rose de Mai, autrefois notre petite Reine des Bouquetières.

— Il faut la sauver à tout prix, dit le brave et
digne Rabourdin.

— Mais comment? avons-nous un chef? demande Eustache Lallier.

— Oui, répondit Phébus.

— Lequel?

— François Nicole; tenez, le voici.

J'entrai dans le magasin et serrai la main de
mes amis, qui me racontèrent ce que je viens de
vous dire.

Je leur annonçai que Robespierre venait d'être

décrété d'accusation avec Couthon, Saint-Just,
Lebas et Robespierre jeune et qu'on allait les conduire à l'ancien hôtel de Brionne, place du Car-
rousel, où siégeait le Comité de Sûreté Générale.
— Maintenant, mes amis, ajoutai-je en terminant, il faut aider la Convention ; si elle triomphe, le règne de la Terreur cesse à l'instant et
Rose de Mai est sauvée. Voici une lettre de
Léonard Bourdon qui me promet la grâce de la
jeune fille, en cas de succès. Serez-vous avec
moi ?

— Sans aucun doute, répondit Eustache Lallier en prévenant l'adhésion des assistants. Ce
qu'il importe, c'est de mettre au plus tôt un terme
à cet épouvantable tuerie. Après la fête de l'Être
suprême, j'espérais en Robespierre dont la popu-
larité était immense. Robespierre n'a pas osé en
finir avec ce système odieux ; le Tribun n'est
plus à mes yeux qu'un rhéteur, il doit succomber.

En ce moment, on entendit des pas dans l'escalier ; c'était Petit-Pierre qui me servait d'aide
de camp.

—Messieurs, dit l'enfant de Paris en s'essuyant
le front couvert de poussière et de sueur, Robespierre vient d'être conduit à la prison du Luxem-

bourg, son frère à Saint-Lazare, Saint-Just aux Écossais, Lebas à la Force et Couthon à la Bourbe. L'instant d'agir est venu.

Un grand tumulte éclatait du côté de la Pointe Saint-Eustache. De la rue Montmartre débouchait une colonne composée de soldats et d'ouvriers qui criaient :

Vive la Convention ! à bas le Dictateur !

En même temps arrivait des quais, par la rue Saint-Denis, une masse énorme de peuple hurlant :

Vive Robespierre ! à bas la Convention !

— Allons, mes amis, dis-je à l'assemblée, il faut intervenir, et dans la rue encore.

— Combien avez-vous d'hommes à votre disposition ? me demanda Eustache Lallier.

— Douze cents, pas plus, répondis-je.

— Ce nombre n'est pas suffisant pour surveiller les prisonniers, se porter sur l'Hôtel de Ville et défendre la Convention. Aussi ai-je adressé des bulletins de convocation à tous nos amis, les anciens Halliers qui vont se réunir dans quelques minutes au marché des Innocents. Leur adhésion peut entraîner, avec la population des Halles, tous les habitants des quartiers voisins et nous donner une véritable armée.

— Mais qui de nous haranguera la multitude? dit maître Robert Mancel.

— Moi! répondit Eustache Lallier.

— Vous risquez votre tête, compère.

— C'est l'enjeu des révolutions, répondit l'ancien Syndic. Marchons, Messieurs.

Nous descendîmes dans la rue et ce fut avec beaucoup de peine que nous fendîmes la foule pour gagner le marché des Innocents.

Là, une espèce d'estrade fut improvisée afin qu'Eustache Lallier pût haranguer la foule en la dominant.

Notre arrivée, saluée par des applaudissements d'un côté, fut insultée par des sifflets de l'autre.

Le brave Syndic monta résolûment sur l'estrade et fit signe qu'il avait à parler.

— A la guillotine, l'aristocrate! hurlèrent les sans-culottes et les tricoteuses.

— Laissez parler le père des ouvriers! réclamèrent les anciens Halliers.

— Oui!

— Non!

Le tumulte devint effroyable.

Des charrettes chargées de condamnés, passant dans la rue de la Ferronnerie, firent diversion à cette scène. Les plus exaltés coururent après les victimes pour les insulter jusqu'à l'échafaud.

Eustache Lallier profita de cette circonstance et réclama de nouveau la parole.

— Vive la Convention ! crièrent les uns.

— Vive Robespierre ! leur répondirent les autres.

— Et qui donc criera : Vive la France ? demanda l'ancien Syndic.

Ils écoutèrent.

— On a tué les nobles, on a tué les prêtres, on a tué les riches, à qui le tour maintenant ? Ce soir, on guillotine une jeune fille élevée au milieu de nous, que vous avez honorée de votre estime, que vous avez entourée de votre affection...

— C'est une infamie ! crièrent les anciennes marchandes des Halles. Il faut sauver Rose de Mai.

— Le salut de la jeune fille, continua Eustache Lallier, n'est possible qu'avec la destruction de cet affreux régime. Il faut briser cet échafaud sur

lequel on fait monter maintenant des jeunes
filles, des vieillards et des enfants.

— Oui! oui! firent les femmes; si nos maris
ne marchent pas, nous irons!...

Cette dernière manifestation entraîna les
hommes.

— A bas la Convention! crièrent encore quelques sans-culottes qui venaient de quitter les
charrettes des condamnés.

— Jettez-les dans la Seine, répondirent les
femmes, afin que les flots lavent le sang et la boue
dont ils sont couverts.

La majorité fit chorus et se réunit aux anciens
Halliers.

Le Syndic continua :

— François Nicole, rendez-vous à la Convention avec la moitié de nos amis; je vais avec les
autres à la maison commune. Le supplice de Rose
de Mai est fixé à cinq heures. Nous nous réuni-
rons tous au pied de l'échafaud une heure avant
l'arrivée de la jeune fille.

Je pris avec moi Petit-Pierre et le poëte Phébus; Eustache Lallier se fit suivre de Rabourdin
et de Mancel; — nous nous séparâmes après nous
être embrassés.

XXXIV

Revenons à la Conciergerie où nous avons laissé les prisonniers.

Ce ne fut d'abord qu'un échange de caresses, de doux épanchements du cœur entre la mère et la fille ; puis elles se préparèrent pour l'échafaud.

Bernard les regardait avec admiration et se sentait au-dessous d'elles. En effet, il y a deux sortes de courage : l'un physique, l'autre moral ; le premier, vient de la chaleur du sang, le second, de la grandeur de l'âme. Le capitaine, brave comme son épée, eût abordé résolûment, à la tête de sa compagnie, une redoute hérissée de canons vomissant la mitraille; mais la forte nature du jeune homme souffrait faute d'air dans un cachot, et l'idée de mourir, non par le fer de l'ennemi, mais par le couteau de la guillotine, lui était affreuse et le révoltait.

Il souffrait aussi en voyant sa mère et sa sœur, deux victimes innocentes, qu'on allait sacrifier et qu'il ne pouvait sauver.

Les deux femmes, sans se dire un seul mot du supplice, y avaient acquiescé. La religion qui les imprégnait en quelque sorte de consolations, avait réuni ces deux âmes si longtemps isolées; elles se confondaient en une même expansion de béatitude et d'immortalité.

Le capitaine Bernard se rapprocha de sa mère et de sa sœur comme s'il eût voulu se fortifier au contact de la sublimité de leur courage.

— Eh bien ! dit la marquise à Rose de Mai, trois heures vont sonner; il nous faut songer aux apprêts...

— Vous avez raison, ma mère; c'est vous qui couperez mes cheveux... encore quelques minutes. Tenez, j'entends des pas dans le corridor. On vient pour moi...

C'était le guichetier qui entrait avec un paquet qu'il remit à la jeune fille.

— Peut-on le dénouer? dit la marquise; je serai

17.

femme, c'est-à-dire curieuse jusqu'à la fin.....

— Faites ma mère.

C'était la robe, le voile et la couronne de la Reine des Bouquetières.

— Bonne Mère-Jésus, dit la jeune fille en pleurant de reconnaissance, tu ne m'as pas oubliée!

— Oh! dit la Marquise, comme cette parure d'innocence et de pureté ira bien à ton martyre. Dieu te permettra de conserver ce vêtement dans le ciel pour te rappeler tout le bien que tu as fait sur la terre.

— Ma mère, le temps s'écoule; avez-vous des ciseaux?

— Veuillez m'en prêter, demanda la marquise au guichetier.

— Cela nous est défendu, répondit l'homme.

— Soyez tranquille, répliqua la marquise en insistant, lorsque des prisonnières se placent sous le regard de Dieu, elles ne se suicident pas.

— Les voici, fit le guichetier convaincu.

La jeune fille approcha sa tête; sa mère coupa un ruban, et la magnifique chevelure de Rose de Mai se déroula en couvrant la jeune fille.

La marquise, avec l'admiration orgueilleuse d'une mère, caressa les blonds cheveux de son enfant, puis elle trembla comme si elle allait commettre une profanation et les ciseaux s'é-chappèrent de sa main.

— Mon frère, dit Rose de Mai au capitaine, laisserez-vous le valet du bourreau toucher la tête de votre sœur?

— Non, fit le jeune homme, il la profanerait; les ciseaux grincèrent et la chevelure de Rose de Mai s'affaissa aux pieds de la jeune fille.

— A qui donneras-tu ces cheveux, mon enfant?

— A Mère-Jésus, répondit la pauvre enfant; puis elle détacha de son cou le collier où pendait le petit saint-esprit de diamant, que la Reine de France avait donné à la Reine des Bouquetières.

— Ceci, dit Rose de Mai, après que ses lèvres eurent effleuré pieusement le bijou, ceci est pour François Nicole...

Les deux femmes se dirigèrent ensuite du côté du lit et se couvrirent de ses rideaux.

Bernard pleurait.

— Tu seras aussi belle, disait la marquise à sa fille, que le jour de ton couronnement.

— Ce jour est revenu, ma mère...

— Encore plus beau, termina la marquise, car c'est Dieu qui va te couronner aujourd'hui...

— Oh ! si vous saviez ma mère comme j'ai fait un beau rêve cette nuit !...

— Tu as le temps de le raconter pendant que j'achèverai d'habiller la Reine des Bouquetières.

— Notre cachot avait disparu, dit Rose de Mai ; nous étions dans la campagne tous trois et libres. La brise nous apportait le parfum adouci des fleurs. Le ciel, que les malheureux aiment tant à contempler, le ciel était parsemé d'étoiles brillantes.

Tout à coup nous nous sentîmes soulevés dans les airs ; nous montâmes plus rapidement que les aigles ne fendent la nue. Bientôt nos oreilles furent caressées par les accords délicieux des harpes se mariant à des voix d'anges qui soupiraient de douces et suaves mélodies.

Le ciel s'entr'ouvrit inondé d'une clarté immense ; ce n'était cependant ni le jour ni la nuit. Le firmament étincelait parsemé de diamants, d'émeraudes, de rubis et de saphirs.

Au fond, se dressa un immense édifice ; en l'approchant, nous lûmes sur le fronton ces trois mots :

TEMPLE DES ÉLUS !

Une porte d'airain s'ouvrit et nos yeux furent

éblouis. L'intérieur du temple était d'une grandeur, d'une magnificence inconnues aux mortels; sur un trône, soutenu par des anges, était assis le Créateur.

Au pied du trône se groupaient les guerriers morts pour la patrie, les savants qui enrichissent le monde, les poëtes qui l'éclairent et les hommes de bien qui l'honorent.

La Charité était au premier rang, plus en vue de Dieu et la robe de bure précédait le manteau d'hermine...

Le Créateur disait :

Laissez entrer dans le séjour céleste les victimes innocentes et pures de la révolution; qu'elles viennent à nous...

Alors le Roi et la Reine de France parurent comme au jour de leur couronnement, dans toute la grandeur et la pompe des Majestés Souveraines, et nous les suivîmes, car Dieu disait :

Place à tous ceux qui ont subi le martyre et pardonné à leurs bourreaux !

Ce rêve m'a fait du bien !...

— Ta parure est complète, ma fille, dit la marquise.

Des pas se firent entendre, la porte de la prison s'ouvrit.

— Le supplice est devancé d'une heure, il faut partir à l'instant. La charrette est dans la cour, dit le guichetier.

— Nous sommes prêts, firent les prisonniers. On descendit.

La marquise, Rose de Mai et le capitaine montèrent dans l'horrible voiture qui s'ébranla.

Arrivée dans la rue, la charrette fut entourée par des sans-culottes et des tricoteuses payés par la Commune de Paris pour torturer les victimes par la raillerie et l'insulte.

Mais bientôt les anciens Halliers et leurs femmes entr'ouvrirent les rangs de la populace, chassèrent les brigands et servirent d'escorte aux condamnés.

Rose de Mai était à genoux et priait. La marquise et Bernard la contemplaient en pleurant, mais bien doucement pour ne pas interrompre la pauvre enfant.

La brise souleva le voile de la jeune fille.

— Comme elle est belle ! dirent les hommes.

— On guillotine donc les anges du Paradis ! exclamèrent les femmes.

— Nous la sauverons, répondirent les Halliers;
on ne tuera pas notre petite Reine.

La charrette arrivait sur la place du Trône
renversé. L'échafaud était entouré d'un triple
rang de soldats.

La charrette s'arrêta.

Les condamnés descendirent.

Le bourreau était prêt.

Haletant, tout couvert de sueur et de poussière,
j'arrivai et montrai l'ordre du Président de la
Convention de surseoir au supplice.

— Je ne reconnais pas cet ordre, dit le commandant du détachement; d'ailleurs, Vive Robespierre !

— Grâce ! grâce ! crièrent les Halliers, qui
fendirent les rangs des soldats qui résistaient.

On entendait du bruit du côté du faubourg.

— Si c'est Eustache Lallier, dis-je à mes amis,
les prisonniers sont sauvés.

C'était le général Henriot, dont la troupe ren-
força les soldats qui écartèrent le peuple. —

Obéissez à votre commandant! cria le général.

— Rose de Mai monta sur l'échafaud et regarda
vers le faubourg.

— Mon Dieu ! dit-elle, si je pouvais sauver ma

mère et Bernard que mon supplice soit plus lent et plus cruel pour les préserver!...

Elle attacha plusieurs épingles à son voile, de manière à le retenir quelques instants. La foule accourait. Le bourreau s'avança vers la jeune fille et voulut détacher le voile de Rose de Mai ; le voile résista et les épingles déchirèrent le front de la pauvre enfant, son sang coula !... Le peuple arrivait et la condamnée reconnut le brave Syndic ; le voile résistait toujours, les épingles se clouèrent dans le front de Rose de Mai qui souriait en regardant sa mère. Un valet de l'exécuteur monta sur l'échafaud et arracha le voile ; la jeune fille ne poussa pas un cri. La foule avait atteint l'échafaud ; le bourreau poussa le corps de la victime. Rose de Mai murmura ces mots : «Merci, mon Dieu ! ma mère et mon frère sont sauvés ! »

Et la tête tomba !...

— Mon cher écrivain , dit l'architecte des Halles, en me frappant sur l'épaule, mes ouvriers attendent depuis une heure.

— Qu'ils achèvent leur besogne, répondis-je.

L'architecte fit un signe, et la petite chambre

bleue de Rose de Mai s'écroula et disparut dans un nuage de poussière !...

— Ainsi, plus rien d'elle, dit François Nicole, son corps est à la terre.

— Oui, mais son âme est au ciel !...

LOUIS LAZARE.

GEOFFROY LASNIER

GEOFFROY LASNIER

I

Il était une fois un bourgeois de Paris qui avait nom Garnier. Comme il était propriétaire d'une maison près la Seine, et pour le distinguer de son frère dont la demeure était sur le territoire de Saint-Lazare, on l'appelait Garnier sur l'Ieau. Le bonhomme avait acquis du fruit de ses économies cette maison située derrière l'église Saint-Gervais et dont il tirait bon loyer des bateliers et morteliers qu'il logeait à la nuit ou au mois. Aussi disait-on que le garçon dont Gertrude sa fille ferait choix, aurait à la fois bonne femme et bonne dot.

Le père eût aimé sa fille plus que tout au monde, n'eût été certaine prédilection pour les écus qu'il entassait avec un plaisir infini; mais comme jusqu'à cette heure son amour paternel n'avait pas été mis à l'épreuve, c'eût été calomnie d'avancer que la balance eût penché du côté de l'or. Cependant le temps approchait où l'on allait être fixé à ce sujet. Gertrude courait sur ses dix-huit ans et avait deux amoureux, ni plus ni moins, mais des vrais ; car il ne faut pas mettre en compte tous ceux qui la trouvaient jolie et qui guère ne se gênaient pour lui dire qu'elle avait volé le carmin de ses lèvres aux cerisiers du Roi, ses joues aux pêchers, ses dents à l'écrin de la Reine et ses cheveux aux rayons dorés du soleil. Rien d'enjoué comme ce petit oiseau gazouilleur dont les joyeux refrains égayaient du matin au soir la maison paternelle.

Le premier de ses amoureux était un sien voisin nommé Augustin. Dans le bourg Tibourg, où il avait sa demeure, on l'appelait Augustin le Faucheur, à cause, disait le père Garnier, de son habileté à tondre un pré ou un champ de blé ; mais Gertrude qui ne voyait pas, sans doute, le gars du même œil, soutenait qu'il devait ce surnom à sa manière de marcher et que quand il allait par les rues, ses jambes décrivaient des courbes semblables au demi-cercle parcouru par le tranchant de sa faux.

A part ce vice de conformation , Augustin ou Anquetil le Faucheur, comme il est plus souvent dénommé dans les anciennes chroniques, était un grand gaillard bien bâti. Aux yeux des hommes, sa grosse face enluminée n'offrait qu'une apparence de bonhomie insouciante. Les femmes, bons juges en pareille matière, en pensaient autrement. Gertrude en particulier avait parfaitement distingué sous son air bonasse la mine cauteleuse du chat, l'astuce du renard et la rapacité de la pie.

Or, un beau matin, c'était, je crois, le 6 septembre 1256, maître Anquetil avait rendu visite au père Garnier, et après quelques préambules concernant son propre avoir et ses espérances, il avait carrément demandé la main de Gertrude. Il faut croire cependant qu'il n'avait pas oublié de toucher quelques mots de la dot, car maître Garnier avait remis au soir pour donner réponse au prétendu. C'est qu'il paraissait un peu dur à ce tendre père de se séparer à la fois de sa fille et de son argent.

Le jour tirait à sa fin, Anquetil allait savoir quel accueil serait fait à sa demande d'épouseur. Assis dans un grand fauteuil de cuir, maître Garnier

appela sa fille occupée dans une pièce voisine aux
soins du ménage. Ma chère enfant, dit-il, en prenant un air magistral, j'ai à te parler de choses
sérieuses.

— Quel air solennel vous prenez, mon père !

— La cause en vaut la peine, ma fille.

— Allez donc alors, vous voyez que je meurs
d'impatience.

— Écoute donc. Je me fais vieux...

— Bah ; il n'y a pas huit jours que vous dan-
siez comme un jeune homme.

— Je puis mourir un de ces quatre matins, et
je quitterais ce monde en grand désespoir, si je
laissais ma pauvre enfant sans protection dans
cette grande ville semée de piéges de toute espèce.
Donc...

— Ah! ah! fit Gertrude en éclatant de rire, cela
veut dire tout bonnement, n'est-ce pas? que le bel
Anquetil le Faucheur est venu ce matin et que
l'idiot qu'il est vous a demandé ma main.

— Idiot, idiot, murmura Garnier; eh bien,
oui, c'est vrai, il t'a demandée en bon et légitime
mariage. C'est un garçon qui ira loin. Il a de bon
bien au soleil et connaît le prix de l'argent. Si tu

n'es pas heureuse avec un pareil homme, c'est que tu aurais commis quelque gros péché.

— Je n'ai jamais offensé Dieu sciemment, reprit la jeune fille, cependant je n'aurai garde de tenter l'épreuve si vous me laissez le choix.

— Comme ça, tu ne veux pas l'épouser ?

— Non, par ma mère !

— Qu'as-tu donc à lui reprocher à ce garçon ?

— Je ne l'aime pas, voilà tout.

— Mais encore ?

— C'est un méchant, j'en suis sûre. On dit qu'il a battu sa mère ; et, voyez-vous, le bras qui se lève sur une mère retombera certainement sur la femme.

— Voyons, Gertrude, réfléchis.

— C'est tout vu.

— Tu crois peut-être, poursuivit Garnier, qu'après avoir repoussé ce prétendant, j'irai te jeter aux bras de ce paresseux de Geoffroy, ce bon à rien qui a essayé tous les métiers sans jamais parvenir à mettre les deux bouts ensemble. Vous vous trompez grandement, fillette, et comptez sans votre père. Jamais vous n'épouserez de mon consentement un homme aussi pauvre.

— Il est pauvre, c'est vrai, mais il est bon et

18

honnête. C'est plus qu'on ne saurait dire de votre
faucheur à jambes torses. Tenez, je l'entends et
lui laisse la place.

En effet, c'était Anquetil qui s'avançait ou plutôt accourait. A la porte il croisa Gertrude. L'insouciante jeune fille jetait au vent les joyeuses
roulades d'une ballade d'amour. Le prétendu
s'arrêta sur le seuil, et tout frémissant contempla
avec ravissement la petite fée dont les accents
lui allaient au cœur. En cet instant il oublia tout,
intérêt, dot, champs, maisons, pour ne songer
qu'à son amour.

— Eh bien ! père Garnier, avez-vous réfléchi?

— Oui, mon cher Anquetil.

— Vous consentez donc à me donner votre fille?

— Aucun gendre ne me plairait comme toi.

— Vraiment?

— Assurément.

— Donc je puis compter...

— Dame, si tu l'aimes tant, mon bon Anquetil.

— Oh! je l'aime, je l'aime!

— C'est que, vois-tu, mon ami, tu n'es pas
seul à aimer Gertrude. Il y a ici tout près un certain Geoffroy dont les intentions à l'endroit de ma
fille sont en tout semblables aux tiennes. Tu l'ai-

mes, il l'adore. Tu promets de la rendre heureuse, c'est aussi son plus cher désir, et on peut l'en croire.

— Oh! il ne l'aime pas mieux que moi. Je voudrais bien voir ça!

— Eh! eh! poursuivit l'adroit Garnier, je ne serais pas éloigné de croire son amour plus vif et plus sincère que le tien.

— Qui peut vous faire penser?...

— Il semble plus désintéressé.

— Ah! diable.

— Et si je voulais, il irait même jusqu'à prendre la fillette sans dot.

Le pauvre Anquetil embarrassé promenait dans ses cheveux ses doigts crispés, comme on fait quand on hésite à faire une sottise.

Et, continua le papa, je ne serais pas éloigné d'obtempérer à la demande de Geoffroy. Le garçon est pauvre, il est vrai, mais son cousin Jérôme Pincheclou a fait grande fortune. Pincheclou est vieux et garçon, son avoir reviendra toujours à Geoffroy qui a, en outre, six oncles non mariés, tous âniers à Vincennes. Et puis ma fille ne me quitterait pas, c'est encore une considération.

— Ainsi, vous me refusez?

— J'aurais été bien heureux de te donner la préférence ; mais puisque tu places la fortune, le bien-être avant le bonheur, n'en parlons plus. Sois bien certain, mon brave, que mon amitié pour toi n'en souffrira pas. En fin de compte, Geoffroy ne perdra pas pour attendre. Après moi, du diable, s'il ne trouve pas l'escarcelle bien garnie.

Qu'il faut peu de chose pour entraîner un homme indécis. Ces seuls petits mots : escarcelle bien garnie, furent d'un effet magique, quoique employés au futur.

— Eh bien ! père Garnier, dit Anquetil, puis-vous daignez me donner la préférence, je suis encore trop heureux de recevoir la main de votre fille. Est-ce fait ?

— C'est dit. Il est bien entendu que tu te feras agréer par la fillette.

— Oh ! oh ! fit le Faucheur en se rengorgeant, n'ayez nul souci, beau-père.

— Gertrude, Gertrude ! ma fille, viens ici.

— Gertrude ! cria le prétendu.

Ils eurent beau appeler, s'égosiller, la jeune fille ne répondit pas.

— Ne t'inquiète pas, mon ami... viens avec moi... tu vas voir comme je vais la faire revenir au logis.

II

Le deuxième amoureux de Gertrude Garnier avait nom Geoffroy. En ce temps-là, on faisait déjà des anagrammes. On avait trouvé moyen de changer Geoffroy en Frogier. Était-ce en faveur de l'euphonie? Il est permis d'en douter. Toujours est-il qu'on ne l'appelait que Frogier, en ajoutant parfois l'épithète de pauvre.

La fortune, cette doyenne des coquettes, a coutume, dit-on, de dispenser ses faveurs à l'aveuglette; mais il est permis de croire qu'au moyen âge la maligne pièce avait soulevé quelque peu le bandeau mis sur ses yeux par messieurs les poëtes. Le père de Geoffroy avait vainement tendu les mains. Jamais la plus petite parcelle de cette manne qu'on nomme la richesse n'était tombée à

18.

sa portée, et malgré tout le mal qu'il s'était donné, il était mort laissant pour tout au monde à son fils un mauvais hangar, construit sur un courtil, situé en la rue des Poulies-Saint-Pou. Ne cherchez pas cette rue sur le plan de Paris, elle a disparu après avoir porté la dénomination de rue des Viez-Poulies et l'épithète malsonnante de cul-de-sac Putigno. Le fils était donc pauvre, plus pauvre que son père, car une constitution délicate, maladive, l'empêchait de se livrer à tout travail un peu dur. Il ne pouvait cependant demander son existence qu'à un travail manuel. Pour comble de malheur, la nature lui avait donné une âme de poëte, et plus d'une fois le pauvre garçon avait été obligé de se passer de dîner pour s'être oublié trop longtemps rêvant au bord de l'eau ou rôdant sans but dans les bois. Que de fois, il était arrivé trop tard à l'ouvrage, pour avoir passé la moitié de la nuit à contempler le ciel étoilé ou de sombres nuages courant devant la lune poussés par la bourrasque.

Cependant Dieu avait mesuré le vent à cette brebis tondue. Les ronces n'avaient pas été trop piquantes, l'herbe trop amère.

Sans la misère qui mettait un invincible ob-

stacle à son union avec Gertrude , Geoffroy
n'eût jamais murmuré contre la Providence.
Il n'enviait pas les riches habits des jeunes seigneurs de la Cour. Seulement, quand il passait
ès rues Tirechape et de la Grande-Friperie, il eût
volontiers changé ses nippes de toile contre un
bon surcot de laine. Sans doute l'odeur des rô-
tis rissolant aux broches des rues aux Ours et de
la Huchette ne lui déplaisait pas plus qu'à un autre, mais il se fût très-bien contenté d'une bonne
côte de porc salé si renommé en la rue Col-de-
Bacon, dont le Parisien, fort peu conservateur en
matière d'étymologie, n'a pas hésité à faire Cour-
baton.

Je dois l'avouer, quoique assez bien fait de sa
personne, le pauvre garçon n'était pas beau ; la
prunelle de son œil bleu semblait à l'étroit dans
le peu d'espace où il lui avait été donné de se
mouvoir. Dérision ou caprice de la nature, sa bouche était grande, ses dents blanches, longues et
tranchantes comme s'il eût eu de quoi mettre
abondante mouture à cet avide moulin. Mais l'ensemble de sa physionomie était si bon, si candide,
si honnête qu'on oubliait bien vite l'enveloppe
pour ne penser qu'au bon cœur battant sous les

haillons. Ce cœur appartenait tout entier à Gertrude. Pas n'est besoin de dire que la jeune fille
lui avait donné le sien en échange. Leur amour
n'était pas une de ces passions subites qui vous
brûlent tout à coup et font faire mille folies, mille
extravagances. C'était un sentiment profond, sincère, datant pour ainsi dire de l'enfance, pouvant
braver le temps et les obstacles. La bonne Gertrude, peu émue des projets de son père relativement à son mariage, n'avait fait que mince attention à la proposition du grand Faucheur, qu'elle ne
haïssait peut-être que parce qu'elle était préve-
nue en faveur d'un autre. Aussi n'avait-elle eu
rien de plus pressé que de courir au courtil de
Geoffroy pour rire avec lui de l'aventure.

Ah bien oui, l'heure de plaisanter était bien
choisie! A peine rétabli d'une maladie dont les
frais avaient épuisé ses faibles ressources, le pauvre Geoffroy avait couru toute la journée pour
trouver du travail. Son apparence débile l'avait
fait éconduire et il venait de rentrer au logis, ma
foi fort en peine et à jeun. La tête appuyée sur
une table, il pleurait; la douce voix de Gertrude
eut à peine assez d'influence pour l'arracher à
l'amertume de ses pensées.

— Qu'avez-vous donc, mon ami? dit la jeune fille toute tremblante en lui mettant la main sur l'épaule.

— Vous voyez un homme désespéré, Gertrude! Je n'ai plus la force de lutter contre mon mauvais destin.

— Allons donc, un peu de courage, par Notre-Dame, moi, qui ne suis qu'une femme, je rougirais de jeter ainsi le manche après la cognée. Est-ce que je me désole moi? et cependant mon père veut me marier.

— Vous marier, vous Gertrude, ai-je bien entendu ?

— Vraiment oui.

— Dites-moi le nom de l'homme qu'on vous destine ; il faudra qu'il me tue avant de vous posséder.

—. Vivez, vivez, mon pauvre ami, je ne serai jamais qu'à vous, vous le savez bien.

— Tenez, Gertrude, n'abusez pas de mon malheur. Le jour où je vous perdrai je n'aurai plus rien à faire en ce monde. L'hirondelle abandonne nos froids climats pour les lieux où brille un soleil plus bienfaisant, mais elle revient à la saison nouvelle retrouver le doux nid de ses amours. Si vous me reprenez votre cœur, je fuirai comme l'oiseau... je ne reviendrai pas.

— Bon, voilà que vous retombez dans vos humeurs noires. Qu'on sèche ces larmes-là de suite, et si vous recommencez, je croirai que vous ne m'aimez pas.

— Quels mots avez-vous proférés, Gertrude! voulez-vous me rendre fou, quand vous savez que je vous aime comme le rossignol aime le duvet soyeux de son nid, comme le lézard, cette émeraude vivante, aime la chaleur, comme l'aigle aime le soleil et l'orfraie les ténèbres.

— Je le sais, Geoffroy, et vous parlez comme un ménestrel, ce qui n'avance à rien. Il faut aller trouver votre cousin Pincheclou. Le bonhomme n'est peut-être pas aussi méchant qu'il en a l'air. S'il ne vous donne rien, il pourra du moins vous mettre à même de gagner honorablement votre existence. Quand on n'est pas riche il ne faut pas faire trop le fier, surtout avec ses parents, et puis, et puis... nous nous marierons...

— Ah! vous vous marierez, hurla le père Garnier qui, sachant bien où trouver Gertrude, s'était glissé dans le courtil à pas de loup, traînant après lui l'autre amoureux. Oui, mignonne, vous vous

marierez et pas plus tard que dans huit jours;
mais ce sera avec mon compère Anquetil ici présent, je vous en donne ma parole. Allons, en
route, qu'on quitte sur-le-champ ce taudis.
Quant à toi, Geoffroy, s'il t'arrive de mettre les
pieds chez moi, mon bâton fera connaissance avec
tes épaules. Cependant, puisque tu voulais bien
me faire l'honneur de me prendre pour beau-
père, je vais te donner un conseil : Cours au
pays des fainéants, à coup sûr tu seras nommé
Roi, si tu n'épouses la Reine Paresse.

Je vous laisse à penser si le bon Geoffroy fut
atterré. Comme un arbuste atteint par la foudre,
il tomba sans mouvement sur le sol, et quand
il reprit connaissance, il pleura comme un enfant. En se rappelant les paroles du père Garnier, le désespoir le prit. Le désespoir, ce mauvais
conseiller, lui souffla l'horrible pensée du suicide.
A moitié fou, le pauvre jeune homme ferma sa
porte, et avec le sang-froid de l'homme qui n'attend plus en ce monde que misère et douleur, il
se livra sans retard aux apprêts de son trépas. Un
gros clou fut planté dans une solive de l'appentis,
une corde y fut bientôt attachée, puis quand un
nœud coulant eut été pratiqué à l'autre bout, le

malheureux monta sur la table et mit à son cou
le fatal licol.

— Adieu! Gertrude, murmura-t-il, soyez plus
heureuse que votre ami d'enfance, adieu, je vais
vous attendre dans un monde meilleur.

Il allait se lancer dans l'éternité quand un bruit
semblable au piétinement d'une cavalcade se fit
entendre dans le courtil, puis des coups précipités
retentirent à sa porte.

— Qui frappe ici? dit Geoffroy, faisant repasser
la corde par-dessus sa tête.

— C'est moi, mon ami, c'est moi, ton cousin
Jérôme Pincheclou.

— Que me voulez-vous?

— Ouvre, mon enfant, je t'apporte une bonne
nouvelle.

En un clin d'œil la corde fut détachée et la
porte ouverte.

— Une bonne nouvelle? dites-vous, mon cousin?

— Ah! dame, oui.

— Jamais elle ne peut venir plus à propos.
Dites, dites donc vite.

— Il y a que tes six oncles de Vincennes sont
trépassés.

— Vous appelez ça une bonne nouvelle?

— Eh! oui, puisqu'en mourant tes oncles, en bons parents qu'ils sont, t'ont laissé tout ce qu'ils possédaient, à savoir : chacun sept gros d'argent et chacun un âne; autant d'oncles autant d'ânes.

Si bon cœur que l'on ait, il n'est pas défendu de se réjouir quand la fortune change de visage à notre égard, et tout en déplorant la mort de ses parents, Geoffroy ne put s'empêcher de penser à Gertrude.

— Tu te couchais donc déjà, grand paresseux? dit le cousin Pincheclou.

— Oui, j'allais dormir (pour longtemps pensa Geoffroy), parce que, voyez-vous, qui dort dîne.

— Ce qui veut dire que tu allais te coucher sans souper. Viens, mon enfant, à la taverne voisine. Un bon repas chasse le chagrin. Souvenir d'abstinence donne appétit.

Ainsi dit, ainsi fait. Quand la faim des deux convives fut apaisée, Geoffroy prit la parole.

— Je ne savais pas que mes oncles fussent malades.

. — Ils ne l'ont pas été, heureusement. Il y a deux jours, c'était la fête de l'oncle Bénigne; un bon festin nous rassemblait. Le brave homme qui

19

prétendait se connaître en champignons, en avait recueilli dans le bois de Vincennes et nous en avait fait préparer un énorme plat. Bien me prit de m'abstenir de ce genre de nourriture, car le lendemain matin tes parents étaient allés dans l'autre monde digérer cette infernale denrée.

— Les pauvres gens !

— Sans cet accident, mon garçon, l'héritage eût pu se faire attendre longtemps. Maintenant, je vais te quitter, ma femme doit être inquiète. Avant de partir que je te donne un bon conseil. Tu n'as que faire de six ânes, ça coûte trop cher à nourrir. Vends-en quatre. Avec ton argent fais-toi construire un abri plus décent. Deux ânes te suffiront pour t'établir ânier. Sois sage. Avec de l'ordre et de l'économie l'on contraint la fortune à sourire. Adieu.

III

Le conseil de Jérôme Pincheclou était bonne
graine et ne tomba point en méchante terre. Donc
deux mois après la soirée où Geoffroy avait appelé la mort, une petite maison bien proprette
avait remplacé le hangar délabré. Une écurie
adossée au mur de fond du courtil servait d'abri
aux deux ânes dont le nouveau propriétaire faisait
bon argent, soit en transportant dans la rue de la
Saunerie les sacs de sel amenés par bateaux navi-
guant sur Seine, soit en rapportant des halles les
provisions des ménagères du quartier, ou bien en
promenant gentilles dames et demoiselles aux bois
d'alentour. Geoffroy aussi avait subi une méta-
morphose tout à son avantage. Avec l'aisance la
santé était revenue, et sous son surcot de laine

bien brossé, bien propre, Geoffroy avait fort bon
air. Je vous laisse à penser si un pareil changement fit du bruit dans le quartier. Ah ! comme le
cœur de Gertrude battit quand elle eut vent de la
bonne fortune échue à son ami, et comme elle
écoutait et répétait avec plaisir les pronostics que
l'on débitait au sujet d'un garçon si bon, si rangé.
Comme elle se rengorgeait lorsqu'elle entendait
nommer son amoureux Geoffroy l'Asnier! Car dans
ce temps-là on avait coutume d'accoler au nom
de chacun une épithète tirée de la profession qu'il
exerçait, du pays qui lui avait donné le jour, ou
de sa passion dominante : témoin Geoffroy l'An-
gevin, Aubry le Boucher, Thibault aux Dez, Alexan-
dre l'Anglais et autres. Aussi Garnier sur l'Ieau
fut-il instruit un des premiers de l'aventure. Peut-
être le bonhomme se sut-il bon gré d'avoir mis
une condition à la réalisation du mariage de sa
fille avec Anquetil le Faucheur; car jusqu'à présent l'union projetée n'avait pu avoir lieu faute
du consentement d'une des parties intéressées. Je
n'épouserai pas Geoffroy, avait dit Gertrude, mais
j'aimerais mieux mourir que d'être à l'autre. Sur
ce, le père s'était décidé à laisser faire le temps.

Dans ce monde, quand la roue de la fortune

fait un demi-tour, celui qui était au sommet arrive à avoir la tête en bas ; ce qui veut dire qu'il est toujours quelqu'un que notre bonheur gêne grandement et qui par tous moyens, bons ou mauvais, cherche à reprendre la place qu'il a malheureureusement quittée le jour de la Saint-Lambert.

A l'égard de Geoffroy, ce quelqu'un était Anquetil le Faucheur. Tant que le nouvel ânier avait été pauvre, chétif, mal attifé, l'amour-propre de son rival le lui avait fait regarder d'un air dédaigneux ; mais depuis le malencontreux héritage, l'avorton avait bien grandi à ses yeux.

Geoffroy, sans le sou, malingreux, déloqueté, n'a pas été repoussé par Gertrude, se disait-il, que sera-ce donc maintenant? et là-dessus il nourrissait de noirs projets et donnait accès en son âme aux suggestions du malin esprit qui ne demandait que pareille occasion pour le conduire à sa perte.

Or, voici ce que le démon lui souffla : Mon bon Anquetil, Geoffroy n'est riche que parce qu'il a deux ânes, l'argent qu'il a recueilli de la vente des autres, il l'a dépensé pour se bâtir une maison, l'orgueilleux qu'il est! S'il n'avait plus de bourriques, du diable s'il pourrait en acheter d'autres;

n'en ayant plus il redeviendrait pauvre. Si quelqu'un les lui volait! — Très-bien, murmurait
non pas la conscience, mais la peur; et monsieur
le Prévôt? En s'y prenant adroitement, continuait
le tentateur, le juge n'y verrait que du feu. Ne
peut-on acheter des ânes tout pareils, en tirer
bonne quittance, les revendre en cachette et les
remplacer par ceux qui font ton malheur. Eh! eh!
c'est une idée. Bref, le plan parut si bon à l'amoureux dédaigné qu'il se résolut à le mettre à exécution.

En bon cœur qu'il était, Geoffroy l'Asnier, pour
lui donner le nom que la postérité lui a conservé,
avait recueilli en son logis la vieille gouvernante
d'un de ses oncles. La brave femme était bien un
peu infirme et sourde comme la porte du Châtelet;
mais comme elle n'avait guère à s'occuper que
des soins du modeste ménage et que le maître
n'était ni exigeant ni regardant, on était satisfait
de part et d'autre.

Hélas! un soir, nuit maudite, je devrais dire,
que Geoffroy rentrait plus tard que d'habitude,
tout joyeux du gain de la journée, il trouva l'écurie vide. Un des ânes avait disparu. Fermer la
porte, courir à la maison, fut l'affaire d'un in-

stant. Peut-être était-on venu chercher l'âne pour
l'avoir de grand matin... Courte illusion! L'animal était volé. La vieille n'avait rien vu, rien entendu. Mais ne voilà-t-il pas que le lendemain,
il voit passer devant sa porte maître Anquetil se
dandinant comme un prélat sur le baudet dérobé.
Geoffroy était courageux. En deux sauts il fut dans
la rue, et prenant l'animal par la bride réclama
son bien en homme bien déterminé à le reprendre
bon gré mal gré.

— Que voulez-vous donc, Geoffroy? dit Anquetil sans s'émouvoir.

— Mon âne, par Dieu!

— Votre âne? cherchez-le ; celui-ci est à moi.
Et il frappa les flancs du baudet de ses longues
jambes pour continuer sa route.

— Vous ne passerez pas!...

— Entêté, continua le voleur, vous mérite-
riez... mais j'aime mieux agir en bon voisin, allons chez le juge.

— Soit, dit Geoffroy, allons...

Une heure après, le pauvre jeune homme rentrait chez lui, l'oreille basse, en grand désarroi.
Anquetil, par acte de vente en bonne et due forme,
avait établi sa propriété. Le volé eut encore chance

de ne pas avoir à payer dommages et intérêts pour dénonciation calomnieuse.

— Et d'un! s'était dit le grand Faucheur.

A peine la bonne Gertrude eut-elle ouï la mésaventure de son ami que, bravant reproches et défenses du père Garnier, elle accourut pour le consoler.

— Qu'il soit perdu, s'écriait Geoffroy en montrant le poing... c'est fini. J'en ai fait mon deuil; mais ce qui me chiffonne c'est de ne pouvoir découvrir celui qui a fait le coup.

— C'est Anquetil, reprit Gertrude.

— Tu sais bien qu'il a prouvé le contraire.

— Il n'a rien prouvé du tout : c'est lui, bien lui, qui a pris ton âne.

— Oh le malfaisant!

— Et ce dont je suis certaine, c'est qu'il te prendra l'autre.

— Ah! mon Dieu! je suis un homme perdu, ruiné de fond en comble. Il n'a plus qu'à mettre le feu à ma maison.

— C'est ce qui te trompe.

— Ah! mais, il ne le prendra pas!

— Si, vraiment; il faut même qu'il le prenne.

— Par mon patron, la fillette est folle, pensa son amoureux.

— Geoffroy, mon petit Geoffroy, dit celle-ci d'un air patelin, m'aimes-tu ?

— Comme si elle ne le savait pas !

— Embrasse-moi.

Baiser donné, baiser rendu, et la jeune fille murmura quelques mots à l'oreille de son amoureux.

Puis elle ajouta tout haut :

— Comprends-tu, Geoffroy ?

— Parfaitement.

— Maintenant, tu te laisseras voler ton âne, dis?

— Eh bien ! oui, mais laisse-le-moi voir une dernière fois.

Huit jours se passèrent. Chaque soir, Geoffroy avait soin de laisser ouvertes et la porte sur la rue et celle de l'écurie.

Le matin du neuvième jour, le larron avait fait son affaire.

— Et de deux, s'était dit Anquetil en se frottant les mains.

Le compère se serait moins réjoui s'il eût su qu'en ce moment son rival Geoffroy était aux pieds de Louis neuvième, en son jardin de la Cité, implorant la justice du Roi.

19.

IV

Le bon Roi Saint Louis, s'il lui était donné de revenir sur terre, aurait peine à reconnaître le bois de Vincennes, sa promenade favorite, tel que l'ont fait les exigences du service militaire et les améliorations récentes. C'est dans cette forêt qu'il aimait à errer, entouré de quelques compagnons d'armes et d'éminents jurisconsultes. Sous le dais du feuillage touffu, la majesté de Dieu se manifestait aussi bien au pieux monarque que sous les lambris du palais. C'est à l'ombre d'un chêne qu'il venait s'asseoir et rendre justice à tous venants, nobles ou vilains. Écoutez ce que dit à ce sujet l'historien Mézeray :

« Il avait accoutumé de venir en son jardin, à » Paris, habillé d'une cotte de camelot, d'un sur-

» cot de tiretaine sans manches et d'une robe de
» sandal noir par-dessus, dont la fourrure était
» simplement de garintes ou de jambes de lièvres.
» Là, il faisait étendre des tapis pour s'asseoir et
» donnait audience toute une après-dînée. En été,
» souvent il allait se promener au bois de Vin-
» cennes, s'asseyait au pied d'un chêne et faisait
» seoir ses seigneurs auprès de lui et tous ceux
» qui avaient affaire à lui s'y présentaient sans
» aucun empêchement. Souvent même, il de-
» mandait à haute voix s'il y avait personne là
» qui eût partie, et ayant écouté le différend, pro-
» nonçait la sentence. »

C'est par une scène de ce genre que devait se
dénouer le drame où Geoffroy jouait le rôle de
l'innocence persécutée. Le Roi, fatigué de la promenade, s'était assis à sa place ordinaire. A sa
droite était Pierre de Fontaines, jurisconsulte distingué de l'époque, auteur d'un ouvrage intitulé :
*Li Livres de la Reyne sur les formes de la Jus-
tice.* A sa gauche, Geoffroy de Villette, bailli de
Tours, qui, pour lors, se trouvait à Paris. Un peu
plus loin se promenaient devisant, le brave compagnon de saint Louis, le sire de Joinville et Robert Sorbon, chapelain et confesseur du roi.

Joinville, comme il le dit lui-même dans ses
Mémoires, qui ont fait de la vie de saint Louis la
plus belle des légendes chrétiennes, était taquin
comme tout. Son plus grand plaisir était de tourmenter le chapelain, et dans leurs discussions, ra-
rement le surplis l'emportait sur le haubert.
Sans cesse l'homme de guerre tendait des piéges
que le prêtre ne savait éviter, et souvent, pour
mettre le holà, le Roi prenait le parti de son confesseur, s'excusant ensuite auprès de Joinville de
lui avoir donné tort, par la raison qu'il avait vu
le bonhomme en trop grand désarroi. Robert Sorbon était né pauvre et vilain, comme le lui re-
prochait Joinville pour l'agacer. Le chemin lui
avait été rude pour arriver à l'éminente position
qu'il occupait. Un jour où, pauvre clerc, il se sentait à bout de forces et prêt à renoncer à sa vocation, il avait fait vœu que si Dieu lui venait en
aide, il fonderait une maison où les écoliers pauvres seraient gratuitement reçus et enseignés. Le
moment était venu de tenir parole. C'est de ce
projet qu'il entretenait le sire de Joinville. Celui-
ci, dans tout ce que lui disait le prêtre naïf, ne
cherchait qu'une chose, une épine à lui enfoncer
dans la chair,

— Comprenez-vous, messire, quelle heureuse chance ce sera pour les jeunes écoliers de pouvoir obéir à leur vocation, de servir le bon Dieu sans être obligés, comme moi, d'avoir à vaincre obstacles sans nombre que je n'ai surmontés que par une faveur toute spéciale de la Providence?

— J'en conviens, mon père, mais ne croyez-vous pas que la perspective des biens et honneurs dont la bonté du Roi vous a gratifié, en toute justice, ne soit pour beaucoup dans la vocation des petits vilains que vous al'ez gratuitement tremper dans l'encre pour en faire prêtres plus ou moins dévoués à la sainte cause ?

— Ne jugez pas témérairement, messire ; hélas ! gens d'épée sont souvent enclins à nous accuser d'un trop grand amour des biens de ce monde ; mais, croyez-moi, Dieu saura choisir les siens et je me glorifierai toujours de la bonne pensée qui m'a porté à cette fondation.

C'est ici que l'attendait Joinville.

— Je ne discuterai pas le mérite de l'intention, reprit-il sournoisement ; cependant, sondez bien votre cœur et demandez-vous si ce beau projet de fonder cet asile ne serait pas une inspiration du malin esprit (pardon de citer le nom du maudit si

près du Roi notre sire, et en votre sainte présence)
et ne cache pas un petit mouvement d'orgueil
comme par exemple de faire passer à la postérité
le nom de Robert Sorbon, bienfaiteur de l'humanité.

— Quoi, vous pouvez penser ?

— Toute la Cour le croit ainsi.

— Orgueilleux, moi !

— Je vous l'ai déjà fait entendre. C'est peut-
être votre seul défaut ; mais en véritable ami, je
dois dire que vous l'avez bien. Témoin ce jour où
mieux vêtu que le Roi, vous vous placiez sur le
même banc que lui.

Robert ne put en entendre davantage. Le visage
tout enflammé de courroux ; il riposta avec ai-
greur à Joinville, qui riait sous cape. Bientôt le
bruit de la dispute arriva jusqu'au Roi.

— Écoutez, messire de Villette, voilà déjà mes
deux querelleurs aux prises. Je ne puisse laisser
une heure ensemble ces deux enfants gâtés. Qu'on
appelle mon chapelain.

Robert Sorbon se rendit au désir du Roi.

— Allons, mon père, venez vous asseoir ici,
près de moi. Vous aurez tantôt tout loisir de que-
reller mon compère Joinville. Pour le moment,

nous avons besogne toute taillée. Où donc est le jeune homme qui m'a réclamé justice hier, dans mon jardin de la Cité.

— C'est moi, sire, répondit Geoffroy sortant d'un taillis où il était demeuré caché.

— Eh bien, mon garçon, parle sans crainte, dis à ces messieurs ce qui t'amène.

Alors Geoffroy raconta sa mésaventure sans omettre aucun détail.

Quand il eut exposé l'affaire :

— Voilà bien le volé, dit Joinville, mais le voleur ?...

— N'est pas loin, reprit le Roi, je l'ai fait arrêter. Qu'on l'amène.

Un instant après le piteux Anquetil, entre deux archers, paraissait monté sur le corps du délit, à savoir maître Aliboron.

— Interroge cet homme, Joinville.

— Volontiers, sire. Comment te nommes-tu ?

— Anquetil.

— Bien. Voici un garçon qui t'accuse d'avoir volé son âne.

— Il le dit... c'est vrai ; mais qu'il le prouve. Cet âne est à moi ; je l'ai acheté à beaux deniers comptant à Jehan Bernard, de Poissy. Voyez la quittance du marchand avec le signalement de la bête ; le tout en bonne et due forme.

— C'est d'un homme prévoyant, reprit Joinville. Est-ce que ce garçon ne t'a pas déjà accusé d'un fait semblable ?

— Oui, c'était pour un autre âne.

— Et comment t'es-tu tiré de l'affaire ?

— Comme j'espère me tirer de celle-ci, en produisant mes titres.

— On conviendra cependant que ta chance est grande d'avoir trouvé deux animaux aussi semblables à ceux du plaignant. Geoffroy, pourrais-tu jurer que cet âne est à toi ?

— Je ne crois pas pécher en l'affirmant.

— Prends garde, mon enfant, dit le Roi, un serment n'est pas chose de peu d'importance.

— Si le Roi est embarassé, reprit Joinville, je sais un moyen d'arranger les parties.

— Dis ton moyen, Joinville.

— Nous ne prétendons pas, je pense à être plus sages que le grand Salomon; faites couper l'âne en deux, chacun aura sa part.

— Ah! sire, s'écria Geoffroy, la larme à l'œil, qu'il le garde, qu'il le garde tout entier!

— Celui-ci est le vrai... propriétaire, pensa

le Roi. Ainsi, mon garçon, tu n'a pas de preuves à nous donner, toi ?

Au même instant, le taillis s'ouvrit, et comme la bonne fée des contes d'autrefois, Gertrude parut sur la scène. Elle courut à son ami... mais parle donc Geoffroy, s'écria-t-elle.

— Un instant, un instant, dit le Roi; qui êtes-vous, jeune fille ?

— Gertrude Garnier, monseigneur, l'amie de Geoffroy et bientôt sa femme, avec votre protection et la bénédiction du ciel.

— Accorte et craignant Dieu! que disiez-vous à Geoffroy, ma mie ?

— Bon sire, le pauvre garçon est si interdit, qu'il oublie qu'il peut fournir la preuve que cet âne est à lui.

— Alors, belle enfant, parlez pour votre amoureux.

Après avoir fait au Roi une gentille révérence, la jeune fille se tourna vers Anquetil.

— Tu soutiens que cet âne est à toi ?

— Assurément.

— Eh bien, dis à l'instant même comment il porte sa croix.

— Sur le dos ; c'est là qu'il est marqué comme tous les autres.

— Il n'est marqué que d'une seule croix, n'est-ce pas ?

Anquetil, bien embarrassé et comprenant que l'affaire se gâtait, ne trouva rien à répondre.

— Alors, si ton âne n'a qu'une croix, celui de Geoffroy en a deux ; une sur le dos, l'autre à la jambe droite, regarde.

Avisant le signe dont il ignorait l'existence, le voleur reprit courage :

— C'est vrai, j'oubliais... cette seconde croix c'est moi qui l'ai faite.

— Avec quel instrument ? dit Geoffroy encouragé par la présence de son amie

— Avec un fer rougi.

— Où est-il ?

— Chez moi... mais peut-être est-il égaré.

— Moi je le montrerai sur-le-champ , s'écria Geoffroy ; et si la croix gravée sur la jambe de cet âne est plus grande que celle-ci, je consens à ce que Gertrude ne m'aime plus et à être pendu à ce chêne.

— Prends garde, reprit le Roi ; tu t'avances trop, la croix est plus petite.

Geoffroy ne s'avait plus que dire, quand Gertrude le tira d'embarras.

— Si la croix est plus petite, messire, c'est que le poil a repoussé.

— La cause est entendue, dit le Roi. Les ânes pour Geoffroy et la corde pour ce voleur. Qu'on le mène au Châtelet.

— Ah ! sire ! s'écria Gertrude tout en larmes ah ! sire ! pardonnez-lui ; c'est la jalousie qui l'a perdu.

— En quoi le destin de cet homme peut-il t'intéresser ?

— C'est que, c'est que, répondit Gertrude, rouge comme un coquelicot des champs ; c'est encore un de mes amoureux.

— En ta faveur, je lui ferai grâce de la corde; mais pour sa punition, je veux qu'il fasse les frais de ta noce et qu'il y danse, ma foi. Joinville, tu veilleras à ce que le vilain s'exécute convenablement.

— Je te disais bien, mon ami, que notre Roi était le meilleur de tous.

Geoffroy avait déjà repris possession de son bien. Après avoir salué le Roi, il enfourcha sa bête, prit en croupe sa mie Gertrude et disparut

au galop dans les détours de la forêt laissant le
pauvre Anquetil, tout penaud, regagner son
logis.

Vous ne sauriez croire qui fut le plus tenace à
tirer vengeance de l'infortuné Faucheur. Ce fut le
père Garnier. Tout fier d'avoir un gendre protégé
par le roi, on eut grand'peine à le faire renoncer
à l'idée de voir, au repas des fiançailles, l'amoureux
éconduit; pourtant on en vint à bout. Le mariage
se fit sans que le coupable eût à payer de sa présence ni de sa bourse. Les grands cœurs ne sont
pas bons à demi.

Le temps s'est chargé de faire justice. Anquetil le Faucheur, Garnier sur l'Ieau et Geof-
froy-l'Asnier, avaient donné leurs noms aux voies
qu'ils habitaient. Les deux derniers seuls ont sur-
vécu. La rue Anquetil-le-Faucheur, après avoir
porté le nom de rue de la Croix-Blanche, a été
confondue récemment dans la rue de Bercy par
suite de la suppression de l'îlot qui les séparait.

P. CRETON.

ENTRE DEUX CANONS

ou

LES OUVRIERS PARISIENS

Souvenirs de la place Maubert.

ENTRE DEUX CANONS

ou

LES OUVRIERS PARISIENS

SOUVENIRS DE LA PLACE MAUBERT

I

Au quatrième étage d'une maison située à l'angle
de la rue Perdue et de la place Maubert, habitait,
en 1811, une brave garde-malade, nommée Ca-
therine Ledoux. Veuve depuis peu de temps, elle
trouvait dans sa nombreuse famille les seules
consolations que la Providence accorde à la femme
du peuple. Son mari, Guillaume Ledoux, lui
avait laissé six enfants, quatre filles et deux garçons.

Les époux avaient dû à leur bon cœur une
charge de plus en accueillant, au sein du modeste

ménage, une jeune orpheline, Madeleine Robert, leur nièce.

L'aîné des garçons, Michel, avait vingt et un ans; Joseph, le second, n'avait qu'une année de moins.

Du vivant du père Ledoux, il y avait donc six bons bras pour subvenir aux besoins de la maison. Malheureusement, après sa mort, les travaux s'étaient ralentis et Joseph, le gâté de maman Ledoux était, non pas paresseux, mais un peu flâneur, aimant le plaisir et ne travaillant que juste assez pour échapper aux reproches de son frère, sur qui retombait, en grande partie, le fardeau de la maison.

Dans la soirée du 24 novembre de ladite année, sept heures venaient de sonner à l'église Saint-Nicolas-du-Chardonnet. C'était l'heure du diner chez la mère Ledoux.

Les jeunes filles s'empressaient d'autant plus de mettre le couvert que leurs jolies dents s'allongeaient à l'odeur qui s'échappait de la cuisine.

— Les garçons, ce soir, sont en retard, dit la maman...

— Bonne mère, se hata de répondre Madeleine, sa fille d'adoption, il n'est que sept heures.

Vous savez que mes cousins ne reviennent pas plutôt d'habitude... mais les voilà, je crois... oui... et elle ouvrit la porte.

— Non, c'est Joseph tout seul!

— Bonsoir, mère, dit celui-ci. Bonsoir les petites sœurs. Mais, laissez-moi donc. J'ai quelque chose sous mon tablier qu'vous allez chiffonner. Permettez-moi de faire un petit tour dans ma chambre et je reviens vous embrasser.

Joseph était un bon gros garçon, réjoui, sans souci, gai quand il était à jeun et causant trop quand il avait un doigt de vin.

— Vous voyez, dit-il en rentrant : Joseph qui flâne quelquefois, le voilà le premier aujourd'hui. Pourtant, Michel a quitté l'atelier de bonne heure. Je me disais : il lui tarde d'embrasser sa mère, ses sœurs et sa Madeleine. Ah oui, je puis dire sa Madeleine, car tu dois l'aimer, ma petite cousine ; c'est que c'est un homme que Michel, et si tu ne le chérissais pas, il n'y aurait que toi; car, patron, contre-maîtres, ouvriers, tous se feraient hacher pour Michel.

— Bon Michel ! murmura Madeleine.

— C'est que, voyez-vous, c'est un brave cœur, celui-là. Écoutez, j'voulais pas vous le dire,

20

crainte de vous faire peur, mais c'est passé maintenant. Si vous pleurez, ce sera plus que de joie.
Voici ce qui est arrivé :

Il y a quinze jours, en revenant de l'ouvrage,
nous passions sur le pont Notre-Dame; nous
étions presque au bout de l'arche à laquelle on a
donné le nom du Diable, et avec raison. Tout à
coup, nous entendons un grand cri, un second,
puis plus rien... Michel court vers le parapet.
Les rayons de la lune lui laissaient apercevoir deux
malheureux luttant en vain contre la mort. Malheur ! mon frère s'est précipité dans les flots. Mes
yeux s'obscurcissent, je ne vois plus rien... Je
sens la terre qui tourne... ma voix s'éteint... Je
ne puis appeler du secours et ce n'est que lorsque
des cris joyeux s'élèvent sur la berge, que je reviens à moi. Mon frère avait sauvé les deux
hommes. Je le cherche dans la foule : il avait disparu pour échapper aux félicitations dont on l'eût
accablé. Mais j'étais là, moi, et quand une voix
demanda : Où donc est notre sauveur ! ce n'est
pas bien de ne pas tendre la main à ceux qu'on
vient d'arracher à la mort... je m'écriai : celui
qui vous a sauvés, c'est mon frère, mon brave
frère Michel Ledoux, un vrai serrurier. Ça a de

bons bras, n'est-ce pas! ça travaille sur terre et dans l'eau !

Allons, bon, voilà que vous pleurez.

Un nouveau personnage s'était introduit dans l'appartement pendant que Joseph racontait son histoire; c'était Michel.

Il dit à son frère :

—Tu m'avais cependant bien promis, Joseph..

— C'est vrai; mais je n'ai pas pu y tenir! Je les aurais privées d'un plaisir. Après tout, tiens, vois ta mère, regarde Madeleine, comme elles sont heureuses et fières. Allons, embrasse-le, ton amoureux, t'en meurs d'envie.

La jeune fille se jeta dans les bras de son cousin puis, toute confuse, alla se cacher derrière sa mère.

C'était une âme bien aimante que celle de Madeleine. Cette douce enfant venait d'atteindre sa dix-septième année. J'ai eu entre les mains son portrait dessiné au pastel et je me suis rappelé les traits des blondes Marguerites de la pensive Allemagne, reproduits avec un rare bonheur sur les toiles fantastiques de Schæffer.

— C'est bien, mon ami, ce que tu as fait là... mais si tu avais pensé à nous...

— A table! s'écria Michel pour échapper à cette ovation de famille.

Joseph tira son frère par un pan de sa veste et lui dit à l'oreille :

— Le pâtissier n'est pas encore arrivé. J'ai été à la cuisine : il n'y a que la soupe et des pommes de terre au lard. J'vais aller au-devant de lui.

On entendit en ce moment la voix aigre de la portière crier : madame Ledoux, au quatrième sur le derrière, la porte à gauche.

— A table! alors, dit Michel.

II

Chacun était assis quand ce garçon pâtissier entra. Le petit bonhomme posa gravement sur la table une tourte et un gros biscuit de Savoie et se retira, après avoir reçu la petite gratification d'usage. La mère Ledoux ouvrait de grands yeux.

— Qu'est-ce que c'est qu'ça?... vous avez tous un air mystérieux? Parle donc Joseph?

— Ça veut dire, bonne mère, que c'est aujourd'hui ta fête et que nous allons te la souhaiter. Allons, les enfants, qu'on prenne ses bouquets!

Chaque fille avait fait l'emplette d'un petit cadeau pour la bonne mère. Petit cadeau, dont le prix avait été amassé à grand'peine. Pauvre sou mis de côté pendant toute l'année.

20.

Michel présenta à sa mère deux livres de chocolat, denrée d'un fort grand prix à cette époque.

— Tenez, maman, voilà pour remettre votre petit estomac.

— Du chocolat! c'est bon, dit Joseph, mais, voyez-vous, pour remettre l'estomac, y a encore que ça! c'est du chenu... six bouteilles de bordeaux... qu'a vieilli derrière les fagots... Mettez ça de côté. Pour nous, du vin à dix, c'est bien assez bon!

— On en boira pourtant une bouteille ce soir, dit madame Ledoux.

— Comme vous voudrez, mère; est-ce que vous n'êtes pas la maîtresse ici... surtout ce jour de la Sainte-Catherine. Allons, mesdemoiselles, un petit coup de vin à la santé de maman Ledoux; nous en ferons autant l'année prochaine et ainsi de suite.

— L'année prochaine, enfants!... comptez donc sur l'avenir... il manque quelqu'un, ici, qui me fêtait l'année dernière.

— Oui, notre brave père, reprit Joseph... vous savez si nous l'avons pleuré!... faut pas vous chagriner, il vous reste des enfants qui ne vous laisseront pas chômer... Vous manque-t-il quelque chose ? dites-le tout de suite.

— Non, mes amis, Dieu m'a bénie dans ma famille.

— Et puis, voyez-vous ces deux paires de bras; nous travaillerons, pas vrai, Michel ?

La main de Michel tomba dans celle de son frère. Une vigoureuse pression fut sa seule réponse.

— Deux paires de bras, reprit madame Ledoux... dans quinze jours il en manquera la moitié. Oh ! la guerre ! la guerre !

— Diable, c'est vrai, je suis soldat ! s'écria Joseph. Ah bah ! la patrie a besoin de moi, faut pas caner. Est-ce qu'il peut m'arriver queque chose, quand de braves gens comme vous prieront pour moi? et puis, je vous laisse Michel. Avec Michel, je dormirais tranquille la tête sur un baril de poudre. J'ai encore quinze jours à rester près de vous. Je vais travailler comme un cheval pour vous laisser un bon petit magot. Quand je reviendrai, comme tous ces bambins seront grandis ! puis vous aurez une fille de plus... pas vrai Madeleine !... c'est-y heureux que ça soit pas Michel qui soit le cadet. Ah! mais, c'est que je serais parti

pour lui... à votre santé ! Parce que moi, voyez-
vous, je crois que j'arriverai... mais il faut que
je sois tenu... oui, il faut de la discipline à Joseph. Je suis un brin flâneur, qu'on dit, et à l'armée M. Mélange fait pas crédit...

La victoire en chantant...

Mère, voulez-vous de la tourte ?

— Oui, elle est bien appétissante.

— Et toi, Madeleine, tu ne manges pas ? Va
donc, le bonheur doit donner de l'appétit. Dis-lui
quelque chose, Michel, t'as l'air tout triste aussi.
Un jour comme celui-ci, faut-être gai... Écoute,
le père Baptiste qui monte avec sa quille en bois,
tic toc, tic toc ; en voilà un qu'engendre pas la
mélancolie ; y flaire le vin de cinq étages ; vieux
soldat et portier, c'est ça qui fait soif. Entrez,
père Bastille; buvez un coup à la santé de maman
Ledoux. C'est sa fête.

— Volontiers, mes bons amis, répondit le portier, laissez-moi poser ce coffret et respirer un
tantinet. Dam, on n'est plus à vingt ans. On n'a
plus le pied solide comme le jour où l'on a pris la
Bastille dont ils m'ont donné le nom. Avec ça qu'à
Jemmapes on a troqué sa quille nature contre une

quille en bois... A votre santé, madame Ledoux. En v'là du velours, c'est plus doux qu'un plastron d'artilleur. A propos, voilà un petit caisson pour vous.

— Qn'est-ce que c'est qu'ça?

— Sais pas. Lisez, vous qu'avez été éduquée. Il y a de l'écriture là-dessus.

Maman Ledoux tira ses lunettes de l'étui de carton, les essuya avec son tablier et lut l'adresse collée sur le coffret :

A madame veuve Ledoux, place Maubert, 25.

— C'est bien pour moi... qui vous a remis cette boîte?

— Un commissionnaire... pas un naturel du quartier.

— Ouvrez toujours, la mère, dit Joseph.

— Avec quoi? c'est fermé à clef.

— Diable!... j'oubliais, dit le père Bastille; la voilà.

Tous les yeux étaient fixés sur le coffret qui contenait sept petites boîtes, portant chacune une inscription.

Sur la première, il y avait pour madame Ledoux; dedans était une belle croix au centre de laquelle était une émeraude de prix.

— Oh ! la belle croix ! dirent les jeunes filles; comme elle vous ira bien, maman; mettez-la ?

— Tout à l'heure, enfants, continuons notre examen.

Encore une croix : à Ursule Ledoux.

La croix était déjà au cou de la jeune fille.

— En voilà une autre pour Marie Ledoux. Eugénie avait la sienne et la joie de Félicité fut au comble, quand elle vit qu'elle n'avait pas été oubliée.

— Doù viennent ces bijoux ? est-ce à vous que nous les devons, mes fils ?

— Nous aurions voulu vous faire d'aussi jolis présents, que nous n'aurions pas pu. Il y a encore quelque chose dans le coffret.

D'une boîte carrée, entourée d'une faveur rose, on tira une montre d'or. Une belle clef pendait au ruban de moire. Sur la cuvette était gravé le nom de Joseph Ledoux.

— A moi, ça ? dit Joseph tout tremblant d'émotion; à moi, ce bijou ? Dieu du ciel ! j'ai jamais mérité ça. Qu'est-ce qui veut donc que je me fasse tuer pour lui?

La boîte portant le nom de Madeleine Robert, était plus grande que les autres.

— Ouvre là toi-même, dit Michel, craignant de voir son amie moins bien partagée que les sœurs.

La jeune fille enleva le couvercle d'une main tremblante et tira un joli bouquet de fleurs d'oranger. Sur le devant, était attachée une riche épingle d'or et la tige était prise dans un bel anneau de fiancée. Comme son petit cœur battit, quand Michel mit le bouquet à son côté. Mais, dit-elle, il n'y a rien pour Michel !

— Si, vraiment, voilà une lettre :

A M. Michel Ledoux.

— Fais-nous le plaisir de nous la lire, Madeleine.

— Volontiers.

    « Mon cher Michel,

» Au péril de vos jours, vous avez conservé un
» fils à sa mère, un officier à l'armée. Les légers
» présents que j'adresse à ceux qui vous sont
» chers, ne sont pas le prix de votre généreuse
» action. C'est un simple hommage à l'heureuse
» famille qui a le bonheur de vous compter au
» nombre des siens. Vous le voyez, il n'y a rien
» pour vous; je ne veux vous offrir que mon
» amitié. Ce sera celle d'un bon et tendre frère.

» Ne la repoussez pas et venez embrasser ma
» mère.

» Henri Duchesne,

» *Officier d'artillerie.* »

Qu'elles sont douces les larmes que le bonheur fait répandre !

—Je l'avais bien dit ! s'écria Joseph, je l'avais bien dit. Oh ! oh ! le ciel est juste. Oh tonnerre ! j'aurai donc deux frères ! et dire qu'on n'a qu'une seule vie à offrir à ces gens-là... faut que je boive, j'étouffe.

Le repas se termina joyeusement à cette table dont tous les convives ne devaient peut-être pas se réunir de longtemps. Le père Bastille fut obligé d'accepter le bras de Joseph pour descendre l'escalier. Il fallut entendre l'éternelle histoire de la prise de la Bastille, mais le brave portier avait quelques litres en réserve, et Joseph avala l'histoire et le pichet.

La mère Ledoux allait se retirer dans sa chambre avec ses filles.

— Maman, dit Michel, je voudrais dire deux mots à Madeleine ; priez-la de rester un instant avec moi.

— Madeleine?

— Maman.

— Ton cousin veut te parler.

— Ma tante…

— Allez donc, petite fille, allez.

III

En donnant une belle âme à Michel, la nature n'avait pas oublié l'enveloppe. C'était un garçon à faire l'orgueil de toutes les mères, l'admiration de toutes les jeunes filles. Une distinction instinctive l'avait garé de ces habitudes qui font un type souvent trop vulgaire de l'ouvrier parisien, toujours gouailleur et casseur, comme on dit.

Michel était assis dans le grand fauteuil de sa mère, quand Madeleine entra.

— Viens, ma bonne cousine, viens, ma sœur, ma petite femme; ne tremble donc pas. Ne suis-plus ton ami?

— Oh si!... mais je ne puis m'en empêcher, Michel. J'ai le pressentiment de quelque malheur.

—Allons, donne-moi tes deux mains et regarde dans mes yeux... que te disent-ils ?

— Que tu m'aimes ; il y a longtemps que je le sais. Mais moi, est-ce que je pourrais exprimer les sentiments que j'éprouve ? Une sœur pourrait-elle te chérir plus que je te chéris ? L'épouse la plus dévouée ne saurait t'aimer comme je le fais. Pour toi, mon ami, j'irais jusqu'à sacrifier mon bonheur.

— Madeleine, vous êtes un ange.

— Tu me dis vous ?

— Tu es un ange... et bien, oui, c'est un sacrifice que je viens te demander ; ne crains rien, il sera partagé, j'en prendrai plus que ma part. Ce joli bouquet, cet anneau de fiancée que tu admirais tout à l'heure... il faut le conserver pour un temps plus heureux.

— Oh ! mon Dieu !... que veux-tu dire ?

— Je veux dire que je t'aime au point de renoncer pour toi à ma part de Paradis, et que cependant je vais te quitter.

— Pour longtemps ?

— C'est le secret de Dieu... et si je ne te revois plus, si je meurs, ma dernière pensée sera pour toi.

— Tu veux m'abandonner! Ai-je bien entendu?

— Une seule pensée pourra adoucir la douleur
de notre séparation : c'est que pendant que j'accomplirai un devoir, un cœur qui m'est dévoué
priera le bon Dieu pour moi. Je pars et je t'aime;
tu vois donc qu'il le faut absolument.

— Hélas ! si j'étais seulement ta femme. Attends un peu (ce n'est pas mal, n'est-ce pas, ce
que je dis là)? il ne faut pas beaucoup de temps
pour accomplir les formalités d'une union qui
fera mon bonheur; dis, attends un peu, quelques
jours.

Madeleine tenait dans ses mains la chevelure
de son brave cousin. Ses chastes lèvres se po-
saient avec amour sur le front de son fiancé. Tu
partiras après... dis... tu vois bien que je pleure?

Ces baisers, Michel les lui rendait. Un nuage
passait sur ses yeux. Madeleine !... Madeleine!...
va-t'en... mon Dieu !... merci. Voilà Joseph.
Adieu, ma sœur. Silence, tu sauras tout plus tard
et si ma mère pleure, tu seras là pour essuyer ses
larmes.

Madeleine était partie quand Joseph entra. Si
ses jambes étaient peu solides en ce moment, en
revanche il avait la langue un peu épaisse.

—Faut lui rendre justice, dit-il, c'est un drôle de corps tout de même que le père Bastille. Il m'a conté son histoire tout au long. Je l'ai déjà entendue cent fois; c'est égal, j'ai eu de l'agrément, y a toujours du nouveau. Ce soir, ne m'a-t-il pas dit qu'il avait servi sous Jean sans Terre! Il n'est pas fort sur l'histoire, le père Bastille, mais je crois qu'il brode.

— Et toi, tu festonnes, Joseph.

— Un brin, peut-être, tant pis ; c'est pas tous les jours la Sainte-Catherine, et la Sainte-Catherine Ledoux, encore !... trois heures de sommeil, il n'y paraîtra plus. Quand tu seras marié... tu sais... je chanterai : *C'est la mère Michel qu'a...*

— Joseph, écoute, ou plutôt je te suis, j'ai à te parler sérieusement.

— Ah! parle, bon frère, que veux-tu? dis... va franchement. Est-ce ma montre? elle est à toi... j'y tiens beaucoup, cependant.

— Non, il ne s'agit pas de montre, mais d'un objet bien plus précieux. Assieds-toi, Joseph ; donne-moi ta main, mon frère. Oui, il s'agit d'un bijou plus rare que celui que fabriquent les hommes.

— Qu'est-ce donc? de quel air tu me dis ça !

— Ce qu'il y a de plus précieux que l'or, les pierreries...

— C'est...

— C'est l'honneur !

— L'honneur ! j'y ai jamais manqué !

— Mon frère, c'est vrai ; mais les circonstances pourraient te faire accuser.

— Comprends pas.

— Je ne chercherai pas de détours. Si je te parle à cœur ouvert, si je te fais voir le mal, c'est pour qu'il soit réparé... nous le réparerons à nous deux.

— J' sais pas deviner les rébus ; explique-toi. Je suis sur les charbons.

— Mon frère, avant de te donner la clef de cette énigme, il faut que tu me jures de faire ce que je vais te demander.

La voix de Michel était devenue solennelle. Joseph, après un instant d'hésitation, dit : Je le jure.

— J'ai ta promesse, écoute. Tu sais que ce soir j'ai quitté l'atelier avant toi. Tu étais occupé et tu n'as pas vu le commissionnaire qui m'a apporté un billet. A la lecture de ce billet, j'ai couru jusqu'à la rue Galande.

— Rue Galande...

— Au numéro 36.

— Ah ! mon Dieu !

— Je suis monté au troisième.

— Achève.

— J'ai frappé une fois, deux fois...

— Laisse-moi ! j'y cours...

— Reste, que j'achève. A mes coups répétés, ne répondirent que des gémissements, des plaintes étouffées. Une forte odeur de charbon remplissait le couloir. J'enfonçai la porte, et je trouvai sur un petit lit tout blanc une jeune fille qui se tordait dans les convulsions d'une douloureuse agonie.

— Gabrielle !

— Oui, Gabrielle qui gisait sur ce lit, parée comme une fiancée. A mes cris, une brave voisine accourut et, à force de soins, nous fîmes revenir à elle la jeune fille. Mon Dieu ! dit-elle, pourquoi m'empêche-t-on de mourir ?

— Je ne veux pas que vous mouriez, Gabrielle, lui ai-je répondu.

Elle me regarda fixement. Éloignez cette femme... ma bonne voisine... laissez-moi un instant.

La voisine se retira.

— Il faut bien que je meure, je suis désho-
norée.

— Vous, Gabrielle !...

— Oui. Je porte en mon sein... ne le dites pas
à Joseph, au moins... il déserterait.

— Et vous croyez que je veux laisser mourir
ma sœur, moi !... Allez, pauvre enfant, vous
aurez votre Joseph.

— Mais il va partir pour l'armée.

— Il ne part plus ?

— Vraiment !...

— Je partirai à sa place.

Analyser ce qui passait en ce moment dans le
cœur de Joseph, serait impossible à un pauvre
écrivain comme moi. A genoux, près de son frère,
il lui baisait les mains.

— Oui, Michel, c'est beau, ce que tu as fait
là. Merci pour la mère, merci pour l'enfant.

Tout à coup une pâleur livide envahit son visage.

— Oh ! c'est mal, ce que je faisais ; Michel,
pardonne-moi. Je ne veux pas que tu partes. On
tue là-bas, à la guerre. Toi, mourir pour moi ?

oh ! non... tu ne partiras pas... je ne sacrifierai pas mon frère !

— Je sacrifie bien mon bonheur, moi !

— Non... non...

— Il le faut. D'ailleurs, j'ai ton serment. Je ne te demande qu'une chose : c'est de bien travailler pour notre mère, les petites, pour ta sœur Madeleine. J'ai ta promesse, n'est-ce pas ?

— Michel, Michel, embrasse-moi !

— Pas un mot jusqu'à mon départ, pas de tristesse. Crois-moi, frère, il faut apprendre dans cette vie à cacher une angoisse sous un sourire ; bonsoir.

— Tu t'en vas ?... frère... reste encore ?

— Non, il faut que je parte de bon matin pour être à l'heure de l'atelier. J'ai bien des choses à faire d'ici quinze jours. Mes journées sont comptées, les temps sont un peu durs et quelques écus de plus, comme tu disais ce soir, feront du bien au ménage.

Michel, retiré dans sa chambre, poussa un gros soupir. Une larme glissa sur son oreiller quand il laissa tomber sa tête, puis il s'endormit. Le sommeil est frère de l'honnêteté.

Lorsque six heures sonnaient, il sortait de la

maison. Il avait conservé ses vêtements de tous les jours, seulement, sa blouse était roulée sous son bras. Un quart d'heure après, il frappait à la porte d'une maison portant le numéro **17** de la rue de Seine.

— Monsienr Henri Duchesne, s'il vous plaît ?

— Pas levé, répondit le concierge.

— J'attendrai. Il faut que je lui parle ce matin... à quel étage demeure-t-il ?

— A quel étage ? toute la maison est à lui, parbleu... revenez à dix heures. C'est-y pour des travaux ? c'est à moi qu'on s'adresse, avec moi qu'on s'arrange...

— C'est à lui-même que je dois parler.

— Ah ! ah ! c'est différent. Revenez plus tard. Hé ! dites donc, Pierre, hé ! cocher ! voilà-t-il pas un monsieur qui voudrait parler à notre maître à c'te heure-ci ?

Pierre s'approcha du jeune ouvrier, le regarda fixement et dit :

— Monsieur Michel, venez avec moi.

— Vous me connaissez donc ?

— Un peu, mon garçon ! sans vous , Pierre Robin prenait son dernier bain. Et vous, père grognon, à c'te niche.

L'appartement du lieutenant était au premier étage. Pierre introduisit l'ouvrier serrurier.

Il y a des visages sur lesquels on lit tout de suite. Sur celui de Henri Duchesne, on lisait : courage, bonté, candeur et loyauté. Il y avait du Kléber dans cette bonne figure ouverte que surmontait un chef bouclé. On n'a pas besoin d'étudier ces gens-là pour savoir que, pour eux, l'amitié est un besoin, l'honnêteté nécessaire, la bienveillance naturelle et la bassesse un crime. A ce jeune homme, un ministre eût confié, sans hésiter, ses plus intimes secrets; un père eût donné son enfant, un banquier son argent. Je connais de ces figures-là.

Michel s'arrêtait sur le seuil. Henri n'hésita pas un seul instant.

— Michel! Michel! dit-il, prenez ma main... je vous connais... vous êtes un digne jeune homme. Je suis fier d'être votre obligé.

— Monsieur...

— Il n'y a pas de monsieur entre nous, il n'y a que des frères.

— Merci!

— D'où vient donc cet air froid ?

— C'est que j'ai un grand service à vous demander.

— Un grand service !... que ne suis-je le plus lucide des devins pour prévenir vos désirs. Sans rien savoir, j'accorde tout.

— Mon frère, répondit Michel, va se marier, il faut qu'il se marie... bien qu'il soit appelé sous les drapeaux. Son départ ferait mourir sa fiancée. Je veux partir à sa place, aplanissez-moi le chemin.

— Et ta fiancée, Michel ?

— La mienne est résignée.

— Mais ton frère ?...

— Est un honnête garçon qui répare...

— C'est bien, ami, Viens, tu vas voir si je tiens ma parole. Et prenant Michel par la main, il le fit entrer dans une chambre contiguë. Une dame, agenouillée près de son lit, priait

— Ma bonne mère, je te présente mon frère d'armes.

IV

Le 6 septembre 1812, la veille de la bataille de la Moskowa, la division du général Morand bivaquait à l'est de la Kologha, non loin de Borodino. Le ciel était d'un bleu limpide, les étoiles brillaient comme à l'approche du froid et l'astre de la nuit semblait passer en revue ces légions de héros dont un grand nombre ne devaient plus rêver à sa douce lumière.

Étendus sur la dure, officiers et soldats se reposaient des fatigues d'une longue journée de marche. Cependant, tous ne dormaient pas ; quelques-uns devisaient à demi-voix, entre autres le maigre Pitard, soldat de la deuxième compagnie du 30ᵉ régiment de ligne et son caporal Malardier.

— Pas vrai, caporal, dit le premier, que voilà un ciel magnifique?

— Un beau ciel, ça, merci!

— J'sais bien que c'est pas celui de l'Auvergne...

— L'Auvergne, c'est mon pays, c'est vrai, mais je dois rendre justice au firmament de l'Italie, jeune Pitard. En voilà un qu' a des étoiles, et des étoiles qui filent, par-dessus le marché.

— Y en a aussi en France; mais, dites-moi, caporal, vous qui êtes savant, puisque vous étiez magister avant qu' d'être dans les honneurs, qu'est-ce que c'est que des étoiles qui filent?

— En quoi le déplacement de leur système lumineux peut-il vous intéresser, menton sans barbe?

— Dame, on veut savoir...

— Ainsi, t'éprouves le besoin de t'instruire. Y n'y a pas quinze mois que c'est incorporé, et ça voudrait déjà tout savoir! moitié d' pékin, tu veux me faire parler?

— Caporal Malardier!...

— J'aime pas les colles. Quand j' les avale, faut qu' ça soit noyé dans un verre de n'importe quoi.

— Y n'y a que d' l'eau ici... c'est-y ça que vous appelez du n'importe quoi ?

— Au diable ! si les gourdes sont vides !... Je me renferme dans un mutiste obstiné. Encore si on avait une pipe de tabac !

— Vous en faut-il beaucoup, mon honoré supérieur ?

— Eh ! non, apprenti vétéran ; la pipe est encrassée. On la gratte pas, et pour cause... disette de foin ! ça n' tient pas plus qu'une dent creuse.

— Permettez, conséquemment, que j'aie celui de vous en présenter tout autant qu'il en serait nécessaire pour emplir toutes celles de la cantinière du bataillon, une once, quoi ! sans papier.

— Donne.

Le caporal, avec cet air flegmatique de tous les caporaux passés, présents et futurs, tira de sa poche une énorme pipe de buis qui ne se renfermait guère dans les bornes du programme annoncé. Le paquet de tabac suffit à peine pour remplir l'énorme godet.

— Excusez... dire que j'ai escofié un Russe rien que pour garnir la pipe du caporal... à lui seul, il en consumerait des Russes.

Le digne Malardier battit le briquet, alluma

lentement son tabac, lâcha solennellement quelques bouffées de fumée et ramena l'instrument à la hauteur de la ceinture.

— Ainsi, Pitard, vous disiez donc que votre intention était d'exprimer le désir, bien naturel d'ailleurs, d'avoir une explication succincte et intellectuelle sur les étoiles qui se permettent de quitter le rang qui leur est assigné par leur commandant supérieur?

— C'est l'intention que je crois avoir catégoriquement manifestée.

— Donc, Pitard, pour ne pas vous laisser le bec dans l'eau, comme à l'âne de M. Buridan, je vous dirai que les étoiles filent parce qu'elles ont leur raison pour ça, entendez-vous ?

— Parbleu !... mais c'est la raison, le motif de la balançoire. Oh ! passez-moi la pipe, que je tire une goulée.

— Attention ! voilà la vraie explication : les étoiles qui filent, c'est comme qui dirait des Russes qu'a peur, des Russes qui s'évacuent... Fait pas chaud, ici.

La conversation fut interrompue par un importun.

— Holà, vous autres, avez-vous bientôt fini

de bavarder? Vous feriez bien mieux de vous re-
poser. S'il fait froid ce soir, consolez-vous, il fera
chaud demain, croyez-moi.

— Chut! c'est le sergent Michel Ledoux; ren-
gaigne ta langue. Il n' badine pas, celui-là.

— L'sergent a raison; faut dormir, Pitard.
Étale ton séant, prends ta mesure pour demain,
si t'est encore entier. Tiens, fais comme le tambour-major; ronfle-t-il, celui-là?

— Il fait le roulement.

— Oui, ça dort comme si c'était fatigué. Ça a
pas de sac, pourtant... pas de fusil.

— C'est pas ça qui m'enrage. Pourquoi qu'on
prend les tambours-majors dans les bels hommes?

— Hein! est-ce que le susdit t'aurait causé
des désagréments auprès du sexe?

— Parlez bas, caporal... vous avez celui d'être
un sephinx.

— Ne te plains pas, Pitard; son baudrier a
bien éclipsé mes galons.

— Et vous ne lui en voulez pas?

— Ah! n'était la discipline, et qu'en campagne
les disputes ça doit se remettre au canon des
Grecs, je lui aurais fait avaler sa canne.

— Dites-donc, caporal, approchez un brin; il

fait bien l'malin ! si on y jouait une farce , la, un bon tour, qué qu' vous diriez ?... quelqu'un que que vous connaîtriez- pas, ou que vous auriez la feinte de l'ignorer ?

— Dame !...

— Dame, quoi ?

— Je regarderais peut-être bien les étoiles qui filent.

— Eh bien ! je suis votre homme.

— Toi, Pitard ?... il en mangerait six comme toi.

— Il n' mangera qu' ses moustaches, il les ronge toujours.

— Je ferme les yeux.

— Un instant.

Pitard continua, mais plus bas encore :

— Vous avez dans votre sac tout ce qu'il faut pour écrire ?

— Oui, mais il ne fait pas clair.

— Inutile... donnez-moi seulement des pains à cacheter.

— Nisco... dérobe-les si tu veux, là à gauche. Faut un alibi à mon innocence.

Pitard prit une douzaine de pains à cacheter et s'avança, en rampant, vers le tambour-major qui ronflait de plus belle. Puis il mit dans sa bouche, un à un, lesdits pains, qu'il collait ensuite doucement sur les paupières de son ennemi. Cela fait, il revint à sa plâce, se réjouissant d'avance du résultat de sa plaisanterie.

A peine avait-il la tête sur le sac, qu'un artilleur, muni d'un falot, parut sur la scène.

— Le sergent Michel Ledoux, s'il vous plaît?

— Là, à droite.

L'artilleur reconnut son homme.

Le sergent dormait. Il rêvait, sans doute, car des sons inarticulés sortaient de ses lèvres entr'ouvertes.

— Oui, pensa le soldat, il rêve à sa Madeleine, à sa mère, le pauvre garçon... c'est sûr... faut cependant que je l'éveille. Puis, le touchant à l'épaule, il lui dit à demi-voix :

— Sergent Ledoux, le capitaine Duchesne a deux mots à vous dire. S'il n'y avait défense formelle de quitter la batterie, il serait venu vous trouver. C'est pour ça qu'il vous prie de m'accompagner.

— Ah ! c'est toi, mon brave Pierre ; marche, j'emboîte le pas. Le capitaine se porte bien ?

— Oui, sergent. Je dis sergent aujourd'hui,

mais d'ici à quelques jours nous verrons la vraie épaulette... hein, sera-t-elle glorieuse maman Ledoux, quand elle verra que son Michel est devenu un vrai guerrier?... et la jolie Madeleine Robert, comme elle sera fière de donner le bras à un gentil officier décoré sur le champ de bataille ! car vous le serez.

— Hélas ! les reverrons-nous, mon bon Pierre?

— Si vous les reverrez ! J'en réponds, moi, ou le bon Dieu ne serait pas le bon Dieu !

— Qu'il t'entende, mon ami !

Après une marche d'un quart d'heure, les deux compagnons arrivaient près de la batterie du capitaine Duchesne. Celui-ci se retourna, prit la main du sergent et le fit asseoir à côté de lui sur le brancard d'un caisson.

— Michel, dit-il, selon toutes les apparences, nous sommes à la veille d'une affaire sérieuse. L'armée russe, massée près de Borodino, s'apprête à nous disputer le chemin de Moscou. Nous passerons ; mais combien de braves soldats mordront la poussière, Dieu seul le sait. Des amis doivent donc se dire adieu comme s'ils ne ne devaient plus se revoir. Si les balles ennemies épargnent l'un de nous, rappelez-vous, Michel,

que c'est au survivant à porter à la mère du défunt les derniers vœux de son enfant. J'ai préparé une lettre que je vais vous remettre. Vous
allez en écrire une semblable, dont je me charge-
rai. Ça fait toujours du bien à une mère de conserver la dernière pensée de son enfant : lisez
Michel.

    « Ma bonne mère,

» C'est entre deux canons, sur mes genoux,
» que je trace ces quelques mots qui vous seront
» remis par mon frère d'armes. Demain, nous
» allons en venir aux mains avec l'armée russe.
» S'il plaisait à Dieu de me rappeler à lui, dites-
» vous que votre fils est mort glorieusement sur
» le champ de bataille et priez-le de vous donner
» la résignation. Mon ami doit remplacer l'enfant
» que vous aurez perdu. »

    — Il était inutile d'en dire plus long, ses lar-
mes l'empêcheraient sans doute de lire la lettre
jusqu'au bout.

    — Vous avez raison, capitaine ; donnez-moi la
lettre, je vais la copier mot pour mot.

    Michel eut bientôt écrit le billet, qu'il remit à
Henri Duchesne en échange du sien.

    — Avant que vous ne me quittiez, je dois vous

dire que je sors de la tente du général Bonnamy. Comme vous le pensez bien, je lui ai parlé de vous, sans lui cacher toute l'amitié que je vous portais. Capitaine, m'a-t-il répondu, je vous remercie de me mettre à même de récompenser un brave et digne soldat... si j'existe demain, il aura l'épaulette d'or.

Les deux amis causèrent encore quelques instants à voix basse, douce et secrète communion de deux belles âmes, trop rares, hélas! en ce monde, où tous liens se brisent au contact de l'égoïsme et de l'intérêt. Une dernière poignée de mains fut le signal du départ; le mot d'adieu ne fut pas prononcé. Michel s'éloignait, les yeux pleins de larmes, quand un artilleur lui barra le passage; c'était Pierre, l'ancien cocher.

—C'est à mon tour, sergent, à vous dire adieu. Je ne vous dirai que deux mots : les baïonnettes russes pourront fouiller ma poitrine, elles n'y rencontreront que la reconnaissance de Pierre pour son sauveur.

— Dites votre ami.

— Votre ami... vous me permettez ce titre, sergent. Ah bigre! invalide! pardonnez-moi, mais c'est si bête à un homme, à un artilleur, de pleurer ! Adieu, et soyez sûr que ma grondeuse sera toujours pointée contre ceux qui vous attaqueront.

Quand Michel eut regagné sa compagnie, il se laissa tomber sur son sac. Le sommeil ne vint pas. Cependant, au point du jour, la fatigue allait l'emporter, quand des hurlements épouvantables s'élevèrent à quelques pas. Toute la compagnie fut bientôt sur pied. On croyait à une attaque des Russes. Pas du tout; c'était le pauvre tambour-major qui, se réveillant pour faire battre la diane, ne pouvait venir à bout d'ouvrir les yeux. Se croyant aveugle, le malheureux poussait des cris déchirants. On courut à lui, mais sa fureur augmenta lorsque des éclats de rire répondirent à son désespoir. Sa main se portait à son sabre... un petit tapin l'arrêta.

— Bougez pas, major, c'est rien du tout, ça; qui donc a pris vos yeux pour une lettre? Vous êtes cacheté comme un poulet d'amour. Donnez-moi de l'eau, vous autres?

Ce fut Pitard qui apporta le liquide demandé, Quant au caporal Malardier, il feignait le sommeil de l'innocence.

— Bon, voilà un quinquet de rallumé; à

l'autre maintenant. C'est égal, vous êtes bien mieux comme ça qu'avec vos gros yeux rouges et bleus. C'est p't-être dommage que vous ayez pas pu voir à travers ces satanés pains à cacheter, pour sûr vous auriez fait peur aux mangeurs de chandelles.

— Assez, gamin... tournez-moi les dalons. Ah! si je gonnaissais l'audeur de cette invernale blaisanterie !

Un coup de canon mit fin à ses menaces. Ce coup, parti de la batterie armée par le général Sorbier, donnait le signal de la bataille.

En un instant, tout fut debout : chaque officier à son poste, chaque soldat à son rang. L'arme au pied, on attendit l'ordre de marcher.

Le combat durait depuis deux heures avec diverses chances pour les deux armées. La fortune semblait indécise. Une batterie formidable, élevée par les Russes de l'autre côté de la Kologha, vomissait des torrents de flammes. Sa mitraille faisait de grands ravages dans les épais bataillons français. Il fallait faire taire à tout prix ces tonnerres meurtriers. La division Morand s'ébranla et marcha résolûment vers la batterie sous le feu de quatre-vingts pièces d'artillerie. La Kologha fut traversée et le 30ᵉ régiment de ligne, ayant à sa tête le général Bonnamy, se rua aux cris de : Vive l'Empereur ! sur la formidable ligne de bronze. Le brave guerrier pénétra dans la batterie à la baïonnette. Elle était à nous, mais la moitié du régiment s'était fait tuer. Le général reconnut bientôt qu'il ne pourrait s'y maintenir avec une poignée de soldats exténués. Les divisions russes arrivaient au pas de course. Entouré de toutes parts, le brave Bonnamy résolut de se défendre jusqu'à la dernière extrémité et de mourir glorieusement à son poste.

Ah ! il faut un grand courage pour voir d'un œil sec tomber autour de soi tant de braves compagnons d'armes. Renversé, foulé aux pieds dans la mêlée, le général se releva : il était séparé des débris de son brave régiment ; un seul de ses soldats restait auprès de lui. C'était le sergent Michel. A deux, ils se défendirent comme des lions. Bientôt l'un des lions tomba, ce fut Michel, une balle lui avait traversé la poitrine. Une seconde après, le général gisait sur le champ de carnage, le corps percé de vingt coups de baïonnettes.

22

V

Comme le loup qui guette l'absence du berger pour tomber sur le troupeau, le malheur semblait n'avoir attendu que le départ de Michel pour fondre sur la famille Ledoux. A peine le jeune ouvrier eut-il franchi le seuil de cette demeure où il était tant aimé, que l'adversité pénétra dans ce logis avec tout son sinistre cortége, et, depuis cette époque, tout alla de mal en pis dans le ménage. Bonne mère Ledoux, pleurant sans cesse l'enfant qu'elle regardait comme perdu, le chagrin fut à la fin plus fort que la résignation et la pauvre femme tomba malade. Deux mois se passèrent, pendant lesquels on désespéra de ses jours. Ce ne fut qu'aux soins touchants, continuels, au dévouement de Madeleine Robert, sa fille d'adoption, aux mots d'espoir qu'elle lui murmurait à l'oreille, qu'elle dut, sinon une guérison complète, au moins un soulagement à sa douleur. Pauvre ange consolateur ! où cette bonne Madeleine puisait-elle ce courage qui fait oublier ses propres maux pour ne penser qu'à ceux d'autrui? dans l'amour, la reconnaissance, dans l'accomplissement du devoir.

Un malheur n'arrive jamais seul. Au moment où Joseph allait s'unir à Gabrielle, la jeune fille mourut. On ne put sauver son enfant. Hélas ! Joseph ne pensa pas à celui qui d'en haut verse le baume sur les plus cruelles blessures. Michel n'était plus là pour le soutenir. Il alla demander au cabaret les consolations abrutissantes des liqueurs fortes. Souvent il oublia d'aller à l'atelier, passant les journées dans les lieux où tant d'ouvriers désœuvrés donnent à la paresse le temps qu'ils doivent à leur famille. Le peu d'argent qu'il rapportait à la maison était loin de suffire aux exigences du ménage. Joseph s'excusait sur le manque d'ouvrage. Le soir, il rentrait fort tard, et quelquefois passait les nuits dans ces bouges sans nom où l'on s'enivre à bon marché. Un soir, ou plutôt un matin, qu'il venait demander au sommeil un peu de repos, après une nuit de débauche, sa mère se présenta devant lui.

— Joseph, dit-elle, d'où venez-vous ?

— De travailler, parbleu !

— De travailler... malheureux ! vous êtes ivre !...

— Moi, en ribotte?... excusez, je suis fatigué, voilà tout.

— N'ajoutez pas le mensonge à tous vos vices.

— Avez-vous bientôt fini ?

— Non, monsieur, je n'ai pas fini. Je viens enfin vous demander compte de votre conduite.

— Est-ce que vous me prenez pour un enfant?...

— Un enfant, répéta madame Ledoux avec amertume, non; car un enfant ne s'abrutit pas comme vous le faites. Jetez un regard vers le passé, fouillez dans votre mémoire, et demandez-vous si jamais vous avez vu votre père dans un pareil état ? Qu'avez-vous promis à votre frère ?

— Ah ! si nous arrivons à Michel, le chapitre va être long. J' vas m' coucher.

— Vous m'entendrez jusqu'au bout. Vous lui aviez promis, à lui qui s'est sacrifié, à lui qui gît peut-être, à cette heure, sur un sol ensanglanté, vous lui aviez promis d'être honnête homme, vous lui aviez dit que vous seriez un bon fils, un frère dévoué...

— Un bon époux aussi, que vous pouvez ajouter...

— Ne blasphémez pas malheureux! au lieu de cela, vous n'avez été qu'un vaurien, qu'un lâche!

— Un lâche! moi... répétez pas!...

— Je le répéterai ce mot qui ne pourra même vous rappeler à vos devoirs. Quand votre mère, à peine rétablie, passe de pénibles nuits au chevet des malades pour rapporter à la maison un chétif morceau de pain, vous gaspillez dans les mauvais lieux le peu d'argent qu'une soif continuelle vous force à gagner en quelques heures; quand de pauvres filles s'usent les yeux sur un travail ingrat, pour aider leur mère, vous passez vos nuits à chanter et rire avec la lie du quartier; quand de braves soldats versent, au nom de la patrie, un généreux sang sur le champ de bataille, vous dormez, cuvant votre débauche; vous voyez bien que vous êtes un lâche!...

— Assez... assez!.. oh ! si vous n'étiez pas ma mère?

22.

— Votre mère, moi ! j'en rougis. Allez, Monsieur, si mes paroles, au lieu de vous faire rentrer en vous-même, ne font qu'exciter votre colère, frappez ! je ne suis plus votre mère !

—Laissez-moi partir... j'vais faire un malheur!

— Allez. Quittez cette maison, dont vous êtes la honte, où vous apportez le déshonneur.

La rage de Joseph montait, montait ; mais il ne frappa point. Il s'enfuit en s'arrachant les cheveux.

A la suite de cette scène, la mère Ledoux eut une rechute. On fut obligé de contracter des dettes; bref, la misère s'installa au foyer de la place Maubert.

S'il y a des pleurs dans les appartements dorés, si les riches étoffes qui les lambrissent interceptent des soupirs, si le chagrin et la douleur trouvent place dans ces palais, dont le luxe et la somptuosité décorent les quartiers riches de la Capitale, ce n'est qu'en passant, le malheur y semble égaré. Il frappe au hasard, dit-on; mais par une triste fatalité ses plus nombreuses victimes sont les petits, et il y a loin des larmes de déception aux larmes de désespoir. Quelle différence entre l'homme qui a joui et passé sa vie dans la volupté, la richesse et les joies, et l'être qui rampe sur un sol ingrat, s'accrochant au malheur pour l'étouffer et sortir de la misère! la misère, compagne née avec lui et qui souvent reçoit son dernier soupir. La misère, enfer aux murs luisants et polis qui rejettent, brûlant, au visage, le râle que la fatigue d'une lutte impuissante arrache de la poitrine. Enfer où l'esprit présente le vol en disant : ceci est du pain; du sang : ceci est du pain; la prostitution, du pain. Et si le pauvre rejette avec horreur ces aliments fangeux, souvent tout reste pierre autour de lui. Honneur, cent fois honneur aux gouvernants qui cherchent à rouler un rocher sur ce gouffre hideux d'où sortent la débauche, le vol et le meurtre! Oui, sous le toit du pauvre, les larmes sont plus cruelles et coulent plus longtemps.

Revenons à Joseph. Nous le retrouvons dans le cabaret du père Chambertin, situé à l'angle des rues Saint-Victor et de la Montagne-Sainte-Geneviève. Au fond d'un long couloir était une salle pratiquée aux dépens d'une cour vitrée; un jour blafard éclairait à peine ce repaire aux odeurs nauséabondes.

Joseph Ledoux était assis dans un coin, la pipe

à la bouche et les coudes sur la table. Ses yeux ternes, hébétés, annonçaient non pas une ivresse complète, mais une surexcitation dangereuse. Ses vêtements, sales, tombaient en lambeaux. Lui aussi était entre des canons, mais de cette artillerie qui fait plus de victimes dans les légions des ouvriers parisiens que l'airain des batailles. Joseph buvait tout seul.

— Père Chambertin... allons donc ! criait-il, voilà une heure que je cogne... donnez-moi un canon.

— De vin ?

— Non, d'eau-de-vie.

—Joseph, vous avez assez bu, la, en ami; vous ne pourrez pas encore travailler demain.

— J' peux pas travailler quand j'ai du chagrin.

— J' sais bien qu'un peu de riquiqui, ça console, mais quand on en prend trop; ça fait l'effet contraire. Eh! j'oubliais de vous dire, votre cousine Madeleine est venue pour savoir ce que vous deveniez. Elle pleurait, la pauvre enfant, que ça fendait le cœur.

— Oui, y 'n' faisaient qu' ça à la maison. Y avait-y d' quoi ? parce que mon frère y est plus ! Avant neuf mois il était sergent. Il n'a pas eu la peine, lui, de pousser la lime pour nourrir une sequelle de famille. Voyez-vous, père Chambertin, vaut mieux être pleuré que de pleurer les autres. J'aurais dû partir; car, à part un petit morceau de plomb qui vous la coupe, c'est pas désagréable d'être soldat. Elle n'est pas trop forte votre eau-de-vie. Si j'avais rejoint le corps je serais peut-être bien officier.

— Votre frère le sera bientôt.

— C'est ce qui m' guignonne, voyez-vous! les lauriers qu'il cueille, c'est moi qui devais les cueillir... y me vole, quoi! croyez-vous que j'aurais pas pu, aussi bien que les autres, me carder le poil avec les Russes? On frappe!... voilà une pratique qui nous arrive; j' vas plus boire tout seul. Diable! c'est le patron : sont-ils embêtants les patrons! Y vous relancent partout... on peut pas être une minute tranquille.

Bonjour, monsieur Raymond; voulez-vous accepter le petit canon de l'amitié?... Père Mélange, une bouteille!

L'air sévère de M. Raymond, dont Joseph vient d'annoncer la qualité, coupa court à son invitation.

— Pardon... j'oubliais... un patron trinque pas avec un ouvrier, c'est dans la règle.

— Taisez-vous, Joseph. Moins que tout autre, vous devez m'accuser de fierté. J'ai été ouvrier comme vous; pouvez-vous nier que je n'aie été pour vous plutôt un camarade qu'un maître. La démarche que je fais en ce moment en est encore une preuve. J'ai reçu du Gouvernement une commande importante et je viens vous chercher.

—J'peux pas travailler aujourd'hui... demain, j' dis pas.

— C'est tout de suite qu'il faut me suivre. C'est à l'instant qu'il faut vous arracher à la funeste habitude que vous êtes sur le point de contracter pour jamais. Allons, Joseph, pensez à votre frère, à votre famille, que votre conduite réduit à l'indigence.

— Si c'est pour faire des sermons que vous êtes venu, suffit... vous pouvez rengaîner le compliment. J'en ai assez comme ça.

— Écoutez-moi donc une dernière fois et vous serez libre de rejeter mes propositions. Vous aviez coutume d'avoir un bon cœur; Joseph, réfléchissez donc, au nom de votre père, qui fut mon compagnon. Il me faut aujourd'hui un contremaître intelligent, sobre, un homme qui veille à mes intérêts, un homme qui m'empêche d'être coulé par les paresseux et les voleurs. J'ai jeté les yeux sur vous.

— Oui, c'est ça, je moucharderai les autres... beau métier, vraiment, merci !

— Vous serez logé chez moi avec votre famille. je vous donnerai 150 fr. par mois, plus une part dans les bénéfices.

— Moucharder, moi... allez-y voir. J' mange pas de ce pain-là.

— Ainsi, vous refusez ?

— Carrément.

— Eh bien, Joseph, d'aujourd'hui, vous cessez de faire partie de mes ouvriers; mes ateliers vous sont fermés pour jamais.

— Y a d'autres patrons... A votre santé !

C'est avec le cœur serré que le brave M. Raymond vit ses propositions rejetées. Joseph, dit-il, je vous en conjure une dernière fois.

— Vos ateliers? quand j'y mettrai le pied, y pleuvra des chiens.

— Adieu donc, malheureux enfant ! Dieu veuille que votre conduite ne vous porte pas malheur.

Hélas! la punition n'était pas loin.

Une jeune fille, Madeleine, tout en larmes,

était debout à la porte du couloir; elle tenait une lettre qu'elle remit à Joseph.

— Lisez, dit-elle.

Joseph essaya, mais sa vue était trouble; les caractères dansaient.

— C'est de la mère, est-ce pas?... connues les jérémiades; et il laissa tomba la lettre.

M. Raymond la ramassa et la lut. De grosses larmes coulaient sur ses joues.

— Joseph, dit-il en sanglotant, votre frère, votre pauvre frère...

— Mon frère...

— Mort!

A ce terrible mot, Joseph bondit sur son banc, sa face s'injecta de sang, ses veines se gonflèrent, ses yeux égarés semblaient prêts à sortir de leurs orbites, puis une pâleur livide succéda à cet état dont la durée eût amené la folie. L'ouvrier était complétement dégrisé, mais l'horrible mot résonnait encore son oreille.

— Oh! malheur à moi! s'écria-t-il d'une voix déchirante, assassin de mon frère... laissez-moi, abandonnez-moi... je veux mourir aussi! Ma mère, vous aviez bien raison de me maudire; mon pauvre frère, ce soir tu seras vengé!

— Joseph, Joseph, s'écria Madeleine, que dites-vous? c'est aujourd'hui que notre mère a besoin de son fils... Dans ses nuits sans sommeil, ne l'ai-je pas entendue murmurer ces mots pleins de tendresse : oubli et pardon? Venez, venez; vous ne sentez donc pas qu'elle brûle de vous embrasser.

— Dites-vous vrai? non, je n'en suis pas digne, mais je le deviendrai. Monsieur Raymond, je vous ai offensé, pardonnez-moi... prenez-moi chez vous, comme vous voudrez... Oh! si vous sentiez ce qui se passe là !

— Joseph !

— Oui, je sais bien, je n'ai été qu'un fainéant, un propre à rien; aujourd'hui je deviens un homme. Tenez, ajouta-t-il en prenant son verre qu'il brisa sur le sol, je promets que jamais une goutte de cette pernicieuse liqueur n'approchera de ma lèvre. Vous ne me repousserez pas, mon bon monsieur Raymond, n'est-ce pas? c'est pour ma mère, voyez-vous, pour ses jeunes enfants. Je vous en prie à genoux...

— Assez, assez, Joseph.... venez consoler votre mère.

— Merci ! merci !

VI

Le naufragé auquel la Providence jette une es-
parre au moment où la force l'abandonne, s'attache à cette planche de salut, s'y cramponne
avec l'énergie du désespoir, et dispute à la mort
une existence qu'il avait peut-être maudite bien
des fois. Au sommet de la vague, il interroge
l'horizon, cherchant une voile; ce n'est que lorsque ses forces sont épuisées qu'il est entraîné
dans l'abîme, luttant encore, dans son linceul
humide. L'honnête commerçant, ruiné par la
faillite du voisin, recommence avec courage à
ieter les fondements du bien-être de sa famille;
plus il éprouve de revers, plus le malheur le
poursuit, plus il redouble d'efforts, et s'il suc-

combe à la peine, ce n'est qu'après avoir espéré jusqu'au dernier moment. Mais le malheureux ouvrier tombé dans le bourbier de la débauche, y reste à tout jamais. L'ivrognerie et la paresse, comme deux masses inertes, pèsent sur ses épaules, et l'enfoncent chaque jour davantage dans l'abîme sans fond ; il y périra, si la main d'un ami ne l'arrache de force de la demeure de la Circé des faubourgs.

Joseph Ledoux avait eu ce bonheur. Ouvrant les yeux sur sa conduite passée, il avait rougi, s'était juré de devenir un homme, et avait noblement tenu parole. M. Raymond l'avait installé dans un bâtiment dépendant de sa fabrique située rue Notre-Dame-des-Champs, puis, pour ne lui laisser aucune occasion de rechute, il l'avait nommé devant tous ses ouvriers réunis son contre-maître et son associé. « Joseph, avait-il dit, est mon représentant, je lui délègue toute mon autorité ; il doit donc être l'intermédiaire entre vous et moi ; vous le connaissez tous, il a été votre camarade, j'espère qu'il restera votre ami. »

Presque tous les ouvriers reçurent avec joie la nouvelle de l'élévation d'un des leurs, et s'il se manifesta quelque mauvais vouloir de la part d'un petit nombre, Joseph eut le bon esprit de ne pas paraître s'en être aperçu.

Un seul de ses compagnons, une de ces natures hargneuses dont l'unique bonheur est de tourmenter tout ce qui les entoure, un seul, dis-je, ne laissait jamais passer l'occasion de lancer à Joseph de ces mots à double entente, qui ont le privilége de faire rire ceux mêmes qui ne les comprennent pas. C'est en ricanant qu'il le félicitait de l'heureux changement survenu dans sa position d'une manière aussi subite. « Y en a qu'ont du bonheur, disait-il, du bonheur et de jolies sœurs... Bah ! ça ne nous regarde pas ; chacun met sur son pain le fricot qu'il aime. Bref, Crépin Mariole, c'était le nom de l'ouvrier, ne perdait jamais l'occasion d'attaquer son contre-maître. Un jour qu'il venait de le gratifier d'une de ces dénominations aussi malsonnantes aux oreilles de l'ouvrier que le serait de nos jours l'épithète d'aristo, Joseph le prit dans ses bras et l'emporta comme un enfant dans la cour.

— Crépin, lui dit-il, avec ma blouse je n'ai pas déposé ma force, et si ma patience n'était plus grande que ta persistance à m'offenser, je te ferais repentir de tes attaques continuelles; mais j'aime mieux te faire juge du changement dont tu m'accuses et que tu me reproches. Ce disant, il l'entraîna dans l'appartement de madame Ledoux. Toute la petite famille était réunie en ce moment; la maman raccommodait le linge de la maison, les jeunes filles brodaient ou tricotaient.

— Crépin, dit Joseph, sans aucune explication au sujet de sa visite inusitée à cette heure, vois-tu cette bonne mère? vois-tu ces enfants? quand tous les deux nous allions au cabaret, tout ça souffrait la faim ; toi, tu es seul à Paris, moi je n'avais pas d'excuse. Si une main généreuse avait pris la tienne, si une voix amie t'avait dit : il ne tient qu'à toi de leur rendre le bonheur, qu'aurais-tu fait?

— Ce que j'aurais fait... tiens, tu es un honnête garçon... et moi un vaurien... J'ai une mère, et je l'ai oubliée aussi. Merci, Joseph, la leçon ne sera pas perdue. Tu sais, nous autres ouvriers de Paris, on peut s'oublier quelquefois, mais le cœur est toujours là, et les mots famille et patrie, ça fait vibrer les bonnes cordes. Donne-moi ta main ; tant pis, faut que je les embrasse, ces enfants.

De ce jour, la vie s'écoula paisiblement pour

la famille Ledoux ; l'aisance revint au logis, et si la brave veuve conservait dans son cœur le deuil de son fils mort ou absent, une douce résignation régnait seule sur sa bonne figure.

Reprenons le cours de notre récit ; **nous sommes au 21 juillet 1813**, la cloche du **Val-de-Grâce** avait à peine fini de sonner sept heures que celle de l'atelier y répondait annonçant la fin de la journée. C'était jour de paye, chacun se présenta à un petit guichet pratiqué au devant du bureau de Joseph ; là, on recevait le prix de son travail contre un reçu inscrit sur le registre de la fabrique.

Crépin se trouvait le dernier ; en lui remettant l'argent de sa quinzaine, Joseph lui dit :

— Mon bon ami, que fais-tu ce soir ?

— Dame ! on va peut-être boire un litre avec les amis...

— Veux-tu dîner avec moi ?

— Tu veux être des nôtres ?

— Non.

— Alors tu m'invites chez toi ?

— Mais oui.

— En famille ! cré non, tu me rends heureux ; cinq minutes de nettoyage, et je suis à toi.

Bien... on dînera dans une heure.

Joseph resté seul, vérifia ses comptes, remit dans la caisse les fonds dont il n'avait pas disposé ; il regagnait sa maison, quand un domestique vint le prier de passer auprès du patron absent depuis une dizaine de jours. Joseph y vola, tout heureux de presser la main de son bienfaiteur.

Lorsqu'il sortit de chez M. Raymond, ses yeux, levés vers le ciel, semblèrent remercier le Dieu des bonnes gens.

— Oh ! ma mère, dit-il, en comprimant les battements de son cœur, Dieu vous devrait bien cette consolation. Puis il courut à la maison.

— Bonsoir, bonne mère, embrassez votre petit Joseph.

— Tu viens bien tard, ce soir ?

— M. Raymond m'a appelé auprès de lui ; le brave homme, il s'intéresse tant à nous qu'il voulait me faire part d'une nouvelle à laquelle il ne faut peut-être pas ajouter une confiance totale, mais qui laisse une porte à l'espérance. Il vient donc d'apprendre du ministère de la guerre que plusieurs officiers blessés à la bataille de la Moskowa, et qui passaient pour morts, allaient rentrer en France.

23.

— Mon pauvre enfant, les prisonnniers là-bas, on les envoie en Sibérie.

— Ça c'est vrai... aussi on les conduisait bel et bien dans ce séjour de malheur, quand il arriva que dans une petite ville où ils passaient la nuit, et dont j'oublie le nom, un incendie se prit à dévorer la maison du gouverneur. Tout brûlait; des cris déchirants partaient des étages supérieurs ; personne n'osait porter secours aux malheureux; mais des Français étaient là ; ils ne pouvaient donc périr. Bref, les braves soldats sauvaient le dernier quand la maison s'écroula. L'empereur, touché de cet acte de dévouement, leur a rendu la liberté sans condition.

— Mon bon Joseph, Michel n'est pas parmi eux, il est mort.

— Eh bien non, je ne puis pas le croire, je ne le veux pas... j'ai eu trop de bonheur pour que Michel n'ait pas eu sa part; voyez-vous, mère, il y a là quelque chose qui me dit que nous le reverrons.

— Dieu t'entende! tu sais que c'est ce soir qu'on souhaite la fête de Madeleine.

— Oui, oui, vous avez reporté sur elle tout l'amour que vous aviez pour votre fils ; vous pouvez l'aimer et nous aussi, sans elle nous serions orphelins... Où est-elle donc, que je l'embrasse?

— Elle est allée à notre ancien logement de la place Maubert porter un léger secours à notre voisine la blanchisseuse, tombée en paralysie.

— Tant mieux, elle ne verra pas nos préparatifs. Allons, petites filles, mettez la table, trois couverts en plus.

— Comment trois?

Mais oui... des folies. J'ai invité ce pauvre Crépin qui est converti. Il ne m'a pas donné autant de peine que je vous en ai causé, puis une autre personne s'est invitée elle-même.

— Un étranger?

— Non, un beau jeune homme, M. Henri Duchesne, qui est votre enfant aussi, puis un de ses frères, s'il peut l'amener. Dépêchez-vous donc, vous autres, on monte. Je reconnais ce pas là. Non, c'est Crépin, il n'a pas perdu de temps. Merci, mon ami; cause un brin avec la mère... Qu'est-ce que tu as donc là sous ta redingote?

— Un bouquet, parbleu, dit Crépin à demi-voix; crois-tu que je sais pas? c'est les saints anges aujourd'hui. Il me semble que j'entends le patron; donne-moi la lampe que je l'éclaire...

Dis-donc, il est avec un officier ; est-ce qu'ils vont dîner ici ?

— Sans doute.

— Ça les contrariera peut-être que tu m'aies invité?...

— Un ouvrier honnête n'est déplacé nulle part. Qu'est-ce que je suis donc, moi?...

— Bien... bien... Bonsoir, monsieur Raymond. Monsieur, votre serviteur.

Après avoir offert des siéges à ses invités, Joseph se mit à la fenêtre... Que peut donc faire Madeleine. Eh! mais c'est elle... Oh! mon Dieu, elle se soutient à peine. Bigre, elle va tomber!... et il s'élança au-devant d'elle.

Deux minutes après, il reparaissait portant dans ses bras la jeune fille toute pâle, toute défaite.

— Madeleine, Madeleine, qu'avez-vous? vous aurait-on insultée? ma sœur bien-aimée, répondez-moi?... elle revient.

Madeleine promena ses regards sur tous les assistants, but un peu d'eau, et rendit le verre à madame Ledoux.

Que vous est-il donc arrivé, mon enfant?

— Je suis folle, sans doute, répondit Made-

leine, mais je n'irai plus là-bas, place Maubert,
où je fus cependant si heureuse. Je sortais de la
maison... j'ai cru voir Michel, votre fils; sa pauvre âme reviendrait-elle aux lieux où il a tant
aimé...?

— Faut chasser ces idées. Eh bien, Madeleine,
dit Joseph, pour faire diversion, on n'embrasse
donc pas son petit frère? vilaine enfant, m'a-
t-elle fait peur! allons! donnons la main à M. Duchesne, et qu'on se mette à table; maman, vous
serez à côté de M. Raymond, Crépin, près d'Ursule.

— Avant de nous asseoir, laissez-moi, messieurs, embrasser ma bonne Madeleine, en lui
offrant ce bouquet. Ma fille je te souhaite ta
fête.

La jeune fille reçut les souhaits de tous les
convives; elle savait qu'il n'y avait là que des
cœurs sincères.

On se mit à table, on causa du passé, de l'a-
venir; les petites filles commençaient à jacasser,
quand des coups bien mesurés résonnèrent dans
l'escalier.

— Je connais ce tic toc-là, dit Joseph; pour
sûr, je connais ça.

— J'y suis, j'y suis, c'est le père Bastille, j'ai toujours dit qu'il flairait le vin d'une lieue.

Effectivement, c'était le père Bastille avec sa quille en bois..

— Bonsoir, la compagnie ; ouf! c'est pas haut ici, mais j'ai couru.

— Eh bien, un petit coup.

— Bonne idée : je crierai bis.

— Quel bon vent vous amène, parlez, messager boiteux, mais diligent ; quelle nouvelle apportez-vous ?

— Des nouvelles, j'en apporte pas... mais je suis chargé de remettre cette petite boîte...

— C'est bon, c'est bon ; donnez.

— C'est pas pour vous... c'est pour une demoiselle, lisez.

— Pour mademoiselle Madeleine Robert.

— Que signifie...

— Voyons tout de suite, poursuivit Joseph, voilà la corde coupée ; ouvre toi-même, Madeleine.

La jeune fille tira du coffret un jolie bouquet de mariée, en tout semblable à celui qui lui avait été offert autrefois. Ses yeux mouillés de larmes interrogeaient tous les visages.

— Joseph, Joseph, s'écria madame Ledoux, on nous cache quelque chose ! que devons-nous espérer ; vous ne voudriez pas vous jouer d'une pauvre vieille comme moi?... Dites, dites, oh ! je suis forte, allez. Madeleine ! Madeleine ! Michel doit-être là !

Un cri perçant l'interrompit. Madeleine avait aperçu dans la glace une image chérie ; un bel officier portant sur sa poitrine la croix des braves.

— Mon Dieu ! mon Dieu ! s'écria-t-elle, si ce n'est pas lui, faites-moi mourir !

— C'est moi, Madeleine, c'est votre fiancé, répondit Michel, qui, doucement, était entré par la porte, que le père Bastille avait oublié de fermer : ma mère, bénissez votre fils !

— Vois-tu, Crépin, vois-tu, sanglotait Joseph, je te l'avais bien dit que le bon Dieu était juste !

P. Creton.

FIN.

TABLE DES MATIÈRES

———

Paris. — Typ. Morris et Comp., rue Amelot, 64.